GOLDEN CLASSICS

Stanley Ellin

Der Zweck heiligt die Mittel

Roman

Scherz

Einmalige Ausgabe 1998
Einzig berechtigte Übertragung aus dem Amerikanischen
von Gertrud Baruch
Titel des Originals: »Stronghold«

Umschlaggestaltung: Manfred Waller
Umschlagbild: AKG, Berlin
Gesamtherstellung: Ebner Ulm

Vereinbarung

Die Firma wird das Projekt in drei Stufen durchführen.

Stufe eins:
Der Zielbereich in Scammons Landing, Lake George, New York, wird erkundet.
Im Raum Miami, Florida, werden die zur Besetzung des Zielbereichs notwendigen Handfeuerwaffen beschafft.
Im Raum Miami werden Schnellfeuerwaffen und Munition zur Verteidigung des Zielbereichs im Fall eines Gegenangriffs beschafft. Außerdem Gasmasken, da der Gegner möglicherweise Tränengas einsetzen wird.
Im Raum Miami wird ein Auto für den Transport der Firma und ihrer Waffen zum Zielbereich beschafft.

Stufe zwei:
Der Zielbereich in Scammons Landing wird erobert und besetzt, die erforderlichen Geiseln werden genommen.
Die Übergabe von vier Millionen Dollar in bar wird ausgehandelt.
Der Transport der Firma und ihrer Geiseln per Bus zum Flugplatz in Glens Falls, New York, dann per Düsenflugzeug zum Bostoner Flugplatz Logan, dann per Jet nach St. Hilary, Windward-Inseln, Westindien, wird ausgehandelt.

Stufe drei:
Auszahlung des erforderlichen Betrages an die Amtspersonen auf St. Hilary, die als Verbindungsleute der Firma fungieren und die Ausreise der Firma und ihrer Geiseln per Flugzeug in ein südamerikanisches oder afrikanisches Land organisieren werden, das bereit ist, ihnen Asyl zu gewähren.

Gelesen und akzeptiert von sämtlichen Mitgliedern der Firma.

Gefängnis Raiford, Florida, 25. Dezember 1973

James Flood Harvey Shanklin

Hubert Digby Lester Shanklin

James Flood

Dann war der April da, und ich hatte als erstes Mitglied der Firma meine Zeit in Raiford abgesessen. Einen Monat später ließen sie die Brüder Shanklin raus, und nach zwei Monaten und zwei Wochen wurde Coco entlassen. Er fuhr von Florida direkt nach St. Hilary in den Kleinen Antillen, um Stufe drei des Projekts vorzubereiten. An dem Tag, an dem er endlich in Miami aufkreuzte, hielt die Firma ihre erste Konferenz außerhalb der Mauern von Raiford ab.
Da waren wir also in diesem kubanischen Restaurant in Miami: James Flood, Totschlag; Harvey und Lester Shanklin, Verabredung zur Verübung schweren Diebstahls; Hubert (Coco) Digby, Überfall mit einer tödlichen Waffe. Wir alle hatten unsere gegenüber dem Staat Florida begangenen Sünden abgebüßt, wir alle saßen auf Kohlen, während wir hier auf einen gewissen Santiago warteten. So nannte er sich jedenfalls diese Woche, wie Harvey Shanklin, der mit ihm Kontakt aufgenommen hatte, uns berichtete. Santiago-diese-Woche war der Mann, der uns von der größten aller Sünden erlösen würde: kein Geld zu haben.
Das war für mich das schlimmste gewesen, als ich auf Cocos Entlassung wartete. Die Shanklins waren zu Mammi und Pappi nach Miami-Süd heimgekehrt, halfen ihnen bei dem Versuch, ihre Tankstelle vor der Pleite zu bewahren (ziemlich hoffnungslos, weil die großen Konzerne die kleinen Unabhängigen sowieso kaputtmachen), mähten den Rasen, gingen sonntags in die Kirche, wo man sie am ersten Sonntag schief ansah und am zweiten als verlorene Schafe, die zur Herde zurückgefunden hatten, freudig und mit offenen Armen willkommen hieß.
Da die beiden die Ochsengeduld aller zielstrebigen Gewichtheber besaßen, fiel es ihnen nicht schwer, auf Cocos Ankunft zu warten. Empfindlich reagierten sie nur, wenn sie das Gefühl hatten, reingelegt zu werden. Das galt aber nicht für mich. In Raiford hatte ich ihnen erklärt, daß es in unserer Firma vier gleichberechtigte, also auch zu gleichen Teilen am Gewinn beteiligte Aktionäre geben würde. Und wenn sie Zweifel hätten, würde ich ihnen sogar, wenn's soweit war, die Aufteilung überlassen. Von da an war ich, obwohl nur halb so groß wie sie, für Harvey und Lester »Big Daddy«. Ich war auf meine eigene Art genial. Die Fähigkeit, im richtigen Moment auf Ehrlichkeit zu schalten, spielte dabei keineswegs die geringste Rolle.
Während ich die Tage bis zum Eintreffen Cocos zählte, beschaffte ich mir

einen Job auf einem Charterboot für Tiefseefischer. Der Skipper, ein versoffener Kerl namens Sharpless, war sofort bereit, mich als Ein-Mann-Crew zu beschäftigen und keine persönlichen Fragen zu stellen, solange ich mich mit den Trinkgeldern begnügte. Nach ein paar Wochen hatte ich genug Kies, um auf Geschäftsreise für die eigene Firma zu gehen und das Gelände im Warren County, New York, meiner alten Heimat, zu erkunden, von wo aus ich direkt nach Florida zurückkehrte. Da ich nur noch etwas Kleingeld in der Tasche hatte, landete ich wieder bei Käpt'n Sharpless und den Eimern mit Fischköder, aber dort hatte ich zum mindesten Kost und Logis, und mehr brauchte ich bis zur Ankunft Cocos nicht.
Drei Monate lang schrubbte ich das Deck der *Ballbreaker* und betrachtete Käpt'n Sharpless' zottige Kehle. Bis Harvey Shanklin eines schönen Tages den Pier entlangschlenderte, zum Zeichen dafür, daß Coco endlich eingetroffen war. Da nahm ich Abschied, wobei mein Skipper zum erstenmal überrascht und voller Bedauern Notiz von mir nahm. Morgen würde auf seinem Boot eine große leere Stelle sein. »Wenn's ums Geld geht, Jimmyboy«, sagte er hoffnungsvoll, »na ja, du hast deine Sache gut gemacht, und ich hab mir schon überlegt...«
»Nein. Ich geh woanders hin.«
Und ich ging woanders hin – zuerst zum Bus, der den Biscayne Boulevard hinunterfährt, und dann in das Restaurant zum Klassentreffen.
Raiford, Abschlußjahrgang 1974.

Coco.
Hubert Digby aus St. Hilary, Windward-Inseln – schöne schwarze Natter, geschmeidiger Watussi, bei dem sogar der Rundgang in Raiford zu einem langsamen Tanz wurde, als wäre der Gefängnishof sein heimatliches St. Hilary am Karnevalstag, und als führte er, Coco, den Umzug der Blechtrommler an.
Hinter dem Geschäftsführer des Lokals federte er auf unsere Ecke zu, schlängelte sich zwischen Tischen hindurch, an denen vollgefressene Lateinamerikaner sich mit schwarzen Bohnen, Hühnereintopf und gebackenen Bananen noch voller stopften, ließ sich auf dem Stuhl neben mir nieder, und das erste, was er nach drei Monaten und drei Wochen zu uns sagte, war: »Wer hat diesen Treff ausgesucht?«
»Santiago«, antwortete Harvey. Er war der ältere Bruder und der Wortführer der Shanklins. »Mir hat's nicht gepaßt, aber er hat gesagt, was anderes kommt nicht in Frage.«
»Der Geschäftsführer kennt ihn«, sagte Coco. »Als ich reinkam, war er sehr hochnäsig, aber als ich erklärte, ich käme auf Einladung von Mr. Santiago, ist er mir fast in den Hintern gekrochen.« Er sah sich im Lokal um. »Sicher sind hier noch mehr Leute, die ihn kennen. Und das ist nicht gut.«

»Hier wird Ware verscherbelt«, sagte ich.
»Stimmt. Aber hier sind Leute, die vielleicht auch verscherbelt werden. Hinterher, wenn die Behörden fragen: ›Na, mit wem ist denn dieser Santiago in letzter Zeit gesehen worden?‹ wirst *du* seinen Freunden bestimmt nicht aufgefallen sein, Mann, weil du kein auffälliger Typ bist. Aber ich steche jedem in die Augen. Und Harvey und Lester fallen auch überall auf.«
»Das schon«, sagte Harvey, »aber mein einziger anderer Kontakt hat Vorauszahlung verlangt. Fünfzig Prozent des Kaufpreises bar auf die Hand.«
»Ein guter Geschäftsmann.«
»Also heraus mit der Sprache!« forderte ich Coco auf. »Willst du die Sache abblasen?«
»Ich überlege, ob wir sie verschieben sollen. Nach Abschluß von Stufe eins sind wir mehrere Tage unterwegs. Und jeden Tag wird unsere Lage kritischer. Das Projekt wird in drei Stufen abgewickelt. Ich möchte nicht, daß es bereits auffliegt, bevor wir bei Stufe zwei angelangt sind.«
»Kommt nicht in Frage. Keine Verzögerung, Coco! Gott hat mich nicht dazu bestimmt, mein Leben lang in Miami den Fischgestank von einem Charterboot zu fegen.«
Und damit war die Sache erledigt. Die Stimme ihres Herrn und Meisters. Alle hatten die gleichen Firmenanteile, aber nicht die gleiche Entscheidungsgewalt. Die Shanklins waren für Stufe eins zuständig, Stufe zwei war meine, Stufe drei Cocos Sache, aber das Ganze war meine Idee. Ich war es, dem in Raiford der Einfall kam, daß man bloß die einzelnen Teile zusammensetzen mußte – Harvey und Lester Shanklin aus Miami, Hubert Digby aus St. Hilary, Westindien, und James Flood aus Scammons Landing, New York –, um sozusagen eine geballte Ladung Nitroglyzerin zu erhalten. Und als Chefchemiker bin ich *Numero Uno*, der Oberbefehlshaber.
Bis jetzt hatte es geklappt, und es würde auch weiterhin klappen, weil die anderen Aktionäre einsahen, daß ich das Gegengewicht zu ihren höchst unterschiedlichen Temperamenten bildete. Die Shanklins waren stark wie Ochsen und stur wie Ochsen, Coco dagegen war überempfindlich und von Natur aus pessimistisch. Er wollte sich auf keine unsichere Sache einlassen. Immer wollte er genau wissen, wo er in einer Woche sein würde und warum. Im allgemeinen sind die Schwarzen natürlich nicht so veranlagt. Deswegen verabscheute sie Coco auch. Er, der einzige Inselneger in unserem Zellenblock, nannte sämtliche anderen Dunkelhäutigen »A. A. A.«, afro-amerikanische Affen. Und überlebte trotzdem, weil er, wenn er gegen die Mauer gedrückt wurde, mit geschärften Eisenteilen noch wirkungsvoller und viel raffinierter als die anderen umgehen konnte. Der »Sauspieß«, der sorgfältig bearbeitete, nadelspitze Teil einer Sprungfe-

der, war seine bevorzugte Waffe. Zweimal hatte er ihn dort benützt, und jedesmal war er nach dem überraschenden, perfekt getarnten Stich so unauffällig davongehuscht, daß er, wenn die anderen sich um das Opfer drängten, ganz harmlos in der hintersten Reihe stand, entsetzt über ihre Köpfe hinweg auf das Opfer starrte, den eigenen Kopf von einem Heiligenschein umflossen. Aber die anderen schnüffelten ihn trotzdem aus, und genau das wollte er auch. »Schwarze Schlange« nannten sie ihn, »Coco, die Natter«, und sie waren verblüfft darüber, daß er sich weder um sie noch um die Aufseher scherte, um niemanden – außer um den kleinen Weißen namens James Flood.
Emotionaler Ausgleich. Die allzu unerschütterlichen Shanklins und der allzu unberechenbare Coco brauchten jemanden, der sie zusammenschweißte und ihre besten Eigenschaften nutzbar machte, und dieser Jemand war James Flood. So wurde die Firma gegründet.
Stammkapital? Fast null.
Erwarteter Gewinn? Vier Millionen Dollar.
Geteilt durch vier: eine Million für jeden.

Korrektur.
Stammkapital in bar: fast null.
Stammkapital in menschlichem Potential: unbeschränkt.
Eine Million Dollar pro Partner war nur ein geschätzter Betrag. Die Shanklins aber waren von dieser Zahl besessen. Die abgewirtschaftete, in einer Seitenstraße gelegene Tankstelle hatte für die beiden immer nur ein Taschengeld abgeworfen. Beim einträglichsten Hoteldiebstahl, den sie vorbereitet hatten, waren für sie beide ganze viertausend Dollar abgefallen, und der dringlichste Job, bei dem sie für die Bande als Schläger fungiert und einem widerwilligen Schuldner eine durch mehrere Rippenbrüche besonders nachhaltige Lehre erteilt hatten, war mit zweitausend Dollar honoriert worden. Diese Beträge und einige weitere, sehr sporadisch kassierte Tausender hatten bewirkt, daß die Brüder aufs leichte Leben scharfgeworden und zudem felsenfest davon überzeugt waren, daß sie ein Recht darauf hatten. Sie waren größer, kräftiger, ansehnlicher und obendrein noch skrupelloser als ihre großkotzigen Auftraggeber in Miami Beach – warum zum Teufel sollten sie dann, entgegen den Gesetzen der Natur und des amerikanischen Kongresses, immer zu denen gehören, die sich mit Trinkgeldern begnügen müssen, anstatt selbst Trinkgelder zu verteilen?
Coco hatte ihnen das abgenommen. Er wußte, was eine echte, verzehrende Motivation bedeutet. Die Kronkolonie St. Hilary hatte die Unabhängigkeit gefordert. Hubert Digby, für gute Leistungen ausgezeichnet und mit einem Stipendium bedacht, von der Londoner Universität gefeuert, weil er seine *négritude* zu gewaltsam verteidigte, war in seine Insel-

heimat zurückgekehrt, um mitzuhelfen, sie dem Rachen des Britischen Empire zu entreißen. Die Unabhängigkeit kam. Sie wäre ohnehin gekommen, weil die Briten diesen karibischen Sandstreifen nur zu gern loswerden wollten (Bevölkerung: fünfzig sehr reiche Weiße, fünfhundert wohlhabende Braune und fünfzigtausend sehr arme Schwarze). Und als sie kam, was hatte Hubert davon, der sich für seinen geräuschvollen Beitrag zum großen Ereignis ein Stück vom Kuchen erhofft hatte? Zum mindesten mit einem Anteil am geplanten Spielkasino hatte er gerechnet oder vielleicht mit einem guten Geschäft beim Hotelbau. Gar nichts hatte er davon. Jedenfalls nicht viel mehr als die Aussicht, als Lockvogel am Spieltisch oder als Bürokraft in einem der neuen Hotels zu arbeiten, weil nämlich die wohlhabenden Braunen den Kuchen unter sich aufteilten und Coco nicht gerade als einen der ihren betrachteten. Der bargeldlose Coco hätte nur von draußen durchs Küchenfenster schauen und den Kuchen auf dem Tisch betrachten dürfen.

Und so sagte er St. Hilary ade, aber der Mund war ihm immer noch wäßrig, sein Hunger war größer denn je.

Und ich selbst, aufgewachsen in Scammons Landing, Lake George, New York, ich hatte als Junge in den Weinbergen der Reichen geschuftet, mich mit Brosamen von den Tischen der Reichen genährt und daher schon frühzeitig sehr genau gewußt, welchen Anteil ich eines Tages fordern würde. Aber erst bei der Gründung der Firma in Raiford war mir klar, wie ich den Haupttreffer ziehen konnte.

In der Zwischenzeit hatte ich Fehler gemacht, wobei ich aus der Sache mit der »Studentischen Bewegung für eine demokratische Gesellschaft« und ihrer militanten »Weatherman-Gruppe« die meisten Lehren gezogen hatte. Solche Aktivitäten bringen einem zwar Schlagzeilen ein, aber niemals Bargeld. Anfangs hatte ich die naive Vorstellung, man könnte die Reichen einfach aus ihren Festungen herausbomben und dann selbst dort einziehen. Und außerdem bildete ich mir ein, daß meine Genossen diesen Kampf um hoher Ideale willen führten. Es dauerte eine ganze Weile, bis ich begriffen hatte, daß in unserer Welt jedermann darauf aus ist, ein Stück vom großen Kuchen zu ergattern, und daß die sogenannten geborenen Verlierer in Wirklichkeit Leute sind, die ihr Versagen dadurch kompensieren wollen, daß sie sich wie Idealisten gebärden. Als ich das kapiert hatte, war mir klar, was ich zu tun hatte.

Eine Million Dollar? In diesem Punkt stimmte ich mit den Shanklins überein. Eine Million ist eine magische Zahl.

Santiago, den ich mir als eine Art lateinamerikanischen Humphrey Bogart vorgestellt hatte, entpuppte sich als ein lateinamerikanisches Schweinchen Dick. Er war mittelgroß, ungefähr so wie ich, aber mit einem zusätzlichen Zentner Speck gepolstert. Da stand er also vor unserem

Ecktisch, musterte uns und sagte dann über unsere Köpfe hinweg: »Santiago.«
»Harvey. Ich hab mit Ihnen telefoniert.« Worauf Santiago Platz nahm, so dicht an den Tisch rückte, daß die Kante in seinen Wanst schnitt (was keineswegs hieß, daß der Rest seines Oberkörpers jetzt nahe genug am Besteck war), sich die Serviette in den Kragen stopfte und zum Kellner sagte: »Flan. Eine große Portion. Und Kaffee.«
»Flan!« sagte Lester, der Muskelmann, mißbilligend und betrachtete Santiagos Fettwülste. »Zuckerpudding. *Hay moros en la costa.*«
»*Caballo grande ande o non ande*«, erwiderte Santiago.
»Sprechen Sie gefälligst Englisch«, sagte ich, »und kommen Sie zum Geschäft!«
Die Schweinsaugen auf mich geheftet, versuchte er herauszubekommen, welches Instrument ich in diesem Quartett spielte. »Ja, natürlich, das Geschäft. Also, ich habe die Ware. Das ist das halbe Geschäft. Und die andere Hälfte: Haben Sie das Geld?«
Auf meinen Wink zog Harvey einen Umschlag aus der Tasche und öffnete ihn einen Moment, gerade lange genug, um Santiago ein Bündel Banknoten sehen zu lassen. In Wirklichkeit war nur Spielgeld in dem Umschlag, hübsche Scheinchen mit dem Aufdruck *One Happyland Dollar.* Santiago streckte die Hand aus, aber Harvey ließ das Kuvert wieder in seiner Tasche verschwinden.
»Es sind dreitausend«, sagte ich. Einen mißtrauischen Menschen kann man unter anderem dadurch weniger mißtrauisch machen, daß man hart mit ihm zu handeln beginnt.
»Na und?«
»Zahlbar bei Lieferung.«
Santiagos Blick wanderte zu Harvey. »Mein letztes Wort war viertausend.«
Harvey zuckte die Achseln. »Mein letztes Wort war dreitausend.«
»Der Preis ist viertausend«, sagte Santiago freundlich. »Sie haben mir erklärt, Sie hätten dreitausend zur Verfügung und könnten den Rest bis zur Lieferung beschaffen. Ich kann warten. Meine Ware verdirbt nicht.«
Jetzt erschien der Kellner mit einer Tasse Kaffee und einem Teller Pudding. Als die Luft wieder rein war, sagte ich: »Besser wird Ihre Ware durch langes Lagern auch nicht.«
»Falls er die Sachen nicht eines Tages als Antiquität verkaufen will«, warf Coco ein. »Wie ich gehört habe, kann man an Antiquitäten eine Menge verdienen.«
Santiago stopfte sich einen gehäuften Löffel Pudding in den Mund. Während er mit halbgeschlossenen Augen genüßlich mampfte, sah er aus wie Schweinchen Dick beim Onanieren. »Viertausend.«
»Dreitausendfünfhundert«, sagte ich.

»Aha. Hab mir doch gleich gedacht, daß wir der Sache näherkommen werden.« Wieder musterte er uns der Reihe nach. »Wir reden übers Geschäft, stimmt's? Wie wär's, wenn wir uns jetzt mal über ein wirklich gutes, vernünftiges Geschäft unterhalten würden? Über einige interessante Möglichkeiten?«
»Interessant für Sie, Mann, oder für uns?« fragte Coco.
»Das sollten wir gleich mal klären. Das Projekt, an dem Sie arbeiten...«
»Von einem Projekt wissen Sie überhaupt nichts«, sagte Coco.
»Hören Sie, die Ware, die Sie bei mir bestellt haben – na ja, das kann doch nur bedeuten, daß etwas Großes geplant ist. Lassen wir den Quatsch und kommen wir zur Sache! Ich bin ein Kapitalanleger, vielleicht auch eine Art Glücksspieler. Wenn Ihr Projekt etwas mit Politik zu tun hat, will ich nichts davon wissen. Aber wenn's nicht politisch ist, können Sie gar nicht fehlgehen mit einem Partner, der Ihnen unter Umständen einigen Kredit einräumt.«
»Da bin ich nicht so sicher«, sagte Coco.
»Ohne Vertrauen kommt kein Mensch aus. Sehen Sie die Sache doch mal von meinem Standpunkt! Kann ich wissen, ob Sie nicht vielleicht Polizeispitzel sind, die mir eine Falle stellen? Trotzdem vertraue ich Ihnen. Kredit zu gewähren ist ein Akt des Vertrauens.«
»Wie rührend!« sagte Coco. »Mann, zu welcher Kirche gehören Sie denn? Heißt sie vielleicht ›First National Bank of Miami‹?«
Und ich fragte ihn: »Was haben Sie gegen politische Projekte?«
»Da steckt man nur Geld rein und verdient nichts dabei. Und Sie sehen ja, was bei solchen Sachen herauskommt. Denken Sie bloß an den Watergate-Schlamassel! Und wer hat zuerst den Kopf hinhalten müssen? Meine Landsleute. Einfache kubanische Patrioten. Visionäre. Übers Ohr hat man sie gehauen!« Er schlang wieder einen Mundvoll Pudding hinunter, hob den Löffel und ließ ihn hin- und herpendeln wie ein Metronom. »Mit mir nicht, Freunde! Nein, danke!«
»Schluß mit dem Gerede über Projekte!« sagte ich. »Sie beschaffen die Ware und kassieren Ihr Geld. Damit hat sich's. Wann und wo liefern Sie?«
»Kennen Sie die Everglades?«
»Einigermaßen«, sagte Harvey.
»Wissen Sie, wo der Tamiami Trail von der Bundesstraße 94 abzweigt?«
»Ja.«
»Fahren Sie nach der Abzweigung ungefähr fünf Kilometer, dann sehen Sie eine ausgebrannte Hütte. Um die fahren Sie herum und biegen in den Weg ein, der südwärts führt. Dann kommt ein Kanal. Dort warten Sie.«
»Bringen Sie das Zeug per Boot?« fragte Lester.
»Vielleicht. Vielleicht auch nicht. Das ist meine Sache. Und Ihre Sache ist es, morgen vormittag dort zu sein. Punkt zehn. Mit dem Geld.«

»Dreitausendfünfhundert«, wiederholte ich.
»Viertausend. Entscheiden Sie sich! Den vollen Betrag bei Lieferung der Ware.«
Wir sahen einander der Reihe nach an. Coco schüttelte den Kopf und sagte mit ernster Miene zu mir: »Da behalten wir aber nicht viel übrig. Mann, danach ist Ebbe in der Kasse!«
Und ich antwortete genauso ernsthaft: »Wir haben keine andere Wahl.«
»Ebbe in der Kasse oder kein Geschäft«, stimmte Harvey zu.
Coco zuckte die Achseln. »Na ja, ist ja bloß Geld. Schnöder Mammon, was?«
Und dann sagte er warnend zu Santiago: »Aber keine krummen Touren, Mann! Ich werde die Ware genau überprüfen, bevor wir zahlen.«
»Aber natürlich. Schließlich hat auch das Vertrauen seine Grenzen, mein Freund.«

Als er, ohne seine Zeche zu bezahlen, hinausgewatschelt war, sagte ich zu Harvey: »Bring deinem kleinen Bruder bei, daß er nicht im falschen Moment Fragen stellen soll!«
»Sehr richtig!«
Lester riß die großen blauen Augen auf. »Was denn für Fragen?« sagte er unschuldig. Und ich meine wirklich *unschuldig*. Er verstellte sich keineswegs.
»Zum Beispiel, ob Santiago per Boot kommt«, klärte ihn Harvey auf.
»Erste Möglichkeit: auf dem Landweg. Zweite Möglichkeit: auf dem Seeweg«, sagte ich.
»Dort gibt's doch gar keine See. Bloß einen sumpfigen Kanal«, maulte Lester. »Ich wollte doch nur etwas mehr rauskriegen. Schließlich sieht die Sache anders aus, wenn wir ihm an zwei verschiedenen Stellen auflauern müssen. Bis jetzt hab ich immer nur an die erste Möglichkeit gedacht.«
»Aber Lester, darüber kannst du doch nicht laut nachdenken«, belehrte ihn Harvey geduldig. »Du hast den Mann bloß noch mißtrauischer gemacht.«
»Ach so.« Endlich hatte Lester begriffen. »Na, Hauptsache, er kommt überhaupt. Und der kommt bestimmt! Sobald er das Geld gesehen hatte, war die Sache geritzt. Hast du prima gemacht, Harvey! Ich hätte die Moneten auch für echt gehalten, wenn ich's nicht gewußt hätte.«
»Wir waren alle prima«, sagte ich. »Und trotzdem haben wir keine Ahnung, ob er die Straße oder den Kanal vorziehen wird. Und allein wird er auch nicht kommen.«
»Harvey«, fragte Coco, »kennst du dich in der Gegend aus?«
»Einigermaßen. Die ausgebrannte Hütte kenne ich jedenfalls. Südlich davon ist Sumpfgebiet. Aber wir sehen uns sowieso alles genau an, bevor Santiago aufkreuzt.«

»Kann man dort irgendwo in Deckung gehen?«
»Wenn nicht, dann sorgen wir eben selbst für Deckung.«
»Unterschätz diesen Kerl nicht!« warnte Coco. »Der hat überall Fettpolster, bloß nicht zwischen seinen niedlichen kleinen Ohren. Er weiß genau, daß er mit einer Falle rechnen muß. Durchaus möglich, daß er schon vor zehn Uhr dort ist.«
»Kann sein, aber keine Sorge, wir fahren vor ihm hin.«
»Noch heute nacht?« fragte ich. »Direkt von hier aus?«
»Das geht nicht.«
»Den Hinterhalt brauchen wir ja nicht im Dunkeln vorzubereiten. Wir könnten bis morgen früh damit warten. Aber wenn wir sicher sein wollen, daß er nicht vor uns dort ist, müssen wir so bald wie möglich starten.«
»Ich kann aber nicht die ganze Nacht von zu Hause wegbleiben«, sagte Harvey kleinlaut. »Daddy würde Krach schlagen. Wir wollen doch nicht, daß er nach Lester und mir Ausschau hält und mißtrauisch wird. Das beste ist, wir sagen ihm, daß wir ganz früh zum Angeln gehen werden.«
»Heiliger Bimbam!« sagte Coco. »Das darf doch nicht wahr sein! Daddy will nicht, daß seine kleinen Jungs die ganze Nacht aufbleiben. Daddy sagt, wenn sie vorhaben, am nächsten Morgen einen Cubano umzulegen, müssen sie ausgeschlafen sein und vor dem Weggehen schön brav ihre Milch trinken.«
»Du komisches schwarzes Arschloch!« sagte Harvey, ohne sich zu echauffieren. »Alles läuft planmäßig. Wir grapschen uns das Bargeld und den Wagen, ohne daß unser Alter etwas merkt, und wenn wir ihm sagen, daß wir morgen beim Angeln sind, haben wir fast einen vollen Tag Vorsprung. Verschwinden wir aber schon heute nacht, dann wird er, falls er Bettenkontrolle macht, sofort nachsehen, ob das Geld noch da ist. Und dann werden sie bereits hinter uns her sein, bevor wir Santiago getroffen haben.«
»Genau«, sagte Lester.
»Was meinst du?« fragte mich Coco.
»Scheint, daß Daddy etwas zuviel Grips hat. Harvey, was ist mit den Nummernschildern? Wir sind drei Tage unterwegs und haben nur einen Tag Vorsprung vor Daddy. Danach könnten uns die Nummernschilder gefährlich werden. Oder besteht die Hoffnung, daß Daddy die Polente nicht auf uns hetzt?«
»Nein, er hetzt sie bestimmt auf uns«, sagte Lester. »Das Geld wird ihm nicht so wichtig sein wie das Auto.«
Das nahm ich ihm ab. Harvey hatte berichtet, daß in der Backsteinmauer der Tankstelle nie mehr als zweihundert Dollar für Notfälle versteckt waren. Das Auto aber war ein LeSabre, erst ein paar Jahre alt und in tadellosem Zustand.
»Ich kann andere Nummernschilder beschaffen«, erklärte Harvey. »Ein

alter Kunde von Daddy hat seine Karre aufgebockt in der Garage stehenlassen. Ich tausche einfach die Schilder aus.«

»Und die Schilder an der alten Karre wird niemand kontrollieren«, sagte Lester. »Jedenfalls nicht sofort.«

»Stufe eins ist anscheinend in guten Händen«, sagte ich zu Coco.

»Vielleicht.«

»Verflucht noch mal«, fauchte Harvey, »sie *ist* in guten Händen! Noch was: Ich glaube, wir sollten es nicht riskieren, unterwegs aufzutanken. Ich nehme volle Benzinkanister mit. Zweihundertvierzig Liter.«

»Damit schaffen wir's ein Stück über New York hinaus«, sagte Lester. »Falls wir bei dieser Belastung keinen Achsenbruch haben.«

»Vorläufig sind wir noch in Florida«, warf Coco ein. »Besprechen wir lieber den Plan für morgen früh!«

»Also, bei Sonnenaufgang sind Lester und ich startbereit. Wir holen dich und Jimmy ab, dann fahren wir zum Treffpunkt und bereiten alles Nötige zur Überwachung der Straße und des Kanals vor. Hast du hier eine Übernachtungsmöglichkeit?«

»Eine befreundete Dame erwartet meinen Besuch. Wie steht's mit dir, Jimmy?«

»Mein Koffer ist in einem Schließfach im Busbahnhof. Ich suche mir ein Zimmer in der Nähe, falls wir das nötige Geld zusammenkratzen können.«

Wir legten unsere Barschaft auf den Tisch. Achtzehn Dollar von den Shanklins, acht von Coco, zwei von mir. Achtundzwanzig Dollar abzüglich fünfzehn für das Firmenessen. Rest: dreizehn Dollar.

Ich nahm fünf, gab Coco fünf und den Shanklins drei.

Unter den Teller legte ich das Trinkgeld für den Kellner: einen *Happyland-Dollar.*

Marcus Hayworth

Vielleicht hat ein makelloser Julimorgen in der von Fichtenduft erfüllten Gegend um den Lake George etwas an sich, das einen Mann lüsterner als gewöhnlich macht. Und so fing dieser Tag großartig an. Ich (fünfundfünfzig) wachte erfreulich kraftstrotzend auf, Emily (einundfünfzig) war erfreulich bereitwillig, und nachdem wir eine jugendlich schwungvolle Schaukelei absolviert hatten, streckte sich Emily befriedigt lächelnd aus und sagte: »Siehst du? Wer nicht wagt, der nicht gewinnt.«

»Scheint was Wahres dran zu sein.« Aber dann konnte ich mir nicht verkneifen zu bemerken: »Übrigens, in der *Times* habe ich gestern etwas über dieses Zeug, dieses Östrogen, gelesen, das du einnimmst. Es soll die Gefahr bestehen, daß die Frauen...«

»Ich hab's auch gelesen, mein Lieber. Aber was du meinst, bezieht sich auf die Antibabypille, nicht auf Östrogenpräparate. Und die Pille hab ich ja nicht mehr nötig.«

»Und Deborah? Sie nimmt doch die Pille, oder nicht?«

»Allerdings. Aber sie ist immerhin zwanzig und nicht erst seit gestern verheiratet. Sie und David sind durchaus in der Lage, mit ihren medizinischen Problemen allein fertig zu werden.«

»Will sie denn keine Kinder haben?«

»Danach hab ich sie noch nicht gefragt. Und du, mein lieber Marcus, wirst das auch nicht tun.«

»Emily, ich bin wirklich nicht der Elefant im Porzellanladen, als den du mich gern hinstellst.«

»Manchmal schon. Nach zwei Jahren kannst du dich noch immer nicht damit abfinden, daß deine Tochter eine verheiratete Frau ist. Und deshalb mußt du eben hie und da Porzellan zerschlagen.«

Arme Friedensstifterin Emily! »Und wenn schon! David kann's bestimmt wieder zusammenkitten. Das ist schließlich sein Gewerbe, stimmt's?« Es stimmte. Denn meinem Schwiegersohn war trotz aller beruflichen Möglichkeiten, die ich ihm hätte bieten können, doch weiß Gott nichts Besseres eingefallen, als ein Reparaturgeschäft zu eröffnen! Wer das nicht so recht glauben konnte, brauchte nur mal in den »Alles-wie-neu«-Laden an der Hauptstraße in Scammons Landing zu gehen. Der ungepflegte Typ hinter dem Ladentisch war mein Schwiegersohn. Das hübsche Mädchen, das meist barfuß und schäbig gekleidet herumlief und beim Bodenwischen den Weisheiten lauschte, die er von sich gab, war meine Tochter Deborah, über deren Ehe mit diesem Ausbund an Tugend ich offenbar beglückt sein sollte.

Emily, entschlossen, bei diesem Thema zu bleiben, sagte scherzhaft: »Du mußt David dein Herz öffnen, Freund Marcus. Er ist ein guter Mensch, und das weißt du sehr wohl.«

»Ein Mann von fünfunddreißig, der ein achtzehnjähriges Kind heiratet, das nichts als Unsinn im Kopf hat? Herrgott noch mal, warum hat er nicht Janet genommen? Sie war damals fünfundzwanzig. Hätte altersmäßig viel besser zu ihm gepaßt. Gewiß, sie ist vielleicht nicht so hübsch wie Debbie, aber mir ist aufgefallen, daß ihre Kollegen in der Bank eine ganze Menge für sie übrig haben.«

»Ach wirklich?«

»Jawohl! Es kann also nicht an ihrem Aussehen liegen. Und an ihrem Verstand schon gar nicht. Und trotzdem ist sie sehr unglücklich, Emily.«

»Wenn das stimmt, wird es sie wohl kaum glücklicher machen, daß du sie ständig mit väterlich besorgter Miene betrachtest.«

»Jetzt bist du unfair. Ich lasse mir nie anmerken, daß sie mir Sorgen macht.«

»Mein Lieber, mir ist noch niemand begegnet, der so leicht zu durchschauen ist wie du. Aber das soll kein Vorwurf sein. Schließlich habe ich dich aus diesem Grund geheiratet.«

Jetzt sollte ich mich also schuldig fühlen, nur weil mir das Glück meiner ältesten Tochter am Herzen lag. Und ich fühlte mich tatsächlich schuldig. Dieses Schuldgefühl war natürlich ein Erbteil meiner calvinistischen Vorfahren, die sich in der Kolonialzeit in Marblehead, Massachusetts, niedergelassen hatten. Es war ein Erbteil, das den Hayworths durch ihre Übersiedlung in den Norden des Staates New York und durch ihren Beitritt zur Quäkergemeinde ebensowenig ausgetrieben werden konnte wie die Absicht, sich im Stil der Küstenhäuser einen Wohnsitz zu bauen, von dessen Söller aus sie statt auf heimkehrende Schiffe auf unberührte Wälder blickten.

In den letzten Jahren wurde ich immer öfter von einem plötzlichen Schuldgefühl geplagt, ob ich nun die Dinge um mich herum betrachtete oder an der monatlichen Quäkerversammlung innere Einkehr hielt. Ich hatte das beklemmende Gefühl, daß unsere am drei Kilometer langen Höhenweg gelegene Enklave (bestehend aus meinem Haus und den Nebengebäuden, aus dem Anwesen, das Emily erbte und das jetzt an eine jugendliche Kommune vermietet war, aus dem Versammlungshaus der Quäker, aus dem alten Wohnsitz der Marcys, wo Anna und Elizabeth – noch vor kurzem, so schien es mir, energische Frauen mittleren Alters, jetzt scharfzüngige Achtzigerinnen – lebten, und schließlich aus dem Quäkerfriedhof), daß also dieses friedliche Reich meiner Kindheit dem heimtückischen Angriff zerstörerischer Mächte ausgesetzt war; daß

fremde Gesichter, fremde Lebensweisen, fremde Gedanken in dieses Reich eindringen, es in Unordnung bringen und vernichten wollten. und mein beharrliches Schuldgefühl rührte daher, daß ich, anstatt das innere Licht in diesen Fremden zu entdecken, mich oft dabei ertappte, daß ich im Zorn mein Herz vor ihnen verschloß.
Und schuldig fühlte ich mich auch deshalb, weil ich inmitten einer Welt voller Unterdrückung und Elend ein so bequemes, sorgenfreies Leben führte. Daß ich mein schlechtes Gewissen zu besänftigen suchte, indem ich große Beträge für jede erdenkliche gute Sache spendete, machte alles nur noch schlimmer. Denn jedesmal hatte ich dann das peinliche Gefühl, daß ich mir die Gnade Gottes erkaufen wollte. Angesichts meiner Unfähigkeit, den vielen Menschen Trost zu spenden, die es in dieser Welt so schwer haben, quälte mich der Gedanke, daß es vielleicht auch für mich besser gewesen wäre, wenn ich's nicht ganz so gut gehabt hätte. Andererseits war ich, wie es mein Schwiegersohn David einmal ausdrückte, nicht nur ein Geburtsrecht-Quäker, sondern auch ein »Geburtsrecht-Bankier«. David ging, wie ich mit widerwilliger Dankbarkeit registrierte, nicht so weit wie einige von denen, die aus eigenem Antrieb Quäker geworden waren und jetzt die Ansicht äußerten, die Geburtsrecht-Quäker seien nicht auf Draht. Mit seiner Bemerkung über den Bankier Hayworth hatte David recht. Ich hatte ein florierendes Bankgeschäft geerbt und mehrere florierende Bankgeschäfte daraus gemacht. Was zum Teufel hätte ich also beispielsweise bei einer Bewerbung für das Friedenskorps als mein Spezialgebiet angeben sollen? Erfahrung im Hypothekengeschäft?
Und wer hatte in der Bank das Geld verdient, das zum Ausbessern und Überholen und schließlich zum Neubau des Versammlungshauses erforderlich war? Und wer hatte die Hilfsaktionen unserer Quäkergemeinde zum größten Teil finanziert?
Und trotzdem, trotzdem – war das alles, wozu es Marcus Hayworth gebracht hatte? Finanzielle Stütze einer antiquierten Glaubensgemeinschaft, in der so oft ein dem Geist des Quäkertums unwürdiger Meinungsstreit herrschte? Freundlicher Grundherr einer sogenannten Kommune, in der jugendliche Wirrköpfe eine Form des Zusammenlebens praktizieren wollten, die Freund Hayworth ungenießbar fand? Sympathischer Delegierter bei der jährlichen Versammlung, wo er während der gemeinsamen Morgenandachten mit unbekannten Freunden aus weit entfernten Gegenden Kraft schöpfte und bei verwirrenden abendlichen Zusammenkünften diese Kraft versiegen spürte, weil die jungen Leute nicht teilnahmen, um Rat zu suchen, sondern um mit herausfordernden Fragen um sich zu werfen?
Und bei der Rückkehr nach Hause die Entdeckung, daß mein Schwiegersohn in der Lage war, einigermaßen klar und vernünftig und ausgewogen zu denken. Das war das Peinlichste an der ganzen Sache: die schuldbe-

wußte Erkenntnis, daß ich, wenn er nicht der Mann meiner jüngsten Tochter gewesen wäre, größere Achtung und Bewunderung für ihn empfunden hätte.
So aber war es, als fühlte ich mich ständig von irgend etwas irritiert, als hätte ich ständig jemanden um mich, der, nach außen hin freundlich, insgeheim jedoch kritisch, Marcus Hayworth überlegen war.
Wie wenn man ständig Zahnschmerzen hat.

Emily und ich erschienen als letzte zum Frühstück. Die ganze Sippe saß bereits am Tisch, dazu noch Ray McGrath, einer der »Ältesten« der Kommune, wie ich die schon etwas bejahrten Gründer dieser sonderbaren Institution zu nennen pflegte. Er und Lou Erlanger, der andere Gründer, sowie einige jüngere Kommunarden hatten es sich angewöhnt, uns, wann immer es ihnen paßte, beim Frühstück Gesellschaft zu leisten. Unsere Gastfreundschaft hielten sie für eine Selbstverständlichkeit, und wie sie uns erklärt hatten, konnten wir auch die ihre jederzeit in Anspruch nehmen. Allerdings wurde mir seit meinem ersten Besuch in der Kommune schon bei dem Gedanken, dort etwas essen zu müssen, übel.
Und natürlich saß auch Sarah Frisch, unsere alte Haushälterin, bereits am Tich; jetzt mußte sie zwischen Küche und Eßzimmer hin und her rennen, um Emily und mir das Frühstück zu servieren. Weiß Gott, wie lange es schon her ist, daß bei den Hayworths der Brauch eingeführt wurde, Dienstboten gemeinsam mit der Familie essen zu lassen, mochte es noch so unlogisch und unbequem sein. Jedenfalls aß unsere Haushälterin mit uns, und wir redeten sie nach altem Brauch mit dem vollen Namen an.
Also, Sarah Frisch lief geschäftig hin und her, während die Eier auf ihrem eigenen Teller kalt wurden (als ob ich nicht schon vor dem Frühstück schuldbewußt genug gewesen wäre!), und Emily unterhielt sich mit Deborah über irgendwelche Einkaufspläne, und Ray McGrath besprach mit meinem Schwiegersohn Kommuneangelegenheiten, und Janet grübelte bei schwarzem Kaffee und einer Zigarette – ihrem üblichen Frühstück – vor sich hin.
Verstohlen musterte ich Janet. Obwohl sie sich in letzter Zeit so abgeschuftet hatte, daß sie bloß noch aus Haut und Knochen bestand, und obwohl sie ihr Haar noch immer so lang und glatt trug, daß es rechts und links wie ein Vorhang herunterhing, war sie ein gutaussehendes Mädchen. Gewiß, es war Deborah gewesen, die uns seinerzeit David vorgestellt hatte, aber warum war ihm nicht aufgegangen, daß Janet viel besser zu ihm gepaßt hätte? Andererseits – wie hätte dann wohl Deborah reagiert, die ihn so naiv und unverhohlen anhimmelte?
Da mich diese Gedanken beschäftigten, kam ich erst allmählich dahinter, worum sich Davids Gespräch mit McGrath drehte. Offenbar waren einige der in der Kommune lebenden Kinder bereits im schulpflichtigen Alter,

und die lokale Schulkommission bestand darauf, daß sie endlich nach Scammons Landing in die Grundschule geschickt wurden.
»Das ist eine gute Schule«, sagte ich. »Warum schickt ihr die Kinder nicht hin?«
»Es ist keine Schule nach unserem Geschmack«, erklärte McGrath.
Das leuchtete mir ein, denn dort wurde von den Schülern eine gewisse Disziplin verlangt. »Ich glaube, es bleibt euch gar nichts anderes übrig, wenn ihr nicht mit dem Gesetz in Konflikt kommen wollt. Sogar die Mennoniten richten sich nach den Anordnungen der Behörden, jedenfalls so lange, bis ihre Kinder mit der Grundschule fertig sind.«
»Wir richten uns nach niemandem. Wir lassen nicht zu, daß unsere Kinder von der anderen Welt programmiert werden.«
»Was heißt von der anderen Welt?«
»Von der Welt, die wir ablehnen. Ich habe David gerade gesagt, daß wir unsere eigene Schule einrichten wollen. Einer unserer Jungs, Mike Roos, käme dafür in Frage, vorausgesetzt, daß er sein Pädagogikstudium beenden kann. Leider ist ihm das finanziell nicht möglich. Aber ich weiß, daß Ihr Ausschuß für Kommunalaufgaben über einen Fonds verfügt.«
McGrath und Erlanger nahmen gelegentlich nicht nur an unseren Andachten, sondern auch an unseren Arbeitsbesprechungen teil und wußten über unsere geschäftlichen Angelegenheiten vermutlich ebenso gut Bescheid wie die Gemeindemitglieder.
Janet drückte plötzlich ihre Zigarette aus und fixierte McGrath. »Vorige Woche haben ein paar von Ihren Bengeln die Rosenbeete der Marcys zertrampelt, und als Elizabeth sie dabei ertappte, haben sie ihr Ausdrücke an den Kopf geworfen, die sie in ihren ganzen achtzig Jahren noch nicht gehört hatte. Sieht so Ihr gutnachbarliches Verhältnis aus, McGrath?«
»Das tut mir leid. Ehrlich. Aber es sind eben Kinder. Und man hat ihnen noch nicht eingebleut, daß das Besitzrecht wichtiger ist als die Menschenrechte. Tut mir leid, daß sie Ihnen auf die Zehen getreten sind.«
Janet verzog den Mund. »Sehr gütig von Ihnen.«
In dieser gespannten Atmosphäre sagte Emily freundlich zu McGrath: »Ich fürchte, der Vorschlag, einem Außenseiter ein Stipendium zu geben, würde hier alte Wunden aufreißen. Als wir das letzte Mal einem Jungen das College finanziert haben, ist die Sache schiefgelaufen.«
»Wer war denn dieser Junge?« fragte David.
»Jimmy Flood, nicht wahr?« sagte Deborah. »Das muß jetzt ungefähr zehn Jahre her sein.«
»Ein Außenseiter? Was meint ihr denn damit?«
»Er war ein Junge aus dem Ort«, erklärte Emily. »Sein Vater war jahrelang bei der Bank angestellt. Seine Mutter war nicht besonders solide. Als sie mit einem anderen davonlief, begann ihr Mann zu trinken, und da hat sich die Gesellschaft der Freunde um Jimmy gekümmert. Ein hochbegab-

ter Junge! Wir haben ihm Gelegenheitsarbeit verschafft und ihm, solange er hier zur Schule ging, ein festes Taschengeld gegeben. Und dann haben wir ihn aufs College geschickt. Er brachte alle Voraussetzungen für ein Stipendium mit. Er war enorm intelligent und sehr nach innen gewandt.«

»Jetzt erinnere ich mich«, sagte Deborah. »Hat er nicht als Kind auf einen Müllmann geschossen?«

»Es war ein unglücklicher Zufall, Debbie«, korrigierte sie Emily. »Ein reiner Zufall.«

»Aber bei uns in der Kommune gibt es keine Schußwaffen«, sagte McGrath. »Müllmänner übrigens auch nicht. Und außerdem bin ich der Meinung, daß Sie uns nicht für Jimmy Floods Sünden büßen lassen sollten.«

»Wenn von diesem verrückten Jimmy Flood die Rede ist«, sagte Sarah Frisch, die gerade mit frischem Kaffee aus der Küche kam, »dann habe ich auch was zu berichten. Eigentlich wollte ich es nicht erwähnen, nach allem, was sich damals abgespielt hat, aber er ist wieder im Ort gewesen. Vor etwa vier Wochen.«

»Wissen Sie das bestimmt?« fragte ich überrascht. »Warum sollte er jetzt, wo sein Vater tot ist, nach Scammons Landing kommen?«

»Keine Ahnung, aber er war da. Mein Neffe hat's mir erzählt. Zuerst hat er Jimmy gar nicht erkannt, wegen der dunklen Brille und dem Bart und so, aber er war's tatsächlich. Er sei auf der Durchreise, hat er erzählt.«

»Er hätte uns wenigstens guten Tag sagen können«, sagte Emily.

»Das schon, aber genausogut konnte er's bleiben lassen. Jedenfalls hat er sich sehr ausführlich nach Ihnen allen erkundigt, sagt mein Neffe. Aber es ist ihm bestimmt lieber gewesen, Ihnen nicht zu begegnen, nach allem, was er im College angestellt hat. Auf Leute zu schießen und Bomben zu legen, anstatt über den Büchern zu sitzen! Und das alles mit Ihrem Geld!«

»Na, na«, sagte David, aber Janet fiel ihm ins Wort: »O ja! Er hat gemeinsame Sache mit diesen Randalierern gemacht und etliche Bombenattentate und Brandstiftungen verübt, bevor er sein Studium abbrach. Bestens geeignet für ein Stipendium, was?«

»Also hören Sie mal, Janet«, sagte McGrath, »Sie wissen genau, daß wir da drüben eine Kommune im Geist der Liebe und Nächstenhilfe aufbauen wollen. Gerade ihr Quäker solltet das zu würdigen wissen und uns unterstützen.«

»Ich weiß nur, daß in eurer Kommune ungefähr zwei Dutzend gesunde junge Leute leben, die sich um jede Verantwortung drücken. Ich bin dagegen, daß man sich drückt. Warum sollten wir so etwas unterstützen?«

»Darüber sollte man wirklich mal nachdenken«, sagte David. Janet sah ihn scharf an, McGrath war überrascht. Immerhin waren es David und

Deborah gewesen, die sich, gegen meine Bedenken, dafür eingesetzt hatten, das Anwesen an die Kommune zu vermieten.

»Aber David«, sagte McGrath, »ich dachte, du bist auf unserer Seite.«

»Das ist richtig, aber ich kann auch Janets Standpunkt verstehen. Ray, ihr habt das Anwesen wirklich schrecklich verkommen lassen. Und obwohl ihr ständig davon redet, daß ihr Gemüse anbauen wollt, habt ihr noch nicht mal ein Radieschen geerntet.«

»Na ja, sobald wir einigermaßen strukturiert sind...«

Janet unterbrach ihn: »Aber Sie betonen doch ständig, daß Sie jede Strukturierung ablehnen!«

»Wir wollen, daß es freiwillig geschieht. Wir haben andere Vorstellungen als Sie. Wir wollen niemanden zu etwas zwingen.«

»Ray«, sagte David, »wenn du damit sagen willst, daß die Gesellschaft der Freunde ihre Mitglieder zu irgend etwas zwingt, bist du auf dem Holzweg. Dann wäre ich bestimmt nicht Quäker geworden.«

Ein Mystiker, mein Schwiegersohn! Ein Mensch, der sich zu sehr vom Zen-Buddhismus und von der Hippie-Philosophie und dergleichen beeindrucken und sich allzu leicht von unausgegorenen Ideen über verrückte gesellschaftliche Experimente überzeugen ließ. Aber, wie ich zugeben mußte, ein praktisch veranlagter Mystiker. Und macht nicht gerade das den guten Quäker aus?

James Flood

In meinem billigen Hotelzimmer träumte ich die ganze Nacht von Sümpfen.
Nein.
Nicht von Sümpfen. Von Schlick und Treibsand, wo weit und breit nichts Grünes wuchs. Ein endloser, schleimiger Morast, und ich, James Flood, ganz allein mittendrin, knietief im warmen Matsch, und ich sank und sank und sank. Der Treibsand kitzelte mich an den Schenkeln, an den Hüften, am Bauch. Keuchend und in Schweiß gebadet wachte ich auf und wußte sofort, daß ich in dem knarrenden Bett eines Drei-Dollar-Hotelzimmers in Miami lag.
Fünf Uhr.
Noch eine Stunde, bis mich die Shanklins am Busbahnhof abholen würden, aber hier konnte ich die Zeit bis dahin nicht totschlagen. Und außerdem war es hier noch schwüler als draußen.
Trotzdem zwang ich mich dazu, mich ganz langsam anzuziehen. Ich brauchte Zeit, um den Finger vom »Schaltknopf« zu nehmen. Diese Bezeichnung verwandte ich seit etwa zehn Jahren, also seit ich sechzehn war. Der »Schaltknopf«, der Phantasie in Wirklichkeit verwandelte. Phantasie – das ist die Reaktion auf einen Vorfall, der dich rasend macht. In einer Menschenmenge tritt dir jemand auf die Zehen. In deiner Phantasie holst du verstohlen die Rasierklinge aus der Tasche, ziehst sie quer über seinen Oberschenkel und verdrückst dich, noch bevor er den Schmerz empfindet und das Blut durchs Hosenbein sickern spürt.
Soweit ist es reine Phantasie.
Aber du brauchst bloß auf den Schaltknopf zu drücken, und schon hältst du eine echte Klinge in der Hand, schon hörst du, wenn sie seinen Schenkel aufschlitzt, einen echten Schmerzensschrei. In der Wirklichkeit spielt sich, sobald man den Knopf gedrückt hat, alles viel schneller und nicht so planmäßig ab – deshalb ist es notwendig, daß man sich der Existenz des Schaltknopfes ständig bewußt ist und ebenso der Gefahr, daß man, sobald man ihn betätigt, in eine Falle geraten kann. Wie damals, bei dem Müllmann, der dafür, daß er den Abfall in seinen Wagen kippen sollte, überbezahlt war und trotzdem die Hälfte davon auf deinen Gehsteig fallen ließ.
Wenn du so einfach zusehen mußt, wie dieser Hornochse den Gehweg vor deinem Haus verschmutzt, so daß du, der Fünfzehnjährige, bestimmt

wieder auf Befehl deines Papas das Zeug wegkratzen mußt, dann ist es ganz natürlich, daß du dir vorstellst, du hättest das neue 22er Gewehr – Remington, einschüssig, in jedem Eisenwarengeschäft erhältlich – in der Hand. Laß deine Phantasie noch ein bißchen spielen, und schon spürst du, wie du die Patrone ins Magazin schiebst, spürst den Schaft an deiner Schulter, hast den Müllmann im Visier. Und dann stellst du dir vor – ach, wie dein Herz dabei klopft! –, daß du abdrückst und mitten durch den übervollen Eimer schießt, den er gerade auf seinen LKW hievt.
Unwillkürlich hast du auf den Schaltknopf gedrückt. Und irgendwie hat die Kugel nicht den Eimer getroffen, sondern sich in diesen muskulösen, behaarten, nach Abfall stinkenden Unterarm gebohrt. Der Kerl hat den Eimer fallen lassen und nach seinem kaputten Arm gegriffen. Wie vom Donner gerührt, starrt er ihn an. Dann brüllt er: »Verflucht!«, schaut sich um, entdeckt dich am Fenster, wo du, das Gewehr in der Hand, wie gelähmt stehengeblieben bist – nicht etwa in einer Phantasiestadt, sondern mitten in Scammons Landing, deinem lieben Heimatstädtchen.
Ohne es zu wissen, hast du den Knopf gedrückt und aus deinem Traum Wirklichkeit gemacht. Und dann? Wachtmeister Duffy, ein schwerfälliger, aber ehrgeiziger Polyp. »Weißt du, was ein Mordversuch ist, Kleiner? Mach's Maul auf, du Dreckskerl!« Ach ja, und Mr. Dillingworth, der Bewährungshelfer! Zwei Zentner gespieltes Mitgefühl. Tätschelt dir den Rücken, streicht dir übers Haar. Mr. Dillingworth, Sir, hat Ihnen noch niemand gesagt, daß Rückentätschler und Haarestreichler Typen sind, die nicht den Mumm haben, richtig hinzulangen?
Also, auch wenn man Blut schwitzt, muß man höllisch aufpassen, daß man den Schaltknopf nicht versehentlich drückt. Und doch war es dieser Knopf, dem ich mein Ansehen verdankte. Das Risiko dabei war nur, daß ich die Sache nicht immer unter Kontrolle hatte, sondern manchmal unwillkürlich Ereignisse auslöste und dann auf der Flucht vor lauthals schreienden Verfolgern war...

Eine Minute vor sechs war die Gegend um den Busbahnhof wie ausgestorben.
Dann bog ein großer LeSabre um die Ecke, verbeult, ausgebessert, mit verrosteten Chromteilen, aber mit gleichmäßig summendem Motor. Das Heck war beträchtlich belastet. Der Wagen hielt direkt neben mir. Coco saß am Steuer, Harvey und Lester thronten hinter ihm wie zwei reiche Touristen, die sich von einem schwarzen Chauffeur zur Besichtigung der einheimischen Alligatoren fahren lassen.
Coco stieg aus, öffnete den Gepäckraum und half mir, meinen Koffer neben den anderen Gepäckstücken und den zwölf Zwanzig-Liter-Kanistern zu verstauen, die die beiden Touristen mit Daddys Superbenzin gefüllt hatten.

»Les hat gar nicht so unrecht gehabt«, sagte ich zu Coco. »Wenn dieser Karren in ein Schlagloch gerät, bohrt sich die Stoßstange direkt ins Pflaster.«

»Mann, auf den piekfeinen Schnellstraßen bis hinauf nach New York gibt's doch keine Schlaglöcher«, klärte mich das schwarze Orakel auf. »Und danach sind wir das ganze schwere Gepäck los.«

Keine Widerrede.

Ich setzte mich neben Coco, dann starteten wir in Richtung Süden. »Wieviel Geld hast du aufgetrieben?« fragte ich Harvey.

»Fünfzig.« Er hatte nicht nur die Moneten mitgebracht, die Daddy hinter ein paar lockeren Backsteinen der Garagenmauer versteckt hatte, sondern auch die verrostete Konservendose, in der er sie immer aufbewahrte.

»Du hast doch mit viel mehr gerechnet.«

»Das stimmt, aber mehr war eben nicht da.«

»In der Ladenkasse waren zwanzig«, sagte Lester, »aber die haben wir liegenlassen. Wenn sie gefehlt hätten, wäre Daddy sofort klargeworden, daß wir wieder auf die schiefe Bahn geraten sind. Dann hätte er die Bullen auf uns gehetzt, sobald die Kasse heute zum ersten Mal geklingelt hätte.«

Auf die schiefe Bahn geraten! Wenn mir der leise Verdacht gekommen war, daß die beiden nicht den gesamten Inhalt der Dose an die Firma übergeben wollten, dann genügte dieser Ausdruck, um jedes Mißtrauen wegzuwischen.

»Magere Ausbeute, Mann!« sagte Coco. »Wir brauchen wenigstens so viel, daß wir uns drei Tage lang verpflegen können.«

»Richtig. Aber du hast nicht an Santiago gedacht«, erklärte Harvey. »Solche Typen laufen doch nicht mit leeren Taschen herum.«

»Vielleicht nicht, aber wenn du darauf mit deiner Million wetten willst, dann erwarte bitte nicht, daß ich mitziehe.«

»Schluß damit, Coco!« sagte ich. »Es wird schon klappen.«

»Bei einem solchen Vorhaben verläßt man sich nicht darauf, daß es schon irgendwie klappen wird, Mr. Flood. Man muß alle veränderlichen Größen in Betracht ziehen.«

Vorhaben, sagte er. *Veränderliche Größen.* Der Stipendienausschuß von St. Hilary konnte stolz auf ihn sein. Vor zehn Jahren war Coco der erste einheimische Streber gewesen, den die dortigen Steuerzahler auf die gute alte Londoner Universität geschickt hatten, wo er fast ein Jahr lang eifrig studierte, bis er schließlich bei einer Reiberei auf dem Trafalgar Square einen unfreundlichen Bobby niederstach. In Hubert Digbys Leben war dieser Bobby eine der wenigen veränderlichen Größen, mit denen er leichtsinnig umgegangen war. Seit damals war er nie wieder so leichtsinnig gewesen.

Ich sagte zu Hubert Digby: »Nach den Statuten der Firma ist Harvey für

Stufe eins zuständig, und bis jetzt hat er gespurt. Wenn er Mist macht, kannst du Vorsitzender des Paranoiker-Ausschusses werden.«
Verflucht noch mal, ich war schließlich doppelt so lange im College gewesen; zwei Jahre Alma mater, Mutter der »Freunde«, wo man sich am Sonntag – Verzeihung, am Ersten Tag – nach dem faden gemeinsamen Frühstück aus reiner Langeweile der schweigenden Andacht hingeben konnte, umgeben von Quäkern, die mit glasigem Blick nach dem inneren Licht suchten. Und natürlich war jeder, der auch nur einen Schimmer davon entdeckte, aufgerufen, die Botschaft zu verkünden. Ich selbst verspürte nur ein einziges Mal den unwiderstehlichen Drang dazu, und zwar an jenem Ersten Tag, als ich so high war, daß es fast bis zur Stratosphäre reichte. Plötzlich stand ich auf und verkündete: »Hoffentlich ist jedem hier klar, daß das alles Scheiße ist.« Wer die Quäker kennt, wird sich kaum darüber wundern, daß ich danach *nicht* hinausgeschmissen wurde – du liebe Güte, nein! –, sondern daß sich ein Komitee zartfühlend mit mir befaßte und mir erklärte, meine heftige Abwehrreaktion sei in Wirklichkeit ein Beweis für meinen Hunger nach Erleuchtung. Und so ging es mir schließlich wie einem, der von einer riesigen Qualle umschlungen wird: Dafür, daß ich versucht hatte, auf diese ganze schwabbelige Masse irritierend zu wirken, drückten mich die Quäker nur noch fester ans Herz. Und fast noch inniger umarmte mich der S. D. S., das heißt, seine im Anfangsstadium befindliche Weatherman-Gruppe, weshalb ich schließlich (man beachte die Parallele zu Cocos Krise in London!) mitten in eine Brandbombenschmeißerei geriet, die mir beinahe eine Gefängnisstrafe und ein Leben auf freier Wildbahn einbrachte.

Während unserer Fahrt auf dem Tamiami Trail, bei der wir gemäßigte Rockmusik eingestellt hatten – psychedelischen Rock, verwässert mit Brauselimonade –, herrschte auf der eintönigen Strecke nur wenig Verkehr. Als wir in die 94 einbogen, die in westlicher Richtung durchs Sumpfgebiet führt, sahen wir überhaupt keine Fahrzeuge mehr, bis wir schließlich durch einen merkwürdigen Konvoi aufgehalten wurden. Ein Halbdutzend unförmige Apparate, deren Fahrer hoch über unseren Köpfen auf ihren Sitzen thronten, schaukelte wie eine Prozession mechanischer Elefanten die Straße entlang.
»Sumpfbuggies«, erklärte Lester. »Heute ist wieder ein Rennen.«
»In unserer Gegend?« fragte Coco.
»Nein, gar nicht weit von hier. Wir haben noch fast zwei Kilometer zu fahren.«
»Und wenn diese Leute einen Schuß hören?«
»Es ist doch nur ein Karabiner«, beruhigte ihn Harvey. Er beugte sich vor und kniff Coco mit Daumen und Mittelfinger in den Nacken. Mit seiner Pratze hätte er vermutlich Cocos Hals umspannen und ihn nur mit diesen

beiden Fingern zudrücken können. »Keine Kanone! Nur ein klitzekleines Kindergewehr.«
Coco bremste plötzlich und fixierte Harvey im Rückspiegel. »Mister, ich hab's nicht gern, wenn man mich unaufgefordert betatscht.«
Wer Coco kannte, wußte genau, daß das ein Ultimatum war. Dieser Hubert Digby war nicht nur eine schwarze Natter, sondern hatte auch etwas von einer Klapperschlange an sich. Nach der ersten Warnung wurde er gefährlich.
Harvey kannte Coco. Aber nach allem, was er über seine Jugendjahre am Rand der guten alten Everglades berichtet hatte, gab es damals für ihn kein größeres Vergnügen, als eine Klapperschlange bis zur Weißglut zu reizen, bevor er sie einfing, um sie für ein paar Dollar an das Serpentarium in Miami zu verkaufen. Einmal war er bei diesem Spielchen gebissen worden, woraufhin Lester die Klapperschlange beim Schwanz gepackt und ihr an einem Baumstamm den Kopf zertrümmert hatte.
Es war ein taktischer Fehler, daß Coco ein Ultimatum stellte, während Harveys Finger sich in seinen Nacken gruben und noch dazu Lester neben Harvey saß. Andrerseits war es ein Fehler von Harvey, zu glauben, er könnte seine Finger noch länger in diesen schwarzen Nacken pressen, ohne gebissen zu werden.
Mir gefiel das. Zu spüren, wie sich Spannungen entwickelten. Auf einer Gitarre mit schlaffen Saiten konnte man keine Musik machen. Hier war der Beweis dafür, daß die Firma in der Lage war, Musik zu machen. Die Truppe war einsatzbereit.
»Laß das, Harvey!« sagte ich. »Fahr weiter, Coco! Überhol diese Prozession! Wenn die links abbiegen, halten sie uns zu lange auf.«
Harvey nahm seine Knackwurstfinger von Cocos Nacken. Coco gab Gas und brauste an der Prozession vorbei. James Flood hatte gesprochen. Wenn J. Flood ungeduldig wurde und Befehle erteilte, wagten seine Genossen keine Widerrede. Warum nicht? Weil er unberechenbar war. Weil er den Finger unberechenbar und manchmal auch unkontrollierbar am Schaltknopf hatte.
Das war ihnen eines Tages in Raiford bei der Gruppentherapie klargeworden, an der wir einerseits teilnahmen, um die übrigen Firmenmitglieder zu treffen, andrerseits, weil es mehr Spaß machte, den freundlichen Idioten, der diese Sitzungen leitete, auf den Arm zu nehmen, als schon wieder eine Partie Dame zu spielen. Und bei einer dieser Sitzungen wurde meine Vergangenheit enthüllt und über den Schaltknopf gesprochen. Mit Auf-den-Arm-Nehmen war da nichts mehr zu machen, die Tatsachen waren unbestreitbar, die drei anderen Firmenmitglieder nahmen sie respektvoll zur Kenntnis und beobachteten von da an mißtrauisch, wie weit Floods Finger noch vom Schaltknopf entfernt war.
Sollte also J. Flood irgendwann einmal dazu getrieben werden, einen sei-

ner Partner zu erledigen, dann würde er wahrscheinlich gar nicht wissen, daß er es tat. O ja, wir waren alle gleichberechtigt, aber einer von uns – der Intelligenteste und Unabhängigste, wenngleich der Unauffälligste – war sehr viel gleichberechtigter als die drei anderen zusammen.
Daß Harvey widerstrebend Cocos hübschen Nacken losließ und daß Coco mürrisch die ratternden Sumpfbuggies überholte, bewies, daß sie begriffen hatten, wie gefährlich das Leben sein konnte, und bewies gleichzeitig, daß die Firma auf gesunden Füßen stand und richtig funktionierte.
Ein gutes Omen.

Die ausgebrannte Hütte stand genau an der Stelle, die uns Santiago beschrieben hatte. Das Feuer hatte ganze Arbeit geleistet. Von der Hütte waren nur noch einige verkohlte Balken übrig. Und sogar das Metallschild, das an einem drei Meter entfernten Pfosten hing, war angesengt.
Die Aufschrift *Schützenverein »Glades«* konnte man noch entziffern.
Und darunter stand in noch größeren Buchstaben: *Privat! Zutritt streng verboten.*
»Früher war hier ein Wachtposten«, sagte Harvey. »Ein ekelhafter Kerl mit einem Gewehr. Sobald man hier stehenblieb, hielt er's einem direkt vor die Nase.«
Neben der Hütte war ein ausgefahrener Weg, der in südlicher Richtung auf dichtes Gestrüpp zuführte. Coco lenkte den Wagen in die tiefen Radspuren, und während wir langsam weiterrumpelten, schlug die hintere Stoßstange einige Male hart am Boden auf. So laut wie ein Holzhammer.
»Was machen wir, wenn Santiago mit ein paar Freunden hinter diesen Büschen auf uns wartet?« fragte Coco die beiden auf dem Rücksitz. »Er glaubt doch, daß wir viertausend Dollar mit uns herumschleppen. Das reinste Taubenschießen könnten die mit uns veranstalten!«
»Keine Chance«, sagte Harvey.
Coco stoppte und deutete mit dem Kopf auf das Gestrüpp. »Wie wär's denn, wenn du mal nachsehen würdest?«
Harvey hatte den Karabiner in einem Futteral neben sich auf den Boden gelegt. Als er die einzelnen Teile zusammengesetzt hatte, sah es tatsächlich so aus, als hielte er ein Kindergewehr in der Hand. Er stieg aus, schlenderte auf das Gestrüpp zu und verschwand darin. Nach einer Weile erschien er wieder und forderte uns durch Handzeichen auf, weiterzufahren. Und dann sahen wir, daß der Weg nicht bei dem Gestrüpp zu Ende war, sondern scharf nach rechts abbog, sich durchs Unterholz schlängelte und auf eine Lichtung führte, die auf der anderen Seite ebenfalls von dichtem Gestrüpp eingegrenzt war. Wieder fuhren wir eine verborgene Schneise entlang, und dann kamen wir auf ein großes, freies, von einem Kanal durchzogenes Gelände. Die Überreste eines Landungsstegs ragten

aus dem Wasser. Die Gegend jenseits des Kanals schien nur aus Riedgras zu bestehen.
Als wir ausstiegen, wurde die verwässerte Rockmusik gerade unterbrochen, und eine Stimme teilte uns mit, daß es sieben Uhr war und auf den Straßen in und um Miami alles in Ordnung sei. Reibungsloser Verkehr, liebe Hörer!
»Na klar, so früh am Morgen!« Lester schaltete das Radio ab, dann beobachteten wir, wie Harvey zum Landungssteg ging und Ausschau hielt. Auf dem Weg zurück scharrte er hie und da mit dem Schuh auf der Erde herum und hob etwas auf. Er zeigte uns die verschmutzten Souvenirs: Ungewöhnlich große Patronenhülsen. »Davon liegt hier eine ganze Menge rum. Scheint, daß dieser Schützenverein nicht bloß Gewehre benützt hat.«
Coco nahm eine Patronenhülse. »Fünfziger. Schweres Maschinengewehr.«
Harvey deutete auf das Gestrüpp. »Und dort innen ist überall verrosteter Stacheldraht.«
»Sehr militärisch«, sagte Coco. »Also, was meinst du, Mann, kommt er auf der Straße oder auf dem Kanal?«
Harvey zuckte die Achseln. »Höchstwahrscheinlich auf der Straße. Auf dem Wasser würde man ihn schon lange vor der Ankunft kommen hören. Diese Luftkissenboote sind laut.«
»Aber er könnte trotzdem per Boot kommen.«
»Möglich. Wir müssen eben die Straße *und* den Kanal überwachen.«
»Vom Unterholz aus?«
»Nein, das ist zu weit weg. Dürfte sechzig bis siebzig Meter vom Steg entfernt sein. Bis zu einem Abstand von fünfundzwanzig Metern kann Les mit dem Karabiner ein Zehncentstück treffen. Wenn wir uns dort verschanzen, wo jetzt das Auto steht, hat er alles im Schußfeld.«
»Vom Auto aus?« rief Coco. »Mann, dieser Santiago kommt bestimmt nicht allein! Wenn die merken, wie ein Gewehrlauf durchs Wagenfenster geschoben wird, können wir bloß noch darauf warten, wen von uns sie als ersten abknallen.«
»Doch nicht *im* Auto. *Unterm* Auto!«
Nach der systematischen Art der Shanklins hatte Harvey alle Möglichkeiten in Betracht gezogen und war also auch auf diese Situation vorbereitet. Im Gepäckraum lag ein in Sackleinen eingewickelter Spaten. Lester machte sich ans Graben – zuerst lockeres Erdreich, dann Sumpferde –, trug jede Schaufelvoll zum Kanal, kippte sie hinein und stand schließlich in einem hüfthohen Schützenloch.
»Angezogen setz ich mich nicht in diesen Matsch!« Er zog sich aus und kauerte sich nackt in das Loch. Sein Skalp reichte jetzt genau bis zum oberen Rand.

Harvey gab ihm den Karabiner, setzte sich ins Auto und ließ es zentimeterweise rückwärts rollen. »Stop!« rief Lester, als der Wagen genau über dem Loch stand. Harvey zog die Bremse, stieg aus, kniete sich auf die Erde und spähte unter das Chassis. »Keine Dellen?«
»Ein paar«, sagte Lester. »Mein Hintern ist schon ganz naß, aber nicht vom Schwitzen.«
Von da, wo ich stand, war er überhaupt nicht zu sehen. Als ich mich neben Harvey kauerte, sah ich nur Lesters funkelnde Augen und den Gewehrlauf.
»Hast du alles im Schußfeld?« fragte Harvey.
»Alles, vom Weg bis hinunter zum Steg. Sorg dafür, daß er auf dieser Seite des Wagens bleibt! Und jetzt fährst du ein Stück zurück und läßt mich hier raus, bis wir ihn kommen hören.«
Als er herausgeklettert war, nahm er ein Bad im Kanal, und dann legte er sich nackt auf den Steg, um sich bräunen zu lassen. Er und Harvey hatten das erstaunliche Talent, jede Wartezeit zum Schlafen auszunützen, ganz gleich, unter welchen Umständen. Ich saß im Auto und drehte am Radio herum, bis ich einen Sender fand, der die neuesten Nachrichten aus dem Chaos da draußen brachte. Coco strich durchs Gebüsch, durchs Dikkicht, durchs Riedgras – die schwarze Natter auf Forschungsreise.

Um halb zehn hielt die Firma eine Konferenz ab, bei der alle möglichen Spielarten des bevorstehenden Ereignisses durchgesprochen wurden. Danach befahl Harvey seinem etwas mürrisch reagierenden Bruder, den Karabiner zu nehmen und sich ins Schützenloch zu verkriechen. Dann brachte er den LeSabre in die richtige Position.
Kurz nach zehn hörten wir ein Auto den holprigen Weg entlangrumpeln. Als es um die Kurve bog, sahen wir durchs Fernglas, daß es ein alter, offener Lieferwagen war. Santiago chauffierte, und auf der Ladefläche stand ein genauso fetter Typ mit einer Kanone, einer Maschinenpistole, die in unsere Richtung zeigte.
Santiago fuhr nicht sofort auf uns zu, sondern klapperte erst mal den ganzen Umkreis ab. Wieder ein gutes Omen. Hätte sich Lester im Unterholz verschanzt, wäre er bei dieser genauen Geländeerkundung todsicher entdeckt worden. Schließlich änderte Santiago die Richtung und stoppte in unserer Nähe. Der Mann mit der Kanone hielt uns aus einer Entfernung von etwa sechs Metern in Schach. Auf der Tür des Lieferwagens stand *A & A Schrott und Altmaterial,* und die Ladung bestand aus zwei verrosteten Gefrierschränken, die wie Särge aufeinandergestellt und mit Strikken befestigt waren, sowie aus einem Haufen Altmetall.
Wir standen abwartend da, während Santiago herauskletterte. Er zog eine kurzläufige Pistole aus der Hosentasche, was ihn offensichtlich einige Mühe kostete, ging zu dem LeSabre und spähte hinein. Dann kam er lä-

chelnd auf uns zu, wobei er das Schießeisen ständig hin und her bewegte. »Hoffentlich nehmen Sie mir das nicht übel«, sagte er und filzte uns blitzschnell mit der linken Hand.
»Sie sind ein sehr mißtrauischer Mensch«, sagte Coco.
»Stimmt. Seit einiger Zeit gibt es in diesem Geschäft immer wieder Ärger.« Er richtete die Waffe auf Harvey. »Das Geld?«
»Sie haben gesagt, wir könnten zuerst die Ware überprüfen«, wandte ich ein.
»Hab ich das gesagt? Na, dann hab ich eben inzwischen meine Meinung geändert. Zuerst das Geld!«
Das Problem war, daß er sich genau in der Schußlinie zwischen Lesters Versteck und dem Mann auf dem Lieferwagen aufgepflanzt hatte. Es war sinnlos, ihn zu erledigen, während der andere die Spritzpistole auf uns gerichtet hatte.
»Sie haben das Geld gestern abend gesehen«, sagte ich. »Alles, was ich hier sehe, sind zwei kaputte Eisschränke.«
»Was drin ist, werden Sie sehen, sobald Sie bezahlt haben.«
»Alles da, was wir bestellt haben?« Ich hatte das Gefühl, daß er Wurzeln geschlagen hatte, daß er für immer an dieser Stelle festgewachsen war und uns das Konzept verdarb. »Die richtige Ware? Keine Änderungen?«
»Nur zu Ihren Gunsten. Keine Thompson-Maschinenpistolen, sondern israelische. Marke UZI. Bessere können Sie gar nicht bekommen, und Sie zahlen denselben Preis dafür. Und statt M-16-Gewehren liefere ich M-14. Die Sechzehner sind zu heiße Ware. Und mit den Vierzehnern werden Sie genauso zufrieden sein.«
»Wie wär's, wenn Sie diese Entscheidung uns überließen?« Ich deutete auf den Lieferwagen.
»Das Geld, bitte!«
»Na schön, das Geld ist im Auto. Im Handschuhfach. Ich bring's Ihnen.«
»Nein!« Er hielt mir die Pistole vor die Nase. »Sie bleiben hier stehen. Das Geld hole ich selbst, Mister.« Ohne uns aus den Augen zu lassen, bewegte er sich auf den Wagen zu. Die Waffe auf uns gerichtet, tastete er nach dem Türgriff, öffnete, beugte sich übers Lenkrad und fummelte am Knopf des Handschuhfaches herum.
»Ist wahrscheinlich abgesperrt«, sagte Coco. »Hier ist der Schlüssel, Mann.« Und dann ging er, den Schlüssel in der ausgestreckten Hand, zum Wagen. Santiago, eingeklemmt zwischen Lenkrad und Fahrersitz, war in diesem Moment in einer ähnlichen Situation wie ein gebratener Truthahn, der aufs Tranchiermesser wartet. Aber wo war in diesem Moment unser Heckenschütze, dieser gottverdammte Hinterwäldler? War er in seinem Loch eingedöst?
Der Schuß aus dem Karabiner klang wie das Knallen einer Peitsche, die jemand auf meine Füße niedersausen ließ. Coco hatte plötzlich das Tran-

chiermesser für diesen Truthahn in der Hand – ein zwanzig Zentimeter langes Springmesser. Er stieß es Santiago so tief in den Rücken, daß er es nur mit Mühe wieder herausziehen konnte, um nochmals zuzustoßen. Santiago brüllte und versuchte, sich hinter dem Lenkrad durchzuzwängen. Ich rannte los und riß ihm die Pistole aus der Hand. Als ich mich umdrehte, sah ich Harvey wie ein Rhinozeros auf den Lieferwagen zustürmen. Er kletterte auf die Ladefläche. Von dem Mann mit der Maschinenpistole war nichts mehr zu sehen. Harvey schaute nach unten, dann signalisierte er »V«. Viktoria, der Sieg ist unser! Das Ganze hatte zehn Sekunden gedauert, vielleicht eine mehr oder eine weniger.
»Pack mal mit an!« sagte Coco. »Dieser Scheißkerl blutet derart, daß der ganze Wagen beschmiert wird.« Santiago war noch nicht ganz hinüber. Wir zerrten ihn aus dem Wagen, und als er auf der Erde lag, jagte ich ihm eine Kugel zwischen die Augen. Die Blutspuren im Auto wischte Coco mit einem Lappen weg, den er in den Kanal getaucht hatte, und danach fuhr er den Wagen ein Stück zurück. Jetzt kam Lester völlig verdreckt aus dem Schützenloch gekrochen und versuchte, seine Beine auszustrecken. Als wir auf den Lieferwagen kletterten, hatte Harvey bereits die Stricke aufgebunden. Neben den Gefrierschränken lag Santiagos Partner auf dem Rücken. Wo sein eines Auge gewesen war, klaffte jetzt ein großes, blutiges Loch.
»Nur ein einziger Schuß!« verkündete Lester, von Selbstbewunderung geschwellt.
»Hat lang genug gedauert, bis du abgedrückt hast«, maulte Coco.
»Weil mir dieses fette Schwein im Weg war. Hat den ganzen Lieferwagen verdeckt. Du hättest den Kerl weglotsen sollen.«
»Und wie, bitte? Ich hab ja gleich gesagt, daß ihr nicht alle Möglichkeiten einkalkuliert habt. Das war schlechte Planung.«
»Aber es hat geklappt, was?« sagte Harvey. »Und jetzt helft mir mal mit der Ware!«
Sie war in den beiden Gefrierschränken verstaut, in dem einen die Waffen, im anderen die Munition. Zwei UZI-Maschinenpistolen, dazu fünfhundert Schuß, Kaliber 9 mm; zwei M-14-Armeegewehre, dazu hundert Schuß, Kaliber 7,62 mm; vier Polizeirevolver, sechsschüssige 38er Colts, dazu hundert Schuß; und sechs Handgranaten. Im Schrank mit der Munition lag auch die Gratiszugabe, die uns Santiago versprochen hatte: vier G.I.-Gasmasken. Die Ware war erstklassig. Selbst wenn wir Santiagos hohen Preis bezahlt hätten, wäre es kein schlechtes Geschäft für uns gewesen. Aber für das, was wir tatsächlich bezahlt hatten, war es das beste Geschäft, das man sich überhaupt vorstellen konnte.
Für die Planung der Stufe zwei hatte ich alle einschlägigen Berichte studiert, die ich mir beschaffen konnte. Mir war klar, daß die Polizei das Leben der Geiseln unserer Firma wohl kaum aufs Spiel setzen würde. Trotz-

dem mußten wir mit einer Attacke und Belagerung rechnen und entsprechend darauf vorbereitet sein. Aber auch wenn es zwei, drei Tage dauern sollte, bis die Belagerer die Nerven verloren, hatten wir jetzt genug Waffen, um sie in Schach zu halten. Und das war das wichtigste. Wir verstauten die Waffen im Fond des LeSabre und legten eine Decke darüber. Die Munitionskästen stellten wir neben dem Fahrersitz auf den Boden, um das Chassis einigermaßen gleichmäßig zu belasten. Santiago und seinen Partner hievten wir, nachdem wir ihren Brieftaschen zweihundert lebenswichtige Dollar entnommen hatten, in die Fahrerkabine des Lieferwagens, den Lester dann in den Kanal rollen ließ. Das trübe Wasser war nicht besonders tief; das Dach der Kabine ragte heraus. Und so machten sich die Shanklins die Mühe, es mit Zweigen und Riedgras zu tarnen, obgleich Coco darauf brannte, hier wegzukommen, und etwas von Eseln, die sich stumpfsinnig abplacken, murmelte.
»Hubschrauber«, sagte Harvey, der die Bemerkung gehört hatte. »Was ist, wenn die hier rumkurven und jemand runterschaut und neugierig wird?«
Um elf waren wir mit dem Aufräumen fertig. Wenige Minuten später hatten wir die Grenze zwischen dem Dade und dem Broward County überschritten und fuhren nordwärts. Damit war Stufe eins abgeschlossen.

Marcus Hayworth

Die Andacht war sehr gut besucht, besser als in den letzten Wochen. Alle dreizehn Gemeindemitglieder waren anwesend, außerdem Ray McGrath und Lou Erlanger von der Kommune sowie drei gutgekleidete Damen, die in Begleitung eines Chauffeurs aus irgendeinem Ferienort am Lake George herübergekommen waren – vermutlich, um uns im Rahmen ihres Urlaubsprogramms zu besichtigen.

Wir hörten eine Ansprache zum Thema: *Wo es keine Männer gibt, sei du ein Mann,* und das bewog mich, über das Problem der Mannhaftigkeit in einer Gesellschaft nachzudenken, der die Bereitschaft zu Gewalttätigkeit als ein Zeichen für Mannhaftigkeit gilt. Das innere Licht, das uns bewegt, uns zum Frieden und zur Gewaltlosigkeit zu bekennen, weil nur durch sie die schlimmsten Probleme dieser Welt gelöst werden können (dieses Bekenntnis hatte mir im Zweiten Weltkrieg wegen Verweigerung des Waffendienstes drei trübe Jahre im Gefängnis eingebracht), dieses innere Licht zeigt uns auch, daß sich wahre Mannhaftigkeit vor allem im gewaltlosen Widerstand gegen die Gewalt erweist. Denn der Angreifer ist angesichts der Tatsache, daß der andere sich bewußt nicht zur Wehr setzt, in den meisten Fällen außerstande, nochmals zuzuschlagen.

Aber waren jene drei Gefängnisjahre wirklich der höchste Beweis meiner Mannhaftigkeit gewesen? War ich im Lauf der Jahre das gleiche geworden wie mein Großvater, nämlich ein Quietist aus dem vorigen Jahrhundert, felsenfest überzeugt, daß, unbeschadet der Entwicklung in anderen Quäkerversammlungen, die Gemeinde in Scammons Landing ein Zufluchtsort sei, in den wir uns immer dann zurückziehen konnten, wenn die Welt da draußen uns allzu feindlich gesinnt war?

Sollte ich jetzt, mit fünfundfünfzig Jahren, meine Ansichten ändern? Sollte ich dazu beitragen, unsere Gemeinde in die von David gewünschte Richtung zu führen und sie zu bewegen, aktiven Anteil an Kommunalfragen zu nehmen und mit all jenen Verbänden zusammenzuarbeiten, die glaubten, schon morgen sämtliche Probleme lösen zu können? Sollten wir unser Versammlungshaus den Einwohnern des ganzen Distrikts für Diskussionsabende und Veranstaltungen zur Verfügung stellen?

Die Hand ausstrecken, nannten David und Deborah diese Methode.

Missionsarbeit nannten es die Schwestern Marcy. »Liebe junge Freunde, ihr habt missionarische Instinkte«, hatte Anna Marcy den beiden erklärt, als wir nach einer Andacht wieder einmal gemeinsam Kaffee getrunken

hatten. »Das kann ich nicht billigen. Ein Quäker überzeugt durch vorbildliches Verhalten, nicht durch Einmischung.«
O ja, die Schwestern Marcy waren liebe alte Freunde, Säulen des Komitees für Predigt und Aufsicht, Verteidiger der alten Zeiten und der alten Bräuche – und so rechthaberisch, wie es nur echte Quäker gelegentlich sein können. Aber hatten sie wirklich so unrecht?
Gerade als ich bei diesem Fragezeichen angekommen war, spürte ich, wie sich Emilys Hand fest und herzlich um meine schloß: Die Andacht war zu Ende. Und dann kamen, offensichtlich hochbefriedigt, jene drei gutgekleideten Damen aus dem Urlaubsort am Lake George auf mich zu. Eine von ihnen beehrte den Versammlungsraum mit einer großzügigen Handbewegung. »Wir sind so froh, daß wir hergekommen sind. Alles war so wunderbar altmodisch.«
Wenigstens jetzt wußte ich die Antwort auf meine Frage. »Finden Sie? Diese Wirkung war nicht beabsichtigt.«

Nach der Andacht machten wir uns gemeinsam mit den Marcys und unseren beiden Gästen aus der Kommune auf den Heimweg. Mit Rücksicht auf Anna und Elizabeth ließen wir uns Zeit. Wir blieben am sogenannten Aussichtspunkt stehen, der einzigen Stelle des Höhenweges, von der aus man durch die Baumwipfel des dichtbewaldeten Abhangs den Lake George sehen kann. Für mich war das immer wieder ein unglaublich schöner, bewegender Anblick, auch wenn er diesmal, wie stets im Juli, durch die vielen Motorboote etwas beeinträchtigt wurde.
Wir begleiteten Anna und Elizabeth bis zur Haustür. Als wir die letzten paar hundert Meter zu unserem Haus hinter uns hatten, sah ich, daß Besuch auf uns wartete. Zwei Männer – der eine klein und schlank, mit ordentlich gestutztem Haar und Bart, der andere ein sehr großer, sehr dunkelhäutiger Neger, beide trotz der Hitze mit Krawatte und Jackett – saßen, mit Gläsern in der Hand, auf der Veranda. Auf dem Tisch stand ein Krug, vermutlich gefüllt mit Sarah Frischs dünner Limonade – eine Zitrone auf drei Liter Wasser. Und auf dem Boden sah ich zwei abgewetzte Handkoffer stehen, ein Zeichen dafür, daß es sich nicht um Besucher handelte, die nur rasch mal vorbeischauen wollten.
»Du lieber Himmel«, sagte Emily, »es ist Jimmy! Jimmy Flood.«
Er war's tatsächlich. Er sprang auf, schüttelte uns herzlich die Hand und freute sich ganz offensichtlich über das Wiedersehen. Dann stellte er uns seinen Reisegefährten, Pastor Hubert Digby, vor, der, als er mir gegenüber stand, noch größer war, als ich angenommen hatte, dessen Lächeln ein herrliches Gebiß entblößte und dessen melodischer, gedehnter Akzent sofort verriet, daß er von den Westindischen Inseln stammte.
»James hat gesagt, Sie würden, wenn er sich hier sehen ließe, sofort denken: ›Aha, das schwarze Schaf ist wieder da!‹ Aber ich kann Ihnen, meine

lieben Freunde, versichern, daß er kein schwarzes Schaf mehr ist.« Er legte Jimmy kameradschaftlich den Arm um die Schultern. »Ein Herz aus purem Gold! Dieser Mann hat sich Jesus überantwortet. Eine wiedergeborene Seele.«

Ich hörte das mit gemischten Gefühlen. Dieses hochgestochene »Er hat sich Jesus überantwortet« war mir nicht ganz geheuer. Andererseits machte Jimmy auf mich den Eindruck, als hätte er tatsächlich inneren Frieden gefunden. *Wie* er dazu gelangt war, spielte schließlich keine Rolle. Bedauerlich fand ich nur, daß sein inneres Licht offenbar durch Erweckungspredigten angefacht worden war – vermutlich in der bei der heutigen Jugend so beliebten Pfingstbewegung. Diese Richtung hatte also erreicht, was uns Quäkern nicht gelungen war. Jimmy hatte damals engen Kontakt zu uns gehabt und als Heranwachsender, als er für neue Eindrücke besonders empfänglich war, an unserem Familienleben wie auch am Leben der Gemeinde teilgenommen. Aber offensichtlich hatte er sich nicht von uns, sondern von den aggressiven Methoden der Erweckungsprediger beeindrucken lassen.

Wenn mich trotzdem etwas über unser Versagen hinwegtröstete, dann war es der Gedanke, daß Jimmy Flood ein höchst ungewöhnlicher Fall gewesen war. Ich hätte zwar niemals ein so hartes Urteil über ihn gefällt wie Janet, die ihn einmal als eine jugendliche Variante von Dr. Jekyll und Mr. Hyde bezeichnete (»Tom Sawyer und Mr. Hyde« hatte sie gesagt), aber der auffallend kleine, schweigsame, fast zu höfliche und respektvolle Junge, der damals bei uns ein und aus ging, hatte tatsächlich etwas Rätselhaftes und manchmal sogar Furchterregendes an sich.

Wir hatten ihm einen Job verschafft: Nach der Schule kümmerte er sich um unseren Garten, und außerdem half er bei der Instandhaltung des zum Versammlungshaus gehörenden Anwesens. Er stürzte sich immer wie wild auf die Arbeit, versank aber nach einer Weile in dumpfe Passivität, in Wachträume vielleicht, und schaffte sein Pensum nie. Wenn man ihn darauf ansprach, starrte er einen verdutzt an, aber seine zusammengepreßten Lippen und geblähten Nüstern schienen mühsam unterdrückte Feindseligkeit zu verraten.

Immerhin war dieser Junge in eine Schießerei, ja beinahe in einen Mordfall verwickelt gewesen, und als das passierte, war er fast noch ein Kind! Bei der Verhandlung hatte der zugezogene Psychologe erklärt, Jimmy sei ein übersensibler Junge, dem die Pubertät zu schaffen mache, ein ausgezeichneter Schüler, der jedoch allzu erfolgsorientiert und in seinem Sozialverhalten derart gehemmt sei, daß man jenen Vorfall tatsächlich als einen jeder Selbstkontrolle entzogenen Ausbruch werten müsse. Aber auch wenn man diesem psychologischen Wortschwall Glauben schenkte, fiel es einem schwer, zu vergessen, daß dieser Junge auf einen harmlosen Unbekannten geschossen hatte.

Mein Verhältnis zu Jimmy wurde dadurch beeinträchtigt. Das ging so weit, daß ich manchmal nach einem ernsten Gespräch mit ihm Schuldgefühle hatte, weil ich nicht fähig war, ihm den Vater zu ersetzen. Aber gleichzeitig fragte ich mich erbost, warum eigentlich mir und nicht Donald Flood, dem richtigen Vater, die Verantwortung für diesen Jungen aufgeladen wurde. Und das zu einem Zeitpunkt, als ich schon genug Schwierigkeiten mit meiner eigenen, achtzehnjährigen Tochter Janet hatte, die mißmutig und verschlossen war, ganz zu schweigen von der zehnjährigen Deborah, die damals gerade entdeckt hatte, was man mit einem hübschen Gesicht und einschmeichelndem Wesen alles erreichen kann.
Ich glaube, mein entscheidender Fehler bestand darin, daß ich ausgerechnet zu jener Zeit versuchte, als Vaterersatz zu fungieren, in der Jimmy, nachdem er einen Teil des Tages bei uns verbracht hatte, nach Hause zu seinem richtigen Vater ging. Emily täuschte sich, wenn sie behauptete, Donald Flood habe erst zu trinken begonnen, als seine Frau mit einem anderen davongelaufen war. Ein Mann, der sich aus enttäuschter Liebe zu Tode trinkt – das ist ein beliebtes romantisches Märchen, das sich hartnäckig am Leben hält. In Wirklichkeit war für Donald, diesen großen, vierschrötigen Mann mit seiner unangenehmen, durch Rauhbeinigkeit nur oberflächlich getarnten Servilität, der Alkohol schon immer ein Problem gewesen. Daß er seine Stelle als Buchhalter in der Bank jahrelang behielt, hatte er nur meiner reichlich strapazierten Nachsicht zu verdanken.
Ein weiterer Fehler, den ich in dieser Sache beging, lag sicher darin, daß ich die Quäkergemeinde mit hineinzog. Das war zu der Zeit, als sich die Antikriegsbewegung immer stärker ausbreitete und die Gemeinde sich zu fragen begann, ob sie nicht etwas mehr dazu beitragen müßte als die im Rahmen der Andachtsversammlungen verkündeten Bekenntnisse zum Frieden, die tatsächlich immer häufiger wurden. Nur Kenneth und Ethel Quimby waren von Anfang an in der Antikriegsbewegung aktiv und nahmen, wenn sie es einrichten konnten, an jeder Konferenz und jeder Demonstration teil, auch wenn sie bis nach Washington fahren mußten.
Die Möglichkeit, ein gutes Werk zu tun, indem sie Jimmy Flood unter ihre Fittiche nahmen, bot sich den Quäkern von Scammons Landing also im richtigen Moment. Einen intelligenten, emotional gestörten Jungen davor zu bewahren, ein hoffnungsloser Fall zu werden, erschien ihnen als wünschenswerte Aufgabe oder, wie die Quimbys bei einer unserer hitzigen Arbeitsbesprechungen sarkastisch bemerkten, als genau das richtige Mittel, um ihr Gewissen zu beruhigen.
Aber selbst die Quimbys hatten gegen die Sache an sich nichts einzuwenden, und so sorgten von nun an alle Gemeindemitglieder dafür, daß Jimmy soviel Gelegenheitsarbeit bekam, wie er bewältigen konnte, und

daß ihm die Möglichkeit geboten wurde, am Leben der Gemeinde teilzunehmen. Und später wurde er mit beträchtlichem finanziellen Aufwand ins College geschickt, wo er sich nach zwei Jahren den extremsten, am stärksten zu Gewaltakten neigenden Elementen der Studentenbewegung anschloß.

Warum hatte er diesen Weg eingeschlagen? Die Schwestern Marcy und auch Emily waren fest davon überzeugt, daß es nur geschehen war, weil er nicht mehr unter dem Einfluß der Gemeinde stand. Die Quimbys und Janet, die sonst nur selten einer Meinung waren, führten es darauf zurück, daß er nicht mehr bei seinem Vater lebte. Als ich Janet erklärte, das sei nicht gerade einleuchtend, weil sein Vater ihn bestimmt nur schlecht beeinflußt habe, sagte sie: »Das schon, aber er war der einzige Mensch, vor dem Jimmy Angst hatte.«

Kenneth Quimby äußerte mir gegenüber so ziemlich die gleiche Meinung wie Janet, wenn auch nicht in einem derart verächtlichen Ton.

Und jetzt war Jimmy Flood wieder bei uns.

Wie ich bereits vermutet hatte, stellte sich heraus, daß Jimmy und sein Mentor, Pastor Hubert Digby, sehr viel mit der Pfingstbewegung zu tun hatten. Ihre Heimatgemeinde war in Florida, aber gemeinsam mit zwei anderen Mitgliedern, die ein Fahrzeug zur Verfügung gestellt hatten, waren sie nach Kanada gereist, um dort mehrere Gemeinden zu besuchen. Auf der Rückfahrt hatten sie in Scammons Landing Station gemacht, damit Jimmy uns wiedersehen konnte, aber dann waren ihm Zweifel gekommen, ob uns sein Besuch überhaupt angenehm wäre. Daraufhin waren sie weitergefahren, aber unterwegs hatte ihm Pastor Digby ins Gewissen geredet: Wenn ein Sünder zu Christus gefunden habe, dann habe er nicht nur das Recht, sondern auch die Pflicht, der Welt stolz ins Auge zu sehen und sich zu bekennen.

Da stand also der neue Jimmy Flood und bekannte sich. Und er bat sogar um Gastfreundschaft. »Unsere Brüder, denen das Auto gehört, wollen den freien Tag dazu verwenden, sich die Gegend anzusehen, aber morgen holen sie uns in aller Frühe ab. Wäre es wohl möglich, daß wir hier übernachten? Natürlich nur, wenn es Ihnen keine Umstände...«

»Nicht im geringsten!« sagte Emily sofort. »Sarah Frisch hat uns erzählt, daß du bereits im Juni in Scammons Landing warst, und es hat uns wirklich schrecklich leid getan, daß du uns nicht mal guten Tag gesagt hast.«

Typisch Emily, höflichkeitshalber im Plural zu sprechen! Was mich betraf, so war mir sogar dieser funkelnagelneue Jimmy Flood als Hausgast nicht unbedingt willkommen, und Janet war deutlich anzusehen, daß sie große Bedenken hatte.

Die anderen allerdings, David, Deborah und die beiden Kommunarden, waren offenbar von Jimmys Auftreten sehr beeindruckt.

Es war also eine große Runde, die sich um den Mittagstisch versammelte (denn auch Ray McGrath und Lou Erlanger, denen unsere Hausgäste anscheinend gefielen, blieben da), und die Mahlzeit begann mit dem längsten Tischgebet, das jemals in diesem Haus gesprochen worden war. Bei uns war es Brauch, einander bei den Händen zu fassen und in stillem Gebet für unser täglich Brot zu danken. Heute jedoch wurden wir von Pastor Digby mit einer Predigt bedacht, einem schier endlosen Sermon über das letzte Abendmahl Christi und das Sakrament der Kommunion und Christi Opfertod – und das alles in diesem westindischen Singsang, melodisch zwar, aber auf die Dauer so monoton, daß meine Gedanken abzuschweifen begannen. Und das war – wie ich manchmal auch bei unseren Andachten feststellen konnte – immer ein Zeichen dafür, daß der Verkünder der Botschaft nichts mehr zu verkünden hatte.
Das Mittagessen selbst verlief sehr viel angenehmer. Jimmy, den ich noch nie so gelöst erlebt hatte, berichtete uns von seinen Erfahrungen in den vergangenen Jahren. Vermutlich fiel ihm das nicht gerade leicht, denn er versuchte, nichts zu verbergen, und was dabei herauskam, war eine ganze Serie von Diebstahls- und ähnlichen Delikten, die bewiesen, daß er seine Selbstachtung völlig verloren hatte. Bis eines Tages, als er die letzte von mehreren Haftstrafen verbüßte, Pastor Digby ihn im Gefängnis besuchte und sich seiner annahm. Jawohl, dort im Gefängnis hatte er zu Jesus gefunden, und seitdem hatte er nie mehr zurückgeblickt.
Wir saßen lange am Mittagstisch und, nachdem wir auch den Nachmittag verplaudert hatten, ebensolange beim Abendessen, an dem Ray McGrath und Lou Erlanger allerdings nicht teilnahmen, weil sie sich ja auch mal um die Kommune kümmern mußten. Janet stand schon während des Essens auf und ging, ohne uns gute Nacht zu sagen, in ihr Zimmer. War vielleicht auch besser so. Sie hatte Jimmy den ganzen Tag verächtlich behandelt und ihm Bemerkungen an den Kopf geworfen, die manchmal so rüde waren, daß ich zusammenzuckte. Er selbst jedoch nahm das alles gutmütig in Kauf.
Vor dem Schlafengehen klopfte ich bei Janet , deren Zimmer am Ende des oberen Korridors lag. Ich hatte Emily nichts davon gesagt, weil sie ständig versuchte, mir meine – ihrer Meinung nach übertriebene – Sorge um die Kinder auszutreiben. Janet, bereits in Pantoffeln und Morgenrock, empfing mich mit einer derart abweisenden Miene, daß ich meinen ganzen Mut zusammennehmen mußte, bevor ich die Frage über die Lippen brachte: »Was ist eigentlich mit dir los?«
»Nichts. Warum?«
»Weil du dich gegenüber Jimmy die ganze Zeit unmöglich benommen hast. Und dann verschwindest du auch noch während des Abendessens. Er hat bestimmt geglaubt, du wärst seinetwegen gegangen.«
»Bin ich auch.«

»Aber du hattest nicht den geringsten Grund, dich so zu benehmen. Man sieht doch, daß Jimmy ein anderer Mensch geworden ist.«
»Und was ist er geworden? Einer von diesen verrückten Jesusleuten? Seine neueste Verwandlung! Warte mal, was nächstes Jahr noch davon übrig ist!«
»Janet, ist damals, als Jimmy so oft hier bei uns war, irgend etwas passiert, woraus sich deine heftige Antipathie erklären läßt?«
»Gar nichts ist passiert.«
»Das glaube ich dir nicht, Janet.«
Sie kniff die Augen etwas zusammen und fixierte mich. Wieder einmal überkam mich das schmerzliche Gefühl, das ich aus solchen Szenen mit ihr nur zu gut kannte, das Gefühl, daß sie mir aus einem unerfindlichen Grund verbittert, ja feindselig gegenüberstand. Schließlich sagte sie: »Du hast recht. Um es gewählt auszudrücken: Wir sind miteinander ins Bett gegangen. Aber wie sich herausstellte, war er der Situation nicht gewachsen.«
»Soll das heißen«, fragte ich ungläubig, »daß dich ein Sechzehnjähriger dazu bringen konnte, mit ihm ...«
»Sei nicht so naiv! Ich wollte von ihm gebumst werden, und er hat's getan. Danach hat er's mit einer kleinen Erpressung versucht, aber das hab ich ihm sofort ausgetrieben. Mit mir nicht! Du brauchst mich gar nicht so anzustarren. Wenn du keine ehrliche Antwort hören willst, solltest du mich eben nicht ins Kreuzverhör nehmen. Gute Nacht.«
»Janet ...«
»Gute Nacht.«

James Flood

Coco wurde nervös. In seiner kurzen Unterhose lief er im Gästezimmer auf und ab, genau wie damals in der Zelle in Raiford. Hie und da spähte er durch einen Spalt in der Jalousie hinaus ins mitternächtliche Dunkel.
»Im Haus der Hayworths«, sagte ich nach einer Weile. »Schlafzimmer der Luxusklasse, zwei Einzelbetten, separates Klo. Und das alles gratis. Was willst du mehr?«
»Mann, ich will wissen, ob Harvey und Lester bestimmt um halb sechs hier aufkreuzen. Wenn ich bloß wüßte, wo sie jetzt sind! Wenn sie sich irgendwo besaufen...«
»Du weißt genau, daß sie das nicht tun werden.«
»Nachdem ich drei Tage lang mit ihnen die Ostküste entlanggefahren bin, weiß ich nur, daß sie bekloppt sind.«
»Bis jetzt haben sie jedenfalls gespurt. Übrigens warst du heute auch nicht besonders intelligent. Die Pastor-Digby-Nummer derart zu überziehen! Dafür ist hier nicht das richtige Publikum.«
»Ich hab das sehr gut hingekriegt, Mr. Flood. Sie haben's mir abgekauft, und das war schließlich der Zweck der Übung.«
»Du hast zu dick aufgetragen. Deine Aufgabe war, für mich Stimmung zu machen, nicht eine Erweckungsversammlung abzuhalten.«
»Die einzige, die es uns nicht abgenommen hat, ist diese Janet. Und meine Schuld ist das nicht, Freundchen. Die würde James Flood nicht mal glauben, wenn er mit Engelsflügelchen und einem Glorienschein um den Lokkenkopf daherkäme. Dieses klapperdürre Miststück ist allergisch gegen dich. Warum eigentlich? Die ganze Zeit hast du uns erzählt, was für nette Miezen es hier gibt, aber daß eine davon eine Tigerin ist, hast du nicht gesagt. Das war eine Fehlkalkulation.«
»Aber keine, die ins Gewicht fällt.«
»Da bin ich nicht so sicher. Du bist davon ausgegangen, daß weibliche Geiseln ein bißchen weinen und beten und keinerlei Schwierigkeiten machen. Daß man sie alle leicht unter Kontrolle halten, außer Landes bringen und in tadellosem Zustand freilassen kann. Mit Tigerinnen klappt das vielleicht nicht so ganz.«
Es war tatsächlich eine Fehlkalkulation. Als ich letzten Monat das Gelände sondiert und gehört hatte, eine der Töchter sei inzwischen verheiratet, stand für mich außer Zweifel, daß es sich um Janet handelte. Das konnte man mir eigentlich nicht verdenken, denn als ich Deborah zum letzten

Mal gesehen hatte, war sie eine kleine Göre gewesen, die in Jeans herumlief, einem manchmal im Weg war und immer nach Pferdemist stank, weil sie gerade Reitunterricht bekam. Janet war bereits achtzehn, als ich sie kennenlernte, also zwei Jahre älter als ich. Sie sah toll aus, obwohl sie ziemlich knochig war, und konnte es, was ihre Kraftausdrücke betraf, mit jedem Kerl aus dem Viertel am südlichen Ortsende aufnehmen. Was für ein Unterschied zu all diesen glattzüngigen Quäkern! Vermutlich jagte sie ihrer Familie fürchterliche Angst ein. Ich jedenfalls hatte entsetzliche Angst vor ihr.

Besonders damals, als ich gerade die Schlaglöcher im Zufahrtsweg mit Kies auffüllte und Janets Auto direkt neben meiner Schubkarre hielt. »Geh hinauf ins Haus!« sagte sie. »Warum?« Der Alte war in der Bank, die anderen, auch das Dienstmädchen, waren zum Einkaufen nach Glens Falls gefahren, und von Janet wollte ich mich schon gar nicht herumkommandieren lassen. »Ich hab hier noch genug Arbeit.«

»Später. Jetzt gehst du erst mal ins Haus.«

Sie brauste so plötzlich davon, daß mir der Kies um die Ohren flog. Ich wartete eine Weile, um ihr zu zeigen, daß sie mit mir nicht so umspringen konnte, dann schlenderte ich gemächlich die Zufahrt hinauf. Janet stand in der Diele, zog nervös an ihrer Zigarette und sah aus, als würde sie jeden Moment explodieren. Wenn ich irgend etwas vermasselt hatte – was ging sie das an? Meine Arbeit teilte mir ihr alter Herr zu, und ihre alte Dame sagte immer wieder, ich sollte mich bei der Gartenarbeit ja nicht überanstrengen. Warum mischte sich jetzt plötzlich die Tochter ein?

Auch jetzt ließ sie mich noch im unklaren darüber. »Komm mit nach oben!« sagte sie. Ich hatte ein Jahr Bewährung bekommen und erst die Hälfte davon hinter mir. Der Anwalt des Alten hatte das mit dem Richter ausgehandelt und alles persönlich unterschrieben. Daher konnte ich es mir nicht leisten, zu jemandem, der Hayworth hieß, nein zu sagen.

Als ich auf der Treppe sah, wie Janet ihren kleinen, flachen Hintern schwenkte, kam mir zum erstenmal der Gedanke, daß sie mich vielleicht gar nicht ins Haus zitiert hatte, um Möbelstücke herumzuschieben oder ein verklemmtes Fenster zu öffnen. Ihr ganzes Benehmen und wir beide allein im Haus, noch dazu im oberen Stockwerk – ein verrückter Gedanke, aber ganz so verrückt auch wieder nicht!

Sie führte mich in ihr Schlafzimmer, sperrte die Tür ab und fragte, ohne mich dabei anzusehen: »Hast du schon einmal ein Mädchen gehabt?«

»Was?«

»Du weißt genau, was ich meine. Ob du schon mal eine gebumst hast?«

»Nein.«

Ich hatte zwar schon zweimal beim Herumschmusen mit Mädchen den Punkt erreicht, wo sie anscheinend zu allem bereit gewesen wären, dann aber nie gewagt, die Probe aufs Exempel zu machen.

Jetzt sah mich Janet erbost an. »Aber du möchtest es gern, was?«
Hätte ich gelogen, wäre ich ihr sicher wie ein Feigling vorgekommen. Wenn ich die Wahrheit sagte, würde ich, soweit ich es beurteilen konnte, meine Bewährung wohl kaum aufs Spiel setzen. Das Komische an der Sache war, daß mir die gleichen Fragen bereits der geniale Psychologe gestellt hatte, der von der Justiz auf mich angesetzt worden war.
»Ja.«
»Na schön«, sagte Janet und begann sofort, sich auszuziehen. Sie hatte noch weniger Rundungen zu bieten als die Schulmädchen, an denen ich herumgefummelt hatte.
So wurde ich verführt, und es war von Anfang bis Ende eine bewußte Demütigung, eine Art unbeholfener Ringkampf im Bett, bei dem ich vom ersten Gongschlag an dazu verurteilt war, eine idiotische Rolle zu spielen. Mir reichte es jedenfalls, um mich nicht mehr mit Weibern einzulassen, bis ich im College der Protestbewegung beitrat und entdeckte, daß es mit anderen Frauen klappte, weil ich ganz normal auf sie reagierte.
Und jetzt, zehn Jahre später, stand ich in dem Raum, der Janets Schlafzimmer gegenüberlag, dachte über jenen Vorfall nach und konnte über das, was dabei herauskam, nur den Kopf schütteln.
Aller Wahrscheinlichkeit nach war ich damals von einer andersrum Veranlagten verführt worden, die es erst mal mit einem männlichen Wesen ausprobieren wollte, bevor sie sich endgültig entschied. Und am einfachsten und sichersten war es, mich dazu herzunehmen. Ob es dem Versuchskaninchen schadete oder nicht – Hauptsache, diese Schwule löste ihr eigenes Problem.
Aber jetzt war ich an der Reihe. Wenn es draußen hell geworden war und die Shanklins aufkreuzten, würde Janet lernen, daß es im Leben auch andere Dinge gab als Spaß und Spielerei und Versuchskaninchen.
»Mann, du bist schon wieder wo ganz anders!« sagte Coco gereizt. »Ich rede mit dir, aber du malst dir aus, wie du in Rio dein Geld ausgeben wirst.«
»Okay, schieß los!«
»Ich hab dich nach diesem David gefragt. Den hast du doch noch gar nicht gekannt. Wieder ein Unsicherheitsfaktor.«
»Er ist genau wie die andern. Du hast dir diese Typen heute ja lang genug ansehen können, einschließlich der beiden Vogelscheuchen aus der Kommune. *Frieden um jeden Preis* – das ist ihr Werbespruch.«
»Hast du deswegen etwa vor, auch David hierzubehalten?«
»Nein, er wird Hayworth begleiten. Für uns zahlen sich nur die drei Frauen aus, das Dienstmädchen nicht mitgerechnet. Auch wenn wir eine davon abschreiben müssen, wird Hayworth für die andern den vollen Betrag zahlen.«
»Was meinst du mit ›abschreiben müssen‹? Bei der Besprechung in St.

Hilary habe ich meinen Kontaktleuten zugesagt, daß so etwas nicht passieren wird. Ich habe mich für die Sicherheit sämtlicher Frauen verbürgt, jedoch nicht garantiert, daß möglicherweise eingesetzte Polizisten verschont bleiben. Das war die Absprache, und ich möchte nicht, daß Stufe drei in die Binsen geht, bloß weil du verrückt geworden bist und Stufe zwei vermasselt hast.«
»Gar nichts werde ich vermasseln. Ich versuche nur, Ihnen, Mr. Digby, klarzumachen, daß Hayworth, ganz gleich, was im Haus passiert, nur zwei Möglichkeiten hat. Die Staatspolizei und das FBI wird er in jedem Fall einschalten. Aber dann kann er entweder alles ihnen überlassen, das heißt, sie könnten versuchen, uns mit Gewalt aus dem Haus zu treiben, wobei wir natürlich die Frauen mit der Waffe bedrohen würden. Oder er kann die Bullen dazu benützen, uns die ganze Sache sehr viel leichter zu machen.«
»Glaubst du, er wird sie davon abhalten wollen, Gewalt anzuwenden? Jetzt, wo ich ihn kennengelernt habe, bin ich da nicht mehr so sicher. Ich halte ihn für einen ziemlich hartnäckigen Burschen. Ganz auf Recht und Ordnung eingeschworen.«
»Na schön, wenn er sie auf uns losläßt, halten wir sie eben so lang in Schach, bis sie in einer Zwangslage sind. Deshalb will ich nur die Frauen hierbehalten. Sobald Männer unter den Geiseln sind, ist der Sache die Spitze genommen. Nur wenn das Leben armer, hilfloser Frauen auf dem Spiel steht, schreckt die andere Seite vor einem Gewaltstreich zurück. Diese gottverdammten FBI-Helden denken immer an ihr Image in der Öffentlichkeit. Allein schon bei der Vorstellung, was für ein Image wir ihnen aufzwingen könnten, gehen die in die Knie.«
Coco dachte darüber nach. Dann sagte er: »Aber abgeschrieben wird niemand. Keine von den Frauen, meine ich. Das wäre ein großer Fehler. Wenn Harvey und Lester hier sind, falls sie sich überhaupt noch blicken lassen, möchte ich nicht, daß du so etwas auch nur erwähnst. Die beiden lassen sich allzu leicht beeindrucken.«
Offenbar lag auch Coco und seinen Kumpels in St. Hilary ihr Image in der Öffentlichkeit sehr am Herzen.

Wir konnten es nicht riskieren, bis halb sechs weiterzuquasseln und dann vielleicht die Ankunft der Shanklins zu verschlafen. Aber obwohl wir nach der dreitägigen Fahrt Schlaf bitter nötig hatten, blieb uns, wenn wir rechtzeitig als Begrüßungskomitee fungieren wollten, keine andere Wahl, als abwechselnd Wache zu halten.
Ich übernahm die erste Wache, aber als ich danach ins Bett kroch, konnte ich nicht einschlafen, weil ich ständig über die augenblickliche Situation der Firma nachgrübelte.
Auf der Fahrt in den Norden hatten wir es riskiert, Zeit zu verlieren und

von der Schnellstraße abzubiegen, nur um am Times Square in New York die neueste Ausgabe des *Miami Herald* zu kaufen, in der aber nichts darüber stand, ob Santiago und sein Partner inzwischen als vermißt gemeldet worden waren. Und falls Daddy Shanklin die Polizei über das Verschwinden seiner mißratenen Söhne und seines Autos informiert hatte, war das für die Zeitung anscheinend nicht wichtig genug. Trotzdem war nicht auszuschließen, daß Harvey und Lester in Ausübung des Befehls, in einiger Entfernung von Scammons Landing herumzukutschieren, in irgendwelche Schwierigkeiten geraten waren und nicht zum verabredeten Zeitpunkt hier eintreffen würden.

Frage: Konnten in diesem Fall Coco und ich die Sache allein über die Bühne bringen? In den drei Schlafzimmern im oberen Stockwerk befanden sich zwei Ehepaare und eine Einzelperson, und auf jedem Nachttisch stand ein Telefon. Eine weitere Einzelperson, die Haushälterin, schlief in ihrem Zimmer neben der Küche, und in der Küche war ein Wandtelefon. Beim kleinsten Fehler unsererseits würde das ganze Unternehmen auf einen Schlag aufgedeckt werden.

Hinausgehen und die Telefonleitungen durchschneiden? In einer so kleinen Stadt würde bestimmt sehr rasch jemand erscheinen, um das Telefon zu reparieren, und dann käme unser Zeitplan völlig durcheinander. Die Polizei würde eintreffen, noch bevor wir Hayworth soweit hätten, uns das Geld auszuhändigen. Und wenn ich mich nicht auf Verhandlungen an Ort und Stelle beschränken wollte, mußte das Telefon funktionieren.

Noch schlimmer war, daß Coco und ich nur zwei Polizeicolts mitgebracht hatten. Ich stellte mir die Situation vor: Hayworth, David und der Mann von der Störungsstelle zusammen mit den Frauen hier eingeschlossen, während draußen die Staatspolizei und eine ganze Armee von FBI-Helden auf ihre Weise an die Sache herangingen und – sobald wir eine Geisel getötet hätten, um ihnen zu zeigen, daß wir's ernst meinen – das Haus unter Beschuß nahmen. Wer erinnert sich nicht an die Belagerung des Gefängnisses in Attica, N. Y.? Die warten doch immer nur darauf, daß man ihnen einen Grund zum Losschlagen gibt!

Also – ohne die Shanklins lief die Sache nicht. »Ohne die Shanklins« konnte aber auch bedeuten, daß das Waffenarsenal in Harveys und Lesters Gepäckraum in diesem Augenblick von einer Polizeistreife entdeckt wurde. Möglich, daß die beiden beim Verhör zunächst mal den Mund halten würden, aber auf jeden Fall müßten dann Coco und ich gleich nach dem Frühstück jemanden bitten, uns mit in den Ort zu nehmen, und dort müßten wir uns trennen und uns in verschiedene Richtungen verkrümeln. Und inzwischen würde das Montagmorgengeld aus der Hälfte der Hotels am Lake George und aus den drei Filialen, die Hayworth in anderen Orten dieses Distrikts unterhielt, in der Bank in Scammons Landing abgeladen, das heißt, in gepanzerte Fahrzeuge verstaut und nach New

York City in ein Lagerhaus gebracht werden, das Freund Hayworth bis unters Dach mit seinen Moneten vollgestopft hatte.
Dieser heuchlerische Scheißkerl könnte vier Millionen im See versenken, ohne sie zu vermissen!
Mit diesem Gedanken schlief ich ein, und als ich plötzlich hochschreckte, war er sofort wieder da, und die Wut ebenfalls.
Dann merkte ich, daß Coco mich an der Schulter rüttelte und mir ins Ohr flüsterte: »Aufstehen, Mann! Aufstehen! Der Wagen kommt!«

Draußen konnte man bereits Umrisse, aber noch keine Farben erkennen. In der Stille des anbrechenden Tages – die Grillen zirpten nicht mehr, und die Vögel hatten noch nicht zu zwitschern begonnen – hörte ich ein Auto langsam über den knirschenden Kies rollen.
Coco war schon angezogen. Ich schlüpfte in eine bequeme Hose, zog Turnschuhe an, schob meinen Revolver unter den Gürtel und knöpfte das Hemd darüber zu. Die anderen Requisiten – genau abgemessene Teile von Jalousiekordeln, eine Rolle Klebstreifen, Taschentücher und ein Messer – stopfte ich in meine Hosentaschen.
Wenn man in einer solchen Situation eine knarrende Treppe hinuntergehen muß, kommt es darauf an, daß man keine große Affäre daraus macht. Denn gerade das Gräusch allzu vorsichtiger Schritte dringt bis ins Unterbewußtsein vor. Man muß sich gleichmäßig und leichtfüßig voranbewegen, und genau das taten wir, als wir in die Diele hinunterstiegen. Fast geräuschlos schob ich den Riegel zurück, und als wir auf die Veranda traten, hielt der LeSabre vor dem Eingang.
Harvey und Lester stiegen aus und ließen die Autotüren offen. Ich legte den Finger an die Lippen und winkte ihnen, ins Haus zu kommen. Wir hatten das alles genau besprochen und so oft geübt, daß jetzt niemand den Mund aufzumachen brauchte. Die drei warteten an der Treppe, während ich auf die Küche zuging, von der aus man direkt ins Zimmer der Haushälterin gelangte. So einfach war es allerdings nicht, denn wie ich feststellte, hatte sie die Tür abgeschlossen. Das überraschte mich nicht besonders. Ich hatte diese Möglichkeit einkalkuliert.
Ich klopfte leise und wartete. Noch hatten wir den Punkt nicht erreicht, von dem es kein Zurück mehr gab. Wenn etwas schiefging, konnten wir die Shanklins als unsere Reisegefährten vorstellen und sagen, sie wären früher als erwartet eingetroffen, um uns abzuholen. Je nachdem, wie sich die Dinge entwickelten, konnten wir dann immer noch entscheiden, ob wir abhauen oder die Sache durchziehen wollten.
Ich sprang vor Schreck fast an die Decke, als sich eine Hand auf meine Schulter legte. Eine Hand! Verflucht noch mal, es war Coco! Den brauchte man nur bis drei zählen zu lassen, und schon machte er sich Sorgen. Und nochmals bis drei, und schon kam er angelaufen, um nachzuse-

hen. Ich schüttelte seine Hand ab und deutete so wütend auf die Küchentür, daß er merkte, wie nahe ich daran war, die Beherrschung zu verlieren. Er hob beschwichtigend die Hände und zog sich wieder in die Diele zurück.
Ich klopfte nochmals, und jetzt hörte ich, wie sich dort drinnen jemand im Bett herumdrehte, das genauso knarrte wie vorhin die Treppe. »Ja? Was ist denn los?« Der Stimme nach mußte die alte Zicke noch im Halbschlaf sein.
Ich sagte ganz dicht an der Tür: »Ich bin's, Sarah Frisch. Jimmy. Ich bin krank. Wissen Sie, unter welcher Nummer der Arzt zu erreichen ist?«
»Der Arzt?«
Während sie die Tür aufsperrte, zog ich den Revolver heraus und nahm ihn verkehrt herum in die Hand. Diese Phase des Unternehmens mußte rasch und geräuschlos abgewickelt werden, und deshalb war es sinnlos, Sarah Frisch mit der Kanone zu bedrohen. Sie würde wahrscheinlich sofort einen Schrei ausstoßen. Und ihr mit dem Lauf eins überzuziehen, war auch nicht ratsam, weil man damit nicht so kräftig zuschlagen konnte, daß sie mit hundertprozentiger Sicherheit bewußtlos umfiel. Der Firma hatte ich ohnehin nicht genau erklärt, was ich mit der Alten machen würde. Ich hatte nur gesagt, ich würde keinen Schaden anrichten. Und »Schaden« ist ein relativer Begriff.
So ließ ich denn, als sie unter der Tür stand, den Griff des Revolvers auf ihren Kopf niedersausen. Sie sackte sofort zusammen. Ich wollte sie auffangen, aber sie rutschte mir zwischen den Armen durch und fiel zu Boden, wobei sich ihr Nachthemd bis zu den knochigen Schultern hochschob.
Ich zerrte sie mitten ins Zimmer. Draußen war es inzwischen so hell geworden, daß ich ihr Gesicht deutlich erkennen konnte. Einen Moment lang glaubte ich, durch den Schlag auf ihre Schädeldecke sei sonderbarerweise ihr Kiefer eingedrückt worden, aber dann wurde mir klar, daß sie ohne ihr künstliches Gebiß an die Tür gekommen war. Ich sah es in einem Wasserglas liegen, das auf ihrer Frisierkommode stand. Also war offenbar nichts weiter passiert, als daß ich sie bewußtlos geschlagen hatte. Ich brauchte nicht mal ihren Puls zu fühlen, um mich zu vergewissern, daß sie nicht abgekratzt war: ihr lautes Atmen, das fast wie tiefes Schnarchen klang, bestätigte es mir. Ich knebelte sie mit einem zusammengeknüllten Taschentuch und reichlich Klebstreifen, hievte sie aufs Bett, zog ihr die Arme nach hinten, fesselte sie an Händen und Füßen und deckte sie wieder zu.
Jetzt gab es kein Zurück mehr.

Marcus Hayworth

Wie gewöhnlich war Emily schon wenige Minuten, nachdem ich das Licht ausgemacht hatte, fest eingeschlafen, während ich hellwach neben ihr lag und deprimiert über Janet und ihr zehn Jahre zurückliegendes Erlebnis mit Jimmy Flood nachdachte.

Gewiß, diese Episode hatte weder ihr noch dem Jungen geschadet. Aus meiner eigenen Jugend, die, wie mir schien, noch gar nicht so lange vorbei war, wußte ich sehr genau, daß man als Sechzehnjähriger begierig auf sexuelle Erfahrungen ist. Und ein achtzehnjähriges Mädchen, na ja, war normalerweise sicher neugierig genug, um es wenigstens mal zu versuchen. Aber auf Janet – groß, nicht unattraktiv und anscheinend schon recht weltklug – mußte damals dieser auffallend kleine Sechzehnjährige noch wie ein Kind gewirkt haben. War es möglich, daß sie so viel Angst vor den ausgewachsenen Männern gehabt hatte, die uns damals gelegentlich ihretwegen besuchten?

Seit Janet vor einigen Jahren das Wharton College absolviert hatte und meine Mitarbeiterin in der Bank geworden war, hatten sich nur noch wenige Männer bei uns sehen lassen, die sich für sie interessierten. Was tat sie eigentlich, wenn sie für längere oder kürzere Zeit nicht zu Hause war? Diese Europareisen und diese verlängerten Wochenendbesuche in New York und Philadelphia, wo sie angeblich mit Schulfreundinnen und Lehrern, die ich nur dem Namen nach kannte, Wiedersehen feierte – verbarg sich dahinter ein Sexualleben, von dem die Familie nichts wissen sollte? Oder – und dieser Gedanke wurmte mich am meisten – sollte bloß ich nichts davon wissen?

Aber vielleicht bildete ich mir das alles nur ein. Wahrscheinlich war es einfach so, daß Janet, die auf Fragen nach ihrem Privatleben schon immer abweisend reagiert hatte, in bezug auf Jimmy natürlich besonders empfindlich war und gar nicht anders konnte, als hart zurückzuschlagen, nachdem ich damit begonnen hatte, diese »Leiche im Keller« auszubuddeln.

Janet war schon als Kind schwierig gewesen. Deborah, eine richtige Plaudertasche, hatte alle in ihre kleinen Geheimnisse eingeweiht. Ihre Schwester dagegen war schweigsam und zurückhaltend, nahm sich selbst am härtesten an die Kandare, war geradezu fanatisch auf Sauberkeit und Ordnung erpicht und durfte bereits in der Ersttags-Schule Aufsicht führen, als sie kaum älter als die dort versammelten Kinder war. Veranla-

gung? Oder war sie so geworden, weil die acht Jahre jüngere Deborah von Anfang an Mamas und Papas Liebling gewesen war?
Ich saß in meiner eigenen Falle. Ich fühlte mich in Janets Gegenwart genauso wenig wohl wie sie sich in meiner, aber der besten Lösung dieses Problems – einer Heirat, die Janet ein eigenes Heim verschaffen würde – stand anscheinend ihre Position in der Bank im Wege. Ich hatte mir einen Sohn gewünscht, der das Bankgeschäft Hayworth in der vierten Generation weiterführen sollte, aber ich hatte eine Tochter bekommen und nach langem Warten eine zweite. Das hieß, daß die älteste Tochter eines Tages die Firma übernehmen müßte, daß sie, um Davids Ausdruck zu gebrauchen, der »Geburtsrecht-Bankier« sein würde. Und das war Janet nicht viel später aufgegangen als mir selbst.
Und so waren wir beide nicht nur daheim, sondern auch während der Arbeitszeit zu engem Zusammenleben gezwungen, ohne daß sich ein Ausweg abzeichnete.
Diese Gedanken gingen mir unablässig im Kopf herum, bis ich endlich einschlief.
In der Morgendämmerung wachte ich auf und traute meinen Augen nicht, als ich Jimmy Flood an meinem Bett stehen sah, den Zeigefinger an den Lippen und in der anderen Hand einen Revolver, der auf meinen Kopf gerichtet war.

Es war nicht das erste Mal, daß mich jemand mit einer Schußwaffe bedrohte.
Als ich während des Krieges meine Haftstrafe wegen Kriegsdienstverweigerung absaß, hatte mich ein vom Alkohol und von fanatischem Patriotismus benebelter Gefängnisaufseher angepöbelt und schließlich die Pistole auf mich gerichtet. Das zweite Mal hatten mich zwei Wilderer bedroht, die ich von meinem Grundstück vertreiben wollte.
Aber in beiden Fällen wäre ich, wenn der Schuß tatsächlich losgegangen wäre, das einzige Opfer gewesen. Und in beiden Fällen hatte ich das Gefühl, daß ich nur eine oder zwei schlimme Minuten durchstehen müßte. Die Uhr brauchte bloß ein paarmal zu ticken, und schon würde sich die Wut meines Gegenübers legen und die Vernunft wieder zu ihrem Recht kommen.
Diesmal aber war es anders. Wenn ich eine falsche Bewegung machte, konnte Emily, die noch fest schlief, das Opfer sein. Und ich hatte es auch nicht mit einem in Wut geratenen Gegner zu tun, sondern mit einem lächelnden jungen Mann, der so aussah, als wollte er mir mitteilen, daß wir heute schönes Wetter haben würden. Als handelte es sich um eine Art Gesellschaftsspiel.
Ein falscher Eindruck. Ich wollte mich im Bett aufsetzen, aber sofort preßte Flood den Revolver an meinen Unterkiefer und drückte meinen

Kopf brutal aufs Kissen. Es schien fast, als wollte er mir den Lauf ins Fleisch bohren – der Schmerz war unerträglich –, doch dann nahm er die Waffe ganz langsam hoch.
Kein Gesellschaftsspiel. Und auch keine wundersame religiöse Bekehrung, denn an der Tür erschien jetzt Pastor Digby – der angebliche Pastor Digby –, ebenfalls mit einem Revolver in der Hand. Es war also alles Schwindel gewesen, ein raffinierter, mörderischer Schwindel.
»Das Mädchen hat die Tür abgesperrt«, hörte ich Digby flüstern. »Die andere Tür war offen. Sie sind jetzt draußen im Korridor.«
»Hast du das gehört?« fragte mich Flood. Ich nickte. »Und ein Mann ist bei ihnen, Marcus. Ein böser Mann. Du wirst doch keine Dummheiten machen, oder?«
Ich schüttelte den Kopf. Dann merkte ich, daß Emily aufgewacht war und mich entsetzt anstarrte. »Ruhig, Emily!« sagte ich sofort. »Beweg dich nicht! Und gib keinen Ton von dir! Kein Grund zur Aufregung.«
»Falsch!« sagte Flood. »Genug Grund zur Aufregung.« Er richtete den Revolver auf Emilys Kopf. »Der kann jeden Moment losgehen, Marcus. Eine falsche Bewegung, und ich drücke ab. Ist das klar?«
»Ja.«
»Gut. Also raus aus dem Bett! Beide!«
Er ging zwei Schritte zurück und zielte, während wir aufstanden, noch immer auf Emily. Ich empfand eine ungeheure Erleichterung, als sie ihn mit fester Stimme fragte: »Ich darf doch wohl meinen Morgenrock anziehen?« Offenbar hatte sie sich völlig unter Kontrolle. An Geistesgegenwart hatte es ihr nie gefehlt, aber bei aller Weichherzigkeit besaß sie auch eine gewisse seelische Robustheit.
»Okay«, sagte Flood, und als sie in den Morgenrock geschlüpft war, trieb er uns in den Korridor. Dort standen, von einem Dritten bewacht, Deborah und David, beide im Schlafanzug, geknebelt und mit auf dem Rücken gefesselten Händen. Ich war nahe daran, Einspruch zu erheben, aber der Anblick des riesigen, muskulösen, bewaffneten Mannes, der sie bewachte, verschlug mir die Sprache. Vor allem dieser sture Gesichtsausdruck, Digbys steinerne Miene und Floods feindselige Kälte lösten in mir das verzweifelte Gefühl aus, daß ich es gar nicht mit menschlichen Wesen zu tun hatte; daß diese drei im wahrsten Sinn des Wortes gefühllos waren. Und deshalb blieb uns nichts anderes übrig, als mitzuspielen, in alles einzuwilligen und zu hoffen, daß sie schließlich verschwinden würden, ohne jemandem etwas angetan zu haben. Ohne daß jemand getötet wurde. Es ging jetzt wirklich nur darum, daß sie keinen umbrachten.
Flood deutete auf Janets Zimmer. »Weck sie auf!« befahl er mir. »Aber vorsichtig!«
Ich klopfte leise und sagte dicht an der Tür: »Janet!« Keine Antwort. »Noch mal! Los!« zischte Flood, als ich unschlüssig wartete.

Diesmal klopfte ich lauter, aber wieder vergeblich. Ich spürte, daß unsere Bewacher allmählich unruhig wurden, und das machte alles nur noch gefährlicher. Dann fragte Digby: »Ist sie vielleicht gestern abend noch weggegangen und hat ihre Tür von außen abgesperrt?«
»Nein. Aber sie hat manchmal Schwierigkeiten mit dem Einschlafen. Dann nimmt sie ein Schlafmittel. Wahrscheinlich hat sie das letzte Nacht getan.«
»Betäubungsmittel«, sagte Flood verächtlich. »Dann ist sie völlig weggetreten, bis ihr Dienst in der Bank beginnt, was?«
»Vielleicht auch nicht«, sagte Digby. »Vielleicht ist sie dort drinnen gerade am Telefon. Ich hab dir doch gesagt, als erstes müßten die Telefone hier oben lahmgelegt werden.«
»Wie denn? Dann wären doch sämtliche Anschlüsse im Haus tot.« Er sah zu mir herüber. »Hast du einen Schlüssel zu ihrem Zimmer?«
»Nein.«
Wieder lächelte er, und ich hatte das Gefühl, eine Art Totenkopf mit Bart vor mir zu sehen. »Das glaub ich dir nicht, Marcus.«
Meine Kehle war wie zugeschnürt, als ich sah, daß Digby den Revolver an Emilys Kopf hielt. »Ich habe wirklich keinen Schlüssel«, würgte ich heraus, »aber ihr könnt die Tür aufbrechen. Los, brecht sie doch auf!«
Flood warf dem Hünen, der Deborah und David bewachte, einen Blick zu. »Hast du's gehört, Harvey? Aber bitte gleich beim ersten Mal!«
Ein einziger Stoß mit dieser wuchtigen Schulter, und schon gab der Riegel nach. Die Tür flog auf und knallte gegen die Wand. Der Krach hätte einen Toten aufwecken können, aber Janet wachte nicht auf. Nackt und schweißüberströmt lag sie da und schlief, aber offensichtlich war es ein sehr unruhiger Schlaf. Vielleicht war der Lärm in ihre Träume eingedrungen, was immer es für Träume sein mochten.
Flood hob ihren Arm hoch, als wollte er schätzen, wieviel er wog, Als er ihn losließ, fiel der Arm wie leblos aufs Bett. Flood betrachtete Janet kopfschüttelnd, dann schlug er sie heftig ins Gesicht.
»Bitte nicht!« rief Emily, aber als ihr Digby sofort wieder den Revolver an die Schläfe hielt, war sie vernünftig genug, zu schweigen.
Der Schlag weckte Janet aus ihrer Lethargie. Sie murmelte irgend etwas und versuchte vergeblich, den Kopf zu heben. »Weck sie auf, Harvey!« sagte Flood. »Stell sie unter die kalte Dusche!«
»Wir vergeuden Zeit«, wandte Digby ein.
»Reg dich darüber nicht auf«, sagte Flood. »Sie muß von Anfang an dabei sein, damit nichts schiefläuft.«
Harvey hob Janet völlig mühelos vom Bett und trug sie ins Badezimmer. »Und jetzt hinunter mit euch!« befahl Flood. »In die Küche!«
Vom Treppenabsatz aus sah ich drunten in der Diele einen vierten Mann stehen, der mindestens ebenso groß und muskulös wie Harvey war und

ihm auffallend ähnlich sah. Auch er hatte ein Gesicht, das wie frisch gewaschen wirkte und zu groß geraten schien. Und beide hatten schulterlange blonde Haare. Die Wirkung war grotesk. Als hätte man diesen kraftstrotzenden Körpern Frauenköpfe aufgesetzt.
Der Mann in der Diele war damit beschäftigt, Waffen und Munitionskästen auf dem Fußboden zu sortieren. Ein ganzes Arsenal! Wieso brauchten sie das alles für einen Raubüberfall? Bisher hatte ich fest geglaubt, es handle sich um einen Raubüberfall, und die Gangster würden sich, sobald sie die Beute hatten, aus dem Staub machen. Aber jetzt beschlich mich das entsetzliche Gefühl, daß sie uns nicht nur ausrauben wollten und daß wir die Sache noch lange nicht ausgestanden hatten.
»Alles im Haus?« fragte Flood den vierten Mann.
»Ja. Den Wagen hab ich neben der Garage geparkt. Drinnen war kein Platz.«
»Das erledigen wir später.«
Floods und Digbys Revolver im Rücken, wurden wir die Treppe hinuntergetrieben. Inzwischen war die Sonne aufgegangen, aber in der Küche drang nur schwaches Licht durch die Jalousien. Flood schaltete die Deckenlampe ein.
Erst jetzt dachte ich daran, daß Sarah Frisch im Zimmer neben der Küche schlief. Der Mann, der einmal der kleine Jimmy Flood gewesen war, kannte jeden Winkel dieses Hauses. Er mußte wissen, daß die Tür hinter ihm in Sarah Frischs Zimmer führte. Für eine Frau ihres Alters war sie zwar noch recht beweglich und vernünftig, aber angesichts dieses Überfalls würde sie womöglich in Panik geraten. Und für einen Finger am Abzug genügte eine einzige Schrecksekunde, um die Katastrophe auszulösen.
»Im Zimmer nebenan ist Sarah Frisch«, sagte ich zu Flood. »Wenn sie herauskommen soll, würde ich sie lieber selbst dazu auffordern.«
Er musterte mich von Kopf bis Fuß. »Ich hab dir nicht erlaubt zu sprechen, Marcus. Oder?«
»Jimmy, sei doch vernünftig! Du siehst ja, daß wir tun, was du verlangst, aber die Frau dort drinnen...«
Der Satz blieb mir im Hals stecken, als Flood den Revolver auf Deborah richtete, die vor Schreck die Augen zusammenkniff. »Also gut«, sagte ich wütend, »du hast mir nicht erlaubt zu sprechen.«
»Stimmt genau. Wenn du Sprecherlaubnis willst, dann heb gefälligst die Hand.«
Mir war klar, daß ich mitspielen mußte; daß ich ihn nicht reizen durfte, damit aus diesem Alptraum keine blutige Tragödie wurde.
Ich hob die Hand, und Flood sagte: »Ja, Marcus?«
»Ich möchte nicht, daß Sarah Frisch erschreckt wird. Ich würde ihr das alles lieber selbst erklären.«

Er deutete mit dem Revolver auf die Zimmertür. »Du kannst hineingehen, Marcus.«
Ich zögerte, weil ich nicht sicher war, ob er mich nur zum Narren hielt, aber dann ging ich zur Tür und öffnete sie. Trotz des Lärms lag Sarah Frisch noch im Bett und schlief. Ich legte die Hand auf ihre Schulter und sagte leise ihren Namen, aber sie rührte sich nicht. Dann entdeckte ich, daß sie nicht, wie ich angenommen hatte, bis zur Nase zugedeckt war, sondern daß man sie geknebelt hatte. Ich zog die Decke weg und sah, daß sie an Händen und Füßen gefesselt war. Und noch immer bewegte sie sich nicht. Sie war bewußtlos und atmete mühsam und unregelmäßig.
Ich fuhr herum und starrte Flood an. »Was hast du mit ihr gemacht?«
Er nahm den Revolver verkehrt herum in die Hand. »Das!« Dann richtete er den Lauf auf meine Stirn. »Aber wenn's notwendig gewesen wäre, Marcus, hätte ich auch das getan. Laut und endgültig! Das glaubst du mir doch, oder nicht?«
Ich brauchte ihm nicht zu antworten. Er konnte mir ansehen, daß ich ihm glaubte.

Wie ich an der Küchenuhr ablesen konnte, dauerte es zwölf nervenaufreibende Minuten, bis Janet heruntergebracht wurde. Der Mann namens Harvey hielt ihren Oberarm so fest umklammert, daß sie immer wieder vor Schmerz zusammenzuckte. Sie trug einen Morgenrock und war barfuß, ihr Haar war tropfnaß, ihre Unterlippe geschwollen, ihr Gesicht von einem blauen Fleck entstellt. Als sie uns verblüfft ansah, begriff ich, daß sie über die wahren Vorgänge noch nicht Bescheid wußte. Und ihr Gesicht verriet beim Anblick Floods die gleiche Empfindung, die sich auf meinem gespiegelt haben mußte, als ich ihn vorhin bewaffnet an meinem Bett stehen sah: absolute Ungläubigkeit.
Sie versuchte vergeblich, sich aus Harveys Griff zu befreien. »Was zum Teufel geht hier vor?« herrschte sie Flood an.
Er bedachte sie mit seinem Totenkopflächeln. »Was für eine Ausdrucksweise für einen Quäker! Ich bin schockiert, Baby.«
»Jetzt reicht's mir aber mit diesem Gequassel!« sagte Digby wütend. »Wir haben Wichtigeres zu tun.« Er bugsierte Emily und Deborah zum Küchentisch. »Hinsetzen!« Und zu Harvey gewandt: »Die dort auch!«
Harvey schubste Janet auf einen Stuhl. »Der kleine Jimmy mit dem großen Schießeisen«, sagte sie. »Du hast dich nicht verändert, was?«
Digby packte sie von der Seite her am Kinn und zwang sie, ihn anzusehen. »Nehmen Sie sich gefälligst zusammen, kapiert?« Er drückte so heftig zu, daß sie wimmerte. Unwillkürlich ging ich auf ihn zu und hob protestierend die Hand. Im nächsten Moment rammte mir Harvey die Faust in den Leib. Es war wie ein Schlag mit dem Holzhammer. Ich bekam keine Luft mehr. Röchelnd, nach Atem ringend, ging ich in die Knie.

Ich hörte jemanden aufschreien und jemand anderen »Aufhören!« rufen, dann wurde es plötzlich ganz still. Harvey zerrte mich hoch, trug mich, obwohl ich kein Leichtgewicht bin, ohne jede Anstrengung zum Küchentisch hinüber und ließ mich wie eine Stoffpuppe auf einen Stuhl fallen. Digby beugte sich über Janet. »Haben Sie endlich begriffen?« Es klang fast flehentlich. »Ist Ihnen jetzt klar, was passieren wird, wenn Sie sich nicht zusammennehmen?« Janet nickte. Ihr Gesicht war kalkweiß. Flood musterte sie scharf. »Ist das auch wahr?«
»Ja.«
»Gut.« Jetzt sah er mich an und war plötzlich nur noch der kühle Rechner. »Heute ist Montag. Das heißt, daß gegen acht Uhr ein Lieferwagen der Firma Champlain-Panzerfahrzeuge vor Ihrer Bank in Scammons Landing eintrifft. Mit den Wochenendeinnahmen der Seehotels und mit dem Restbetrag aus Ihren Filialen. Gegen zehn Uhr übernimmt die Firma Wells Fargo die Ladung, um sie nach New York zu transportieren. So spielt sich das doch ab, nicht wahr? Antworten Sie nur ja oder nein!«
»Ja.«
»Wenn man das Bargeld aus der Hauptstelle dazuzählt, heißt das, daß zwei Stunden lang, nämlich von acht bis zehn, über eineinhalb Millionen Dollar im Tresor liegen. Ja oder nein?«
»Ja.«
»Und wieviel haben Ihre Filialen gegenwärtig im Tresor?«
»Jede achthunderttausend. Zusammen rund zweieinhalb Millionen.«
»Das heißt also, daß Sie heute vormittag alles in allem mindestens vier Millionen Dollar beschaffen können. Und weißt du was, Marcus? Genau das wirst du tun!«
»Heißt das ... heißt das, daß ich dir das ganze Bargeld aus der Hauptstelle und den Filialen bis zum letzten Pfennig aushändigen soll?«
»Nein. Das Kleingeld ist für dich, die Scheinchen sind für uns. So teilt sich's leichter.«
»Jimmy, das ist unmöglich. Du mußt das einsehen. So etwas läßt sich nicht machen, ohne daß mehrere andere Leute, mindestens ein Dutzend, eingeschaltet werden. Sie würden sofort merken, daß etwas faul ist. Und dann wäre es unmöglich, die Polizei aus dem Spiel zu lassen.«
Noch bevor Flood antwortete, ging mir plötzlich auf, warum draußen in der Diele so viele Waffen lagen. Er merkte mir an, daß ich begriffen hatte. »Stimmt genau, Marcus. Du bist ein einflußreicher Quäker. Ein Gemeindeältester. Du willst doch sicher nicht, daß der dritte Weltkrieg ausgerechnet hier oben ausbricht?«
»Jimmy, du mußt mir glauben! Du verlangst etwas Unmögliches.« Ich versuchte, mich auf eine einfache Rechenaufgabe zu konzentrieren. »Hör zu, ich kann genug Bargeld beschaffen, ohne daß es sofort Aufsehen erregt. Zweihunderttausend Dollar – von meinem eigenen Konto und von

einigen anderen gegen Schuldscheine. Es wird nicht ganz leicht sein, aber es läßt sich machen. Und für dich wäre es ein gutes Geschäft. Ohne jedes Risiko.«
Er schüttelte den Kopf. »Vier Millionen, Marcus. Die ganze Ladung.«
»Aber dann müßten die Banken geschlossen bleiben! Großer Gott, die ganze Gegend würde in Panik geraten! Und ich würde nicht verhindern können, daß sich die Behörden sofort einschalten und daß Leute vom Finanzministerium und vom FBI auf schnellstem Weg aus New York und Boston hierher kommen. Und was dann?«
»Dann wirst du, mein lieber Marcus, ihnen sagen, daß wir hier in deinem Haus vier Geiseln haben. Und falls etwas schiefgeht, können die Zeitungen über vier Beerdigungen berichten. Will es dir denn nicht in den blöden Bankierschädel, Marcus, daß die Presse auf Schlagzeilen über das Massaker von Scammons Ridge sicher ebenso gern verzichten würde wie du selbst. Kopfarbeit, Marcus! Harte Kopfarbeit. Denk nach, dann wird's vielleicht kein Massaker geben. Also, die vier Millionen. Alles oder nichts.«
»Jimmy, du bist unvernünftig. Glaubst du wirklich, ihr könnt mit dem Geld entkommen, wenn die Polizei alle Straßen überwacht?«
»Das gehört auch zu dem Paket, das du uns aushändigen wirst, Marcus. Freie Fahrt zum Flugplatz von Glens Falls, dann eine Maschine nach Boston und dort ein Langstreckenjet. Mit allem Komfort. Weil nämlich – nur, damit du siehst, wie vernünftig ich sein kann – die Damen uns bis zur Endstation begleiten werden.«
»Mann«, sagte Digby zu mir, »begreifen Sie doch endlich! Wenn alle spuren, wird keinem von euch was passieren.«
Wenn alle spuren. Bob Daniels von der Fluglinie *Vista Airways* konnte mir vielleicht eine Chartermaschine von Glens Falls nach Boston beschaffen. Aber an welche Luftverkehrsgesellschaft sollte ich mich dort wenden? Wie stellte man es an, ein Flugzeug zu chartern, das entführt werden sollte? Und bei diesem irrsinnigen Plan müßten ja auch die Behörden mitmachen. Die hiesige Polizei. Die Polizei in Boston. Und das FBI. Mitmachen bei einem Kidnapping und einer Flugzeugentführung?
Hatten sie eine andere Wahl? Hatte ich eine andere Wahl?
»Jetzt hört mal zu«, sagte ich. »Aus den nördlichen Filialen werden zwischen sieben- und achthunderttausend Dollar in die Hauptstelle gebracht. Ich lege zweihunderttausend dazu. Dann habt ihr eine Million. Fahrt mich im Kombi zur Bank, dann werde ich dafür sorgen, daß das Geld ohne jede Verzögerung ins Auto umgeladen wird. Ihr könnt mit dem Kombi und dem Geld wegfahren und habt sogar einen beträchtlichen Vorsprung. Ein besseres Geschäft könnt ihr gar nicht machen.«
Ich merkte, daß sie von meinem Vorschlag beeindruckt waren. Jedenfalls Digby und Harvey. Sie dachten darüber nach, wobei sich Harvey immer

wieder mit der Hand über den Mund fuhr und Digby nervös die Trommel seines Revolvers rotieren ließ. Nur Flood zeigte keinerlei Reaktion. Anscheinend zögerte er seine Antwort hinaus, um die Spannung zu erhöhen. Schließlich kam nur ein einziges Wort über seine Lippen: »Nein.«
»Mann«, sagte Digby, »darüber möchte ich erst mal mit dir reden.«
»Wozu? Wie weit würden wir denn deiner Meinung nach in diesem Fall kommen?«
»Wenn ihr wollt, könnt ihr mich als Geisel mitnehmen«, schlug ich vor.
Digby blieb hartnäckig. »Harvey und ich bestehen auf einer Besprechung.«
»Stimmt das, Harvey?«
Harvey wirkte ziemlich betreten. »Du hast zu entscheiden, Jimmy.«
»Ich hab aber auch was zu sagen«, zischte Digby.
Und plötzlich hatte Flood den Revolver auf ihn gerichtet. Er fletschte die Zähne. Seine Augen – deren Iris manchmal so flach wirkte, daß man unwillkürlich an Ziegenaugen denken mußte – waren weit aufgerissen und glasig. Digby wich, anscheinend ganz mechanisch, einen Schritt zurück und sagte sichtlich erschreckt: »Mann, du regst dich wegen nichts und wieder nichts auf.«
»Du hast eine Besprechung verlangt. Hier hast du sie!«
Digby versuchte zu lächeln. »Okay. Und jetzt ist sie vorbei. Alles klar, Jimmy. Tu, was du für richtig hältst.«
»Was *ich* für richtig halte?«
»Was die Firma für richtig hält.«
»Gut so. Wir werden's ins Protokoll aufnehmen.« Er bewegte den Revolver von Digby weg und direkt auf Emily zu. Dann deutete er mit dem Kopf zur Küchenuhr. »Du hast dreißig Sekunden Zeit, Marcus. Neunundzwanzig, achtundzwanzig...«
Hatte ich eine andere Wahl?
»Also gut. Ich will's versuchen.«

Wir waren anscheinend zu einem Waffenstillstand gelangt. Keineswegs unsanft befreite Digby Deborah von dem Knebel und band ihre Hände los. Etwas weniger sanft ging er mit David um. »Kommen Sie ja nicht auf dumme Gedanken, verstanden?« sagte er, als er die Schnur löste.
»Im Moment denke ich nur an das, was Sie über die vier Geiseln gesagt haben. Bin ich denn nicht Nummer fünf?«
»Den lieben kleinen Davy wollen wir nicht im Haus haben«, sagte Flood. »Du wirst Pappi Hilfestellung leisten. Wenn er die Leute nicht davon überzeugen kann, daß wir's ernst meinen, wirst du es tun.«
Er führte uns beide aus der Küche, Digby ging mit gezücktem Revolver hinterher, Harvey blieb bei den Frauen. In der Diele lagen die Waffen jetzt sorgfältig ausgebreitet. Im Wohnzimmer war der andere Hüne damit be-

schäftigt, die schweren Fensterläden zu schließen und zu verriegeln. Vorkehrungen für eine Belagerung.
»Das machen wir in sämtlichen Räumen, Marcus«, sagte Flood. »Wir igeln uns ein. Und wenn jemand auf die Idee kommt, zu schießen oder es mit Gas zu versuchen, dann denk dran, daß wir die Frauen nicht im Keller in Sicherheit bringen werden. Sie bleiben oben und kriegen das gleiche ab wie wir.« Er griff nach einer Gasmaske. »Zu schade, daß wir nur vier davon haben, Marcus. Damengrößen sind nicht dabei.«
»Ich werde alles versuchen, um die Behörden am Eingreifen zu hindern. Aber wenn sie's trotzdem tun? Mir kannst du dann nicht die Schuld daran geben.«
»Wer daran schuld ist, spielt dann überhaupt keine Rolle. Es läuft aufs gleiche hinaus. Das Gelände vor dem Haus ist Niemandsland. Sobald ihr beide weggefahren seid, darf niemand mehr die Zufahrt heraufkommen, nur du selbst. Und zwar allein, verstanden? Du parkst auf dem Weg und gehst sofort ins Haus. Jeder andere wird auf Anhieb umgelegt. Und keine Hubschrauber! Nichts, was mich nervös machen könnte! Auf der Dachterrasse wird ständig ein Wachtposten stehen, Tag und Nacht, falls es sich so lang hinziehen sollte. Das alles sagst du der Polizei. Und deinem Lieblingsbullen, diesem Duffy, mußt du klarmachen, daß wir, falls uns die Sache zu lang dauert, nicht davor zurückschrecken werden, eine der Frauen zu töten. Verstanden?«
»Ja. Aber da du von Zeitdruck sprichst – wieviel Zeit habe ich, um alles in die Wege zu leiten? Allein schon, um das Geld aus den Filialen herzuschaffen, brauche ich mehrere Stunden. Und dann die Verhandlungen wegen der Flugzeuge! Wenn ich nicht genug Spielraum habe...«
Flood sah auf seine Uhr. »Jetzt ist's kurz vor sechs. Um halb sieben bist du in der Bank. Von dort aus rufst du deine Filialleiter an und jagst sie aus dem Bett. Sag ihnen, sie sollen, sobald der Geldtransport vorfährt, das gesamte Papiergeld verladen, alles, was sie im Tresor haben. Einfach in Säcke stecken und in den Laderaum werfen. Der Transport kommt normalerweise gegen acht Uhr in Scammons Landing an, aber ich gebe dir genug Spielraum, sagen wir, bis elf. Du fährst mit dem Kombi zur Bank und lädst das Geld sofort um. Bis zum letzten Sack. Soweit alles klar?«
»Ja.«
»Gut. Deine Frist läuft um zwölf Uhr ab. Das heißt, daß du den Kombi Punkt zwölf vor dem Haus parkst und sämtliche Säcke hereinbringst. Dann zählen wir das Geld, und wenn der Betrag stimmt, lädst du alles wieder in den Kombi. Und dann kutschierst du uns und die Damen nach Glens Falls zum Flugplatz, wo eine Maschine auf uns wartet.«
»Jimmy, wenn hier etwas passiert, während ich weg bin...«
»Sollten sich bei dir Komplikationen ergeben, dann rufst du mich hier an. So, und jetzt geht ihr beide hinauf und macht euch fertig.«

Von Flood und Digby bewacht, mußten David und ich uns nacheinander anziehen. Als sie uns wieder die Treppe hinunterführten, war ich versucht, Flood zu fragen, ob wir die Frauen noch einmal sehen dürften, aber dann ließ ich's bleiben, weil es zu sehr nach einem traurigen Abschied ausgesehen hätte. Plötzlich aber kam mir ein besorgniserregender Gedanke.
»Du hast von Komplikationen gesprochen«, sagte ich zu Flood. »Vielleicht wird es schon sehr bald eine geben.«
»Und das wäre?«
»Die beiden von der Kommune, die du gestern kennengelernt hast, McGrath und Erlanger, kommen häufig zum Frühstück zu uns. Ohne sich vorher anzumelden.«
»Dann sorg dafür, daß sie heute nicht aufkreuzen! Unter keinen Umständen, verstanden?«

Digby holte den Kombi aus der Garage, und David, der offenbar gemerkt hatte, daß ich jetzt nicht in der Verfassung war, selbst zu chauffieren, setzte sich ans Steuer. Als er den Motor startete, beugte sich Flood zu uns herein und deutete auf seine Armbanduhr. »Punkt zwölf läuft die Frist ab, Marcus. Eine Minute nach zwölf sieht es schlecht für euch aus.« Und dann ließen wir ihn und Digby hinter uns, bogen in die Kurve ein und fuhren zum Weg hinunter.
Daß wir von der Gegenwart dieser beiden befreit waren, löste in mir merkwürdig gemischte Gefühle aus: Erleichterung, weil kein Revolver mehr auf uns gerichtet war; Unbehagen, weil ich darauf verzichtet hatte, Emily noch ein paar beruhigende Worte zu sagen; Gewissensbisse, weil ich nicht darauf bestanden hatte, Sarah Frisch mitzunehmen und zum Arzt zu bringen. Aber es war eben zuviel auf einmal auf mich eingestürmt. Und nun die quälende Frage, was uns bevorstand – auch wenn es gelänge, alle Bedingungen Floods zu erfüllen. Ob es zu schaffen war, ohne daß jemand ermordet wurde? Jedenfalls würden sie die Frauen wer weiß wohin verschleppen, vielleicht an einen Ort auf der anderen Seite der Erdkugel, wo es den Behörden vielleicht wichtiger war, Flood und seine Komplicen zu verhaften, als das Leben der Geiseln zu retten. Ich war im Verlauf meines Lebens schon mancherlei Prüfungen und Krisen und Schrecken ausgesetzt gewesen, aber in dieser Situation halfen mir meine Erfahrungen überhaupt nichts.
Es war ein schöner Sommermorgen: strahlende Sonne, ein paar Wölkchen, eine milde Brise, die sanft über die bewaldeten Anhöhen strich. Und mein Haus auf dem höchsten Punkt der Hügelkette war eine waffenstrotzende Festung, in der meine Familie gefangengehalten wurde! Es war unfaßbar. Und ich war nicht imstande, meine aus Angst, Wut und Hilflosigkeit gemischten Gefühle zu entwirren.

Ich warf einen letzten Blick auf das Haus, bevor wir den Wald zwischen meinem Anwesen und der weniger als einen Kilometer entfernten Kommune erreichten. Als mir die Bäume die Sicht versperrten, merkte ich plötzlich, daß ich nach Atem rang. Nicht etwa, weil ich gegen die Tränen ankämpfte, sondern weil jeder zitternde Atemzug so schmerzte, als stieße mir jemand ein Messer zwischen die Rippen, dort, wo mich nach meinem einzigen schwachen Protest der Faustschlag getroffen hatte.
Als David mitten im Wald anhielt, sagte ich hastig: »Mir fehlt nichts. Fahr so schnell wie möglich zur Kommune! Wir müssen ihnen sagen, daß sie uns heute nicht besuchen sollen.«
»Zuerst müssen wir beide etwas besprechen.«
»Aber doch nicht jetzt!«
»Keine Aufregung, Freund Hayworth. Zuerst eine Schweigeminute, dann eine Besprechung.«
»David, dafür haben wir keine Zeit!«
»Wir werden uns die Zeit nehmen. Weil das, was du vorhast, Marcus, der inneren Einkehr bedarf.«

Wir hielten also stille Einkehr, und plötzlich begann ich verzweifelt zu beten. Seit ich in jungen Jahren entdeckt hatte, daß es mir peinlich war, den Himmel um eine Gefälligkeit zu bitten, hatte ich nie viel vom Beten gehalten. Im Gegensatz zu meinem Vater, der zu einer Art göttlichem Steuerprüfer betete, war ich, ähnlich wie Elias Hicks, schon frühzeitig zu der Überzeugung gelangt, daß die wahre Gottheit rein geistiger Natur ist und sich mehr oder weniger deutlich in jedem menschlichen Wesen offenbart.
Jetzt aber flehte ich zu diesem göttlichen Geist und fühlte mich auf ähnliche Weise getröstet, wie ich es manchmal bei unseren Andachtsversammlungen erlebt hatte. Und zugleich war ich dankbar dafür, daß der Mann, der neben mir saß und die gleiche schwere Prüfung zu bestehen hatte, ein besserer Quäker war als ich selbst. Vom Unglück geschlagen, hatte nicht ich, sondern er daran gedacht, aus dem inneren Licht Kraft für den rechten Weg zu schöpfen.
Gewiß, er war erst vor kurzem im Feuer des Glaubens gehärtet worden, während ich mit der Zeit vielleicht schon etwas brüchig geworden war. Er hatte auf eine geschäftliche Karriere verzichtet, um im Kreis von Hippies und Kommunarden und Anhängern des Zen-Buddhismus nach dem Sinn seines Lebens zu suchen; er war in New York als Sozialarbeiter tätig gewesen; und durch die Quäker, die er in den verschiedenen Gruppen kennengelernt hatte, war sein Interesse an unserer Gemeinschaft geweckt worden, der er kurz vor seiner Heirat mit Deborah beigetreten war.
Das lag jetzt zwei Jahre zurück. Ich hatte plötzlich das Gefühl, daß ich jetzt mehr von meinem Schwiegersohn wußte und mehr Zuneigung für ihn

empfand als jemals während der beiden Jahre, in denen wir im selben Haus gewohnt hatten.
David brach das Schweigen. »So, wie Flood sich das vorstellt, geht's nicht, Marcus. Du hast recht gehabt, als du ihm sagtest, daß zuviel Außenstehende in die Sache hineingezogen werden müßten. Du könntest auf keinen Fall alle diese Leute unter Kontrolle halten. Und das würde bedeuten, daß es nicht zu Ende gebracht werden kann, ohne daß gemordet wird.«
»Ich kann wenigstens versuchen, sie unter Kontrolle zu halten. Mir bleibt keine andere Wahl.«
»Doch. Flood ist auf jede Möglichkeit gefaßt, nur auf eine nicht. Und mit dieser einen werden wir ihn konfrontieren.«
»Meinst du etwa einen Angriff auf das Haus? Und was passiert dann mit den Frauen?«
»Nein, das meine ich nicht. Ich glaube sogar, daß Flood sich genau das wünscht. Er möchte der Welt beweisen, was für ein hartgesottener Bursche er ist. Er hat einen Männlichkeitswahn. Aber ganz so verrückt ist er auch wieder nicht, daß ihn das Geld und alles, was damit zusammenhängt, nicht reizen würden. Für ihn gibt es nur diese Alternativen. Tatsächlich aber gibt es noch eine andere Möglichkeit.«
Jetzt war ich völlig konsterniert. »Ich weiß wirklich nicht, worauf du hinauswillst.«
»Ganz einfach darauf, daß Floods Bande nicht aus Fanatikern besteht. Diese drei Männer sind nicht bereit, für irgend etwas ihr Leben zu opfern. Die steigern sich nicht in einen Kamikaze-Fanatismus hinein. Ich glaube, wenn Flood nicht gewesen wäre, hätten sie sich auf der Stelle mit deinem Vorschlag einverstanden erklärt, ihnen einen Haufen Geld zu geben und obendrein die Chance zu entkommen. Wenn sie in eine kritische Situation geraten, mit der sie nicht gerechnet haben, werden sie es Flood ankreiden. Und in eine solche Situation müssen wir sie bringen.«
»Aber sobald wir etwas gegen sie unternehmen...«
»Marcus, begreifst du denn nicht, worum es mir geht? Wir werden nichts gegen sie unternehmen. Ihre eigentliche Waffe besteht nicht darin, daß sie über eine Menge Schießeisen verfügen. Ihre Waffe ist die Verbindung zur Außenwelt. Die Möglichkeit, die andere Seite über ihr Waffenarsenal zu informieren und auf diese Nachricht reagieren zu lassen. Sie üben Gewalt, indem sie mit Gewalttätigkeit drohen, und sie erwarten eine gewaltsame Reaktion. Wenn diese aber nicht erfolgt, das heißt, wenn wir uns völlig ruhig verhalten, überhaupt nicht reagieren...«
»Während sie die Frauen in ihrer Gewalt haben?«
»Ja. Weil nämlich die Frauen nicht nur ihre, sondern auch unsere Geiseln sind. Glaubst du, diese Burschen wissen nicht, was ihnen bevorsteht, wenn sie eine der Frauen umbringen? Dann ist ihr ganzer schöner Plan im Eimer. Und du könntest das Eingreifen der Polizei nicht mehr verhin-

dern. Dieses Risiko kann Flood nicht eingehen, nicht mit diesen Komplicen, die ihn ständig beobachten und auf ihr Geld warten.«
»Und wenn er's trotzdem riskiert?«
»Die Wahrscheinlichkeit, daß er's tut, ist viel größer, wenn du versuchst, nach seiner Pfeife zu tanzen. Marcus, glaub mir, wir können das Haus von der Außenwelt abschirmen. Wenn uns jemand dabei hilft, können wir Flood völlig isolieren. Die Polizei wird nicht erfahren, was sich hier oben abspielt. Keiner, der falsch reagieren könnte, wird etwas erfahren. Und jetzt versuch mal, dich in Floods Lage zu versetzen. Niemand erscheint heute mittag mit dem Geld, aber es erscheint auch niemand, um das Haus zu stürmen. Es geschieht überhaupt nichts. Zwölf Uhr, ein Uhr – die Zeit vergeht, und nichts geschieht. Was würdest du dann an Floods Stelle tun?«
»Ich... ich weiß nicht. Wahrscheinlich würde ich in der Bank anrufen, um herauszufinden, was eigentlich los ist. Und warum nicht gleich die Polizei anrufen? Ich würde mit der Erschießung einer der Frauen drohen, falls man meine Bedingungen nicht sofort erfüllen würde.«
»Aber wenn das Telefon gestört ist, kannst du keinem drohen.«
»Dann würde ich eine der Frauen mit vors Haus nehmen, ihr einen Revolver an den Kopf halten und nachsehen, ob Gefahr im Anzug ist. Wenn nicht, würde ich erst mal abwarten.«
»Aber da draußen stellst du fest, daß der einzige Weg, auf dem du per Auto entkommen könntest, blockiert ist – nehmen wir mal an, daß der Baum dort vorn quer über die Straße gefallen ist. Und wenn du's in der anderen Richtung versuchst, liegt kurz vor dem Haus der Marcys ebenfalls ein Baum auf der Straße. Aber nirgends ist ein Polizist zu sehen, niemand, von dem dir Gefahr droht, nichts, das dich beunruhigen könnte, außer der Tatsache, daß dich, auch wenn du noch so laut schreist, kein Mensch zu hören scheint. Was tust du dann?«
Was würde ich tun? Wie würde ein Mensch wie Flood in dieser Situation reagieren? »Ich weiß es nicht.«
»Stimmt. Und genau das kann sich Flood nicht leisten. Bis dahin hat er alles so hingekriegt, wie er es seiner Bande versprochen hat. Aber wenn die anderen merken, daß er einen gravierenden Fehler gemacht und sie alle in eine Situation gebracht hat, der er nicht gewachsen ist, dann hat er sie nicht mehr unter Kontrolle.«
»Sie werden es an den Frauen auslassen, David. Das ist Flood bestimmt zuzutrauen. Du sagst doch selbst, daß er gefährlich labil ist.«
»Zugegeben. Aber glaubst du vielleicht, er wird weniger labil sein, wenn bewaffnete Polizisten gegen das Haus vorrücken? Sobald er sich irgendwie provoziert fühlt, wird er losballern. Ob der dritte Weltkrieg hier oben ausbrechen soll, hat er dich gefragt. Und die Frauen mittendrin! Glaubst du wirklich, daß sie dann weniger gefährdet wären?«

»Ich weiß es nicht. Ich weiß noch immer nicht, was wir tun sollen. Wenn wir uns aufs Abwarten verlegen – wann wird das zu Ende sein? Und *wie* wird es enden?«
David schüttelte nachdenklich den Kopf. »Das können nur sie entscheiden. Sie ganz allein. Wenn wir versuchen, es irgendwie zu beeinflussen, wenn wir sie wissen lassen, daß wir verhandeln wollen, dann haben sie wieder ihre eigentliche Waffe in der Hand. Die Verbindung zur Außenwelt. Die Möglichkeit, uns ihre Drohungen und Forderungen zu übermitteln. Und das können wir nicht riskieren. Wir müssen unerreichbar bleiben, bis sie selbst zu einem Entschluß gelangt sind.«
»Und wenn sie die Frauen oder auch nur eine davon mitnehmen und zu Fuß entkommen wollen?«
»Möglich, daß sie's versuchen. Aber wahrscheinlich nicht auf dem blokkierten Weg. Sie müssen damit rechnen, daß hinter den Sperren eine ganze Armee auf sie wartet. Aber was ist mit dem Steilpfad, der hinter dem Haus zur Fernstraße hinunterführt? Den kennt Flood doch sicher, oder nicht?«
»Ja.«
»Wenn er gehörig unter Druck gesetzt wird, versucht er's vielleicht auf diese Weise.«
»Es wäre für uns nicht allzu schwierig, auch den Steilpfad zu blockieren. Zwischen dem Haus und der Fernstraße liegen mehr als drei Kilometer bewaldetes Gelände.«
»Nein, diesen Weg blockieren wir nicht. Damals, als ich bei der Organisation von Friedensdemonstrationen mithalf, habe ich immer versucht, der Polizei vor allem klarzumachen, daß sie unseren Leuten nicht jede Rückzugsmöglichkeit verbauen dürfte. Wenn man viele Menschen hoffnungslos einpfercht, kann es zu schlimmen Szenen kommen. Läßt man ihnen aber einen Ausweg, dann besteht die Chance, daß überhaupt nichts passiert. Dort ist es gutgegangen. Und hier kann es auch gutgehen.«
Leuchtete mir sein Vorschlag allmählich ein, oder klammerte ich mich nur an einen Strohhalm? »Und die Frauen? Wir setzen sie einer grausamen Belastungsprobe aus, David. Sie wissen dann doch genausowenig wie Flood, was sich draußen abspielt.«
»Sie wissen es bestimmt früher als Flood. Marcus, wenn sie uns jetzt hören könnten, wozu glaubst du, würden sie uns raten?«
Emily. Deborah. Janet. Wozu würden sie uns raten?
Nein. Wovon würden sie uns abraten?
»Also gut, David. Was tun wir zuerst?«

In der Kommune war anscheinend noch niemand wach. Da lagen sie unter ihren Decken und in Schlafsäcken, die meisten auf der Veranda, einige auf dem Rasen. Als David und ich ausstiegen, kamen zwei sieben- oder

achtjährige Jungen mit primitiven Angelruten aus dem Haus und gingen auf den Weg zu. Falls sie zu dem von der Kommune bevorzugten Fischwasser unterwegs waren, mußten diese Kinder direkt an meinem Haus, an Floods waffenstrotzender Festung vorbeigehen.
»Hallo! Bleibt mal stehen!« rief ich, aber für sie war ich eine Autorität, und wie McGrath mir schon mehrmals stolz erklärt hatte, wurden bei ihnen die Kinder dazu erzogen, jede Autorität zu verachten. Selbst dann, wenn dazu überhaupt kein Grund bestand. Die beiden Jungen liefen nur noch schneller, bloß um mir zu zeigen, daß sie mich gehört hatten und sich nicht im geringsten darum scherten. Zum Glück reagierte David sofort. »Verdammt, sie müssen am Haus vorbei!« Und schon rannte er ihnen nach. Als er sie endlich beim Wickel hatte, wehrten sie sich so heftig, daß der Lärm die anderen aufweckte.
Einige Kommunarden hoben nur den Kopf, um zu sehen, was los war, ein paar andere jedoch standen auf und liefen zu David hinüber, der die Jungen unter Aufbietung aller Kräfte zurückschleifte. »Na hören Sie mal, Mann, was fällt Ihnen eigentlich ein?« rief eine junge Frau, und ein langhaariger, bärtiger Teenager sagte: »Verhaust du jetzt kleine Kinder, David? Das ist doch das letzte!«, aber keiner wurde aktiv.
»Niemand verhaut eure Kinder«, sagte David. »Holt Ray! Sofort!«
Seiner Stimme war anzuhören, daß die Sache ernst war. Ein junger Mann verschwand im Haus; zwei Minuten später erschien Ray, hinter ihm Lou Erlanger. Verschlafen und von der Sonne geblendet, blinzelten sie zu uns herüber. »Was ist los, Dave?« fragte McGrath.
»Zunächst mal handelt es sich darum, daß ihr die Jungs hier eine Zeitlang von unserem Haus fernhalten müßt. Die anderen Kinder auch.«
»Du weißt doch, daß das nicht unserer Methode entspricht.«
»Ich habe meine Gründe. Und jetzt möchte ich ungestört mit euch beiden sprechen.«
»Ungestört« bedeutete, ziemlich weit vom Haus entfernt. Wir gingen also zu der Stelle, wo früher einer der wohlgepflegten Blumengärten meiner Schwiegermutter war. Und hier, wo jetzt nur noch Unkraut wucherte, berichtete David, was bei uns passiert war, und verblüfft stellte ich fest, daß weder McGrath noch Erlanger sonderlich erregt darauf reagierten. Sie hörten zu, das war alles. Dann sagte Erlanger: »Da draußen scheint es Leute zu geben, die einfach nicht wollen, daß wir irgendwo Frieden finden. Nicht mal in Utopia.«
»Honig lockt die Wespen an, Geld die Aasgeier«, bemerkte McGrath. »Wie wollen diese Burschen einen solchen Haufen Bargeld fortschaffen? Dazu brauchen sie ja einen Lastwagen.«
»Nein«, sagte ich. »Es ist gar keine so große Ladung.«
»Man lernt doch nie aus. Also, ich bin froh, daß ihr uns von der Sache erzählt habt, bevor die Kinder dort oben herumlaufen. Wir haben hier ei-

nen jungen Mann, Mike Roos, dem rennen sie nach wie dem Rattenfänger von Hameln. Er wird dafür sorgen, daß sie hierbleiben, bis die Luft rein ist. Und wenn ihr von hier aus die Polizei anrufen wollt, bitte! Hätte ich auch nie gedacht, daß wir unser Telefon eines Tages dazu benützen würden, die Polente...«

»Ray, wir möchten euch um viel mehr bitten«, sagte David. »Um sehr viel mehr. Wir wollen die Polizei nicht zuziehen. Wir wollen, daß *ihr* uns helft. Die ganze Kommune.«

McGrath und Erlanger waren überrascht. »Jagd auf Verbrecher zu machen, ist nicht unsere Sache, Dave. Das weißt du doch. Wenn jemand von bewaffneten Gangstern bedroht wird, läßt er bewaffnete Polizisten auf sie los, nicht Leute unseres Schlags.«

»Das stimmt«, sagte David, »aber wir wollen nicht, daß noch mehr Schußwaffen ins Spiel kommen. Das heißt, daß wir die Polizei nicht verständigen können. Es darf keine Kraftprobe geben.«

»Das heißt aber auch, daß niemand im Ort etwas davon erfahren darf«, gab Erlanger zu bedenken.

»Niemand außer euch und den Quäkern. Denn ihre Hilfe brauchen wir auch.«

»Bitte ganz ehrlich!« sagte ich zu McGrath. »Können Sie verhindern, daß Ihre Leute es weitererzählen?«

Die Antwort kam von Erlanger: »Daß sie die Kinder nicht von hier weglassen dürfen, müssen wir ihnen auf jeden Fall sagen. Und wenn sie erfahren, warum, und daß alles friedlich geregelt werden soll, machen sie wahrscheinlich mit. Dann halten sie auch den Mund. Aber wenn ihnen das einfach befohlen wird, tun sie's bestimmt nicht.«

»Also, Marcus«, sagte McGrath, »wenn Sie sich darauf einlassen wollen, soll's mir recht sein.«

Eigentlich wollte ich mich nicht darauf einlassen. Allein schon der Anblick dieser überalterten Hippie-Typen mit ihrer merkwürdigen Indifferenz deprimierte mich. Sollte ich mich in dieser kritischen Lage ausgerechnet auf sie verlassen? Ich hatte das unheimliche Gefühl, daß sie, sobald David und ich weggefahren waren, die ganze Angelegenheit in fünf Minuten vergessen würden. Wenn sie wenigstens wie normale menschliche Wesen reagiert hätten! Nur ein Fünkchen Mitgefühl in ihren ausdruckslosen Augen hätte mir genügt. David allerdings schien ihnen zu vertrauen.

»Wir lassen uns darauf ein«, erklärte er. »Aber das bedeutet, daß ihr euch mit einsetzen müßt. Sehr sogar.«

»Und wie?«

»Wir müssen Flood und seine Komplicen völlig von der Außenwelt isolieren.« David hob einen Zweig auf und zeichnete eine grobe Skizze in den Sand: den Höhenweg, in der Mitte mein Haus, südlich davon die Kommune, nördlich davon das Anwesen der Marcys und noch weiter nördlich

das Versammlungshaus. Dann zeichnete er zwei weitere Wege ein, den sogenannten Quäkerweg, der vom Versammlungshaus hinunter in den Ort führte, und den gewundenen Südweg, der beim Oates-Haus (der Kommune) begann und auf dem man ebenfalls in den Ort gelangte.
Erst angesichts dieser Skizze wurde mir völlig klar, wie raffiniert Flood bei der Wahl seiner Opfer vorgegangen war. Abgesehen davon, daß er von seinem Vater im Laufe der Jahre eine Menge über die Arbeitsroutine der Bank erfahren haben mußte, hatte er mit strategischem Geschick den günstigsten Zielbereich ausgesucht. Das Haus stand auf dem höchsten Punkt der Hügelkette. Mögliche Angreifer waren, sobald sie vom Waldrand aus vorrückten, leicht zu entdecken. Da ein Fernkampfangriff nicht in Frage kam, während die Geiseln im Haus festgehalten wurden, konnte es nur vom direkt angrenzenden offenen Gelände aus gestürmt werden. Zu allem Unglück war unser Polizeichef, John Duffy, genau der starrköpfige, schießwütige Typ, der keinen Moment zögern würde, zum Sturmangriff zu blasen. Und das schien Flood geradezu herauszufordern.
Jetzt zeichnete David zwei Querstriche in die Skizze. »An diesen beiden Stellen, also zwischen der Kommune und unserem Haus und zwischen dem Anwesen der Marcys und dem Haus, müssen wir den Höhenweg blockieren, damit sie nicht mit dem Auto fliehen können. Denn dann würden sie bestimmt die Frauen mitnehmen. Den Steilpfad zwischen dem Haus und der Fernstraße blockieren wir nicht, weil sie dann vielleicht versuchen werden, zu Fuß zu entkommen.«
»Aber dann können sie die Frauen doch auch mitnehmen«, sagte Erlanger.
»Das glaube ich nicht. Marcus sagt, daß Flood den Pfad kennt, als weiß er genau, daß es eine ziemliche Kletterpartie ist. Wenn er so unter Druck gesetzt wird, daß er nur noch möglichst rasch verschwinden will, besteht eine echte Chance, daß er die Geiseln nicht mit hinunterschleppt. Versetzt euch mal in seine Lage! Da ist er also mitten im Wald, und überall könnte jemand auf ihn lauern. Nein, in dieser Situation wird es ihm gar nicht schnell genug gehen können.«
Jetzt zeigte auch McGarth Interesse an dem Plan. Er betrachtete die Skizze. »Und wie willst du die Straße blockieren?«
»Mit quergelegten Bäumen. Es müssen Stämme sein, die man nur mit einem Flaschenzug heben kann. Habt ihr eine Ahnung, wie man so große Bäume fällt?«
McGrath zuckte die Achseln. »Ich weiß zwar, wie man's macht, aber gern würde ich's bestimmt nicht tun. Diese Baumriesen existieren schon sehr viel länger als wir.«
»Ist das Ihre einzige Sorge?« fragte ich empört. »Die Bäume? Daß Menschenleben in Gefahr sind, ist Ihnen wohl nicht so wichtig?«
Wieder zuckte er die Achseln. »Und wenn die Sache nicht klappt? Dann

sind wir wieder ganz am Anfang, bloß, daß wir zwei herrliche alte Bäume umgelegt haben, die wir nie mehr ersetzen können.«
»Wie wär's denn mit Autos?« fragte Erlanger. »Ich glaube, wir haben hier so um die zehn oder zwölf. Und dort hinten steht der vergammelte Schulbus. Den könnten wir sicher wieder einigermaßen in Schwung bringen und damit die Straße auf unserer Seite blockieren. Und für die andere Seite nehmen wir unsere Pkw.«
»Jedenfalls besser als Bäume«, räumte McGrath ein.
»Also gut, nehmen wir die Autos«, sagte David. »Jetzt noch ein Problem: Die Telefonanschlüsse im Haus müssen unterbrochen werden.«
»Kein Problem«, sagte Erlanger. »Hier oben ist nur eine einzige Leitung. Wir brauchen bloß das Kabel durchzuschneiden.«
»Und sofort würde jemand von der Störungsstelle heraufkommen! Nein, das beste ist, wenn die Telefongesellschaft selbst die Anschlüsse abschaltet. Das heißt, wir müssen uns irgendein Märchen ausdenken, an das sich eure Leute genau halten müssen. Und zwar nicht nur, wenn ihnen jemand von der Telefongesellschaft Fragen stellt, sondern gegenüber jedem, der nicht in die Sache eingeweiht ist.«
Erlanger sah mich fragend an. »Könnten wir vielleicht herumerzählen, daß Sie und Ihre Familie für längere Zeit verreist sind?«
»Das geht nicht. Weder meine Angestellten in der Bank noch unsere Freunde würden glauben, daß wir weggefahren sind, ohne ihnen Bescheid zu sagen. Nein, das ist viel zu unwahrscheinlich.«
»Ein Unfall«, schlug McGarth vor. »Jemand aus Ihrer Familie hat einen schweren Unfall gehabt. Und Sie mußten mitten in der Nacht ein paar berühmte Spezialisten aus New York kommen lassen, die jetzt an der Arbeit sind. Vorbereitungen für eine Gehirnoperation vielleicht. Telefon abgeschaltet, keine Besucher, und so weiter.«
»Hm.« David fand den Vorschlag offenbar ebenso unbefriedigend wie ich selbst, aber weder ihm noch mir fiel etwas Besseres ein.
»Na also«, sagte McGrath. »Und wer hat den Unfall gehabt? Emily?«
»In diesem Fall würde ich nicht in die Bank fahren, sondern mich dort von Janet vertreten lassen. Nein, Janet muß den Unfall gehabt haben. Das erklärt, warum sie nicht zur Arbeit kommt. Aber was sollen wir den anderen Quäkern sagen? Die Freunde wollen uns dann sicher so nahe wie möglich sein. Erzählen wir ihnen dieselbe Geschichte?«
»Nein«, sagte David. »Wenn Anna und Elizabeth feststellen, daß sie uns nicht anrufen können, machen sie sich bestimmt sofort auf den Weg, und dann stoßen sie auf die Straßensperre. Wir müssen ihnen also die Wahrheit sagen. Die Frage ist nur, ob wir sie dadurch von den anderen Freunden isolieren.«
Sicher nicht. Und dennoch – wir hatten den Beistand aller Brüder und Schwestern nötig. Uri Shapiro, der den Supermarkt leitete, und Kenneth

Quimby, der am See eine Bootswerft betrieb, kamen mit vielen Leuten aus dem Ort zusammen, und wenn sie etwas von uns berichteten, würde man ihnen glauben. Das gleiche galt für Ethel Quimby, die einen großen Bekanntenkreis hatte, und ebenso für die Schwestern Marcy, die so viel Zeit am Telefon verbrachten. Andererseits hatten sich die Quäker von altersher als »Verbreiter der Wahrheit« bezeichnet, und nicht wenige waren eingesperrt und gehängt worden, weil sie die Wahrheit verbreitet hatten. Sollte ich meine Glaubensgenossen plötzlich zu Verbreitern einer raffinierten Lüge machen?

David las mir diese Gedanken vom Gesicht ab. »Bedrückt es dich, daß wir die Freunde in dieses Täuschungsmanöver verwickeln müssen? Es geht nicht anders, Marcus.«

»Vielleicht müssen wir doch einen anderen Weg finden, David. Ich glaube nicht, daß ich ihnen das zumuten kann.«

McGrath sah mich scharf an. »Aber uns muten Sie es zu. Ein ziemlich dicker Hund, wenn einem zu verstehen gegeben wird, daß man es in Sachen Wahrheitsliebe nicht mit den Quäkern aufnehmen kann.«

Ich war ziemlich sicher, daß er das scherzhaft meinte, obwohl jetzt, weiß Gott, nicht der richtige Moment für Scherze war. Und dennoch hatte er etwas gesagt, das zuviel schmerzliche Wahrheit enthielt, um als Scherz abgetan zu werden. Als ob es nicht schon qualvoll genug gewesen wäre, zu wissen, daß in diesem Augenblick die Rettung so vieler Menschenleben von einem überängstlichen Pedanten namens Marcus Hayworth abhing.

»Es tut mir leid«, sagte ich zu McGrath. »Ich weiß, was Sie meinen, und Sie haben recht. Wenn Sie...«

»Mann, Sie wissen eben *nicht*, was ich meine! Ich hab Sie doch bloß auf den Arm genommen. Was Sie vorhaben, finde ich einfach großartig!«

Großartig?

Wie immer man einen Plan nennen mochte, bei dem der ersehnte Zweck die abscheulichen Mittel heiligen mußte – großartig hätte ich ihn bestimmt nicht genannt.

Während ich in der Diele telefonierte, ging Erlanger von Zimmer zu Zimmer, um die Kommunarden zu einer Besprechung auf die Veranda zu bitten. Neugier konnte man diesen Leuten bestimmt nicht vorwerfen. Als sie durch die Diele hinausgingen, nahmen sie nicht die geringste Notiz von mir.

Zu meinem Pech beantwortete Anna Marcy, die redseligere der beiden Schwestern, den Anruf. Als ich ihr mitteilte, ich hätte mit den Freunden ein dringendes persönliches Problem zu besprechen, und fragte, ob wir uns bei ihr treffen könnten, sagte sie: »Ja. Aber ich finde es etwas merkwürdig, Marcus. Eine Versammlung so früh am Morgen? Es ist erst zehn nach sieben! Und so kurzfristig anberaumt! Worum geht's?«

»Das kann ich dir jetzt nicht erklären, Anna. Ich sag's dir bei der Versammlung.«
»Ist etwas passiert? Hat sich Emily oder eines der Mädchen verletzt? Laß mich mal mit Emily sprechen!«
»Das geht im Moment nicht.« Und bevor sie wieder mit der Fragerei beginnen konnte, platzte mir der Kragen. »Sei doch nicht so vernagelt, Anna Marcy! Hör auf, mir dumme Fragen zu stellen! Und ruf auf keinen Fall bei mir zu Hause an! Ihr beide wartet jetzt, bis wir kommen!«
Ich legte auf und bedauerte sofort, daß ich diesen Ton angeschlagen hatte. Zugleich aber dachte ich mit Schrecken daran, daß Anna in ihrem Eigensinn vielleicht doch bei mir daheim anrufen könnte.
Mit Uri Shapiro gab es keine Schwierigkeiten. Mein Anruf weckte ihn aus dem Schlaf, aber dann war er sofort hellwach und fragte nur: »Ist es sehr schlimm, Marcus?« Als ich bejahte, sagte er: »In Ordnung, ich komme sofort.«
Ethel Quimby war zum Glück genauso sachlich, aber dann schockierte sie mich mit der Bemerkung: »Aber ich muß die Kinder mitbringen. Ist dir das recht?«
Das fehlte noch! Drei neugierige Kinder, die daran gewöhnt waren, sogar zu unseren Arbeitsbesprechungen mitgenommen zu werden, wo sie, auch wenn sie gelegentlich herumtobten, ihre Meinung sehr energisch äußerten. Sie heute dabeizuhaben, war nicht nur völlig unangebracht, sondern auch äußerst gefährlich. Was konnte sie davon abhalten, im Ort etwas von dem zu erzählen, was sie bei der Besprechung aufgeschnappt hatten?
So vorsichtig wie möglich versuchte ich, Ethel meine Bedenken klarzumachen. »Na ja«, sagte sie, »aber so früh am Morgen finde ich niemanden, der auf die Kinder aufpaßt. Dann muß Ken eben allein teilnehmen.«
»Nein, ich brauche euch beide.«
»Marcus, das klingt ja beängstigend! Hör zu, wegen der Kinder brauchst du dir keine Sorgen zu machen. Wir kommen ohne sie, so schnell wie möglich.«
Als ich auflegte, stand David neben mir. »Alles in Ordnung?«
»Soweit schon.«
Soweit schon.
Wir gingen auf die Veranda, wo die Kommunarden ihre Besprechung offenbar bereits beendet hatten. »Einige wollen nichts damit zu tun haben«, erklärte McGrath, »aber sie sind bereit, den Mund zu halten. Wir anderen werden euch helfen, so gut wir können.« Er deutete auf einen jungen Mann, der keinen Bart, dafür aber einen langen, auf seinen Rücken herabbaumelnden Zopf hatte. »Das ist Mike Roos. Er glaubt nicht, daß er die Kinder den ganzen Tag hier festhalten kann. Er will mit ihnen an den See gehen und ein Picknick oder so was ähnliches veranstalten.«
Mike Roos. Natürlich, das war der junge Mann, den die Kommune zum

Lehrer bestellen wollte und für den sie bei der Quäkerversammlung um finanzielle Unterstützung gebeten hatte, damit er das College beenden konnte. »Ich bin Ihnen sehr dankbar für Ihre Hilfe«, sagte ich. »Und was das Geld für Ihre Ausbildung betrifft –«

»Ich pfeif auf Ihr Geld!« fiel er mir fast wütend ins Wort. »Wenn Sie glauben, daß Sie mich dafür bezahlen müssen, mach ich lieber überhaupt nicht mit.«

»Reg dich ab, Mann!« sagte McGrath, und zu mir gewandt: »Wir können das alles später besprechen. Jetzt folgendes: Sie wissen, was es bedeutet, wenn erst mal diese Straßensperren errichtet sind. Über den Höhenweg ist das Versammlungshaus dann nicht mehr zu erreichen. Dann muß man den langen Umweg durch den Ort und den Quäkerweg hinauf machen. Anstatt drei Kilometer also neun oder zehn. Wenn Sie mit uns hier in Verbindung bleiben wollen, müssen Sie dafür sorgen, daß im Versammlungshaus immer jemand das Telefon bewacht.«

»Im Haus der Marcys.«

»Soll das heißen, daß Sie Anna und Elizabeth auch hineinziehen wollen?« fragte Erlanger.

»Wohl oder übel. Wir treffen uns nämlich jetzt gleich bei ihnen.«

Er sah mich zweifelnd an. »Zwei so alte Frauen – ich weiß nicht so recht. Am besten sollte man sie von hier wegschaffen.«

»Da kennst du aber diese beiden alten Frauen nicht!« sagte David.

»Auch wenn wir darauf beständen, würden sie nicht gehen«, fügte ich hinzu. »Was die Notwendigkeit, ständig miteinander in Verbindung zu bleiben, betrifft, so habe ich noch eine Bitte an euch alle. Versucht, vom Wald aus das Haus zu beobachten, ohne dabei entdeckt zu werden. Und auch vom Steilpfad aus, der zur Rückseite des Hauses führt. Sobald David und ich von der Besprechung zurück sind, übernehmen wir das selbst.«

»Kein Problem«, sagte McGrath. »Hier sind ein paar Frauen, die oft in den Wald gehen, um Pilze und alles mögliche Grünzeug zu sammeln. Sie sind mit dem Gelände hier bestens vertraut. Sie übernehmen die Sache.«

»Aber sie sollen sehr vorsichtig sein«, warnte David. »Immer in Deckung bleiben! Das gilt für uns alle.«

»Trotzdem«, sagte Erlanger, »dieser Flood ist doch sicher so schlau, daß er damit rechnet, beobachtet zu werden.«

»Aber wir lassen ihn nichts davon merken«, erwiderte David. »Wir spielen Versteck mit ihm. Er muß so lange völlig isoliert bleiben, bis seine Bande nicht mehr zusammenhält.«

»Und wie lang wird das dauern?« fragte Mike Roos sarkastisch. »Mann, ihr habt es mit hartgesottenen Burschen zu tun! Und die haben sich bestimmt mit genug Lebensmitteln und wahrscheinlich auch mit Tabletten und Gras eingedeckt, und an Frauen herrscht ja auch kein Mangel. Je länger sie durchhalten, desto bösartiger werden sie.«

»Ich verstehe nicht«, sagte ich. »Ich dachte, Sie sind auf unserer Seite.«
»Na klar. Aber Sie müssen doch irgendeine Frist setzen. Am Tag läßt sich das alles vielleicht machen, aber in der Nacht, wenn ich mit den Kindern zurückgekommen bin, können diese Gangster aus dem Dunkel hier auftauchen, was dann? Sie sagen, die Bande darf keine Verbindung zur Außenwelt haben. Na gut, aber früher oder später *muß* sie Kontakt aufnehmen, und dann kommen ihr unser Telefon und unsere Autos sehr gelegen. Mann, dann haben wir die Katastrophe! Also nochmals – Sie müssen genau festlegen, wann Sie wieder Verbindung mit der Bande aufnehmen werden, und dann müssen Sie uns aus dem Spiel lassen.«
Ich sah David an. »Er hat recht.«
David schüttelte den Kopf. »Ich glaube nicht, daß sie sich über die Straßensperren hinausbewegen werden, und anders können sie die Kommune nicht erreichen.«
»Aber ganz sicher bist du auch nicht«, konterte Roos. »Und was ist, wenn das bis morgen so weitergeht? Glaubst du wirklich, daß ihr beide diese Nervenbelastung so lang ertragen könnt? Wenn ihr ständig darüber nachdenkt, wie beschissen sich Flood fühlt, weil alles schiefläuft, und wie weit er seine Wut an den Frauen auslassen wird?«
»Schnauze!« sagte McGrath. »Dieses Gerede hilft uns nicht weiter.«
»Weil ich sage, wie die Dinge wirklich liegen? Also gut, versuchen wir's! Aber zu riskieren, daß unsere Kinder als Geiseln herhalten müssen und daß wir Spähtrupps bilden wie beim Militär und dabei vielleicht aus einem Fenster abgeknallt werden – Mann, das ist wirklich viel verlangt! Ich kann die Bullen auch nicht riechen, schon gar nicht diesen aufgeblasenen Polizeichef Duffy und die Art und Weise, wie er in dieser aufgeblasenen Stadt für Ordnung sorgt, aber ich muß sagen, wenn's hart auf hart geht, ist es seine Aufgabe, Flood fertigzumachen.«
»Dazu ist immer noch Zeit«, sagte David.
»Du wirst dich wundern, wie schnell die Zeit vergeht.«
Diesen Satz wurde ich nicht los, als ich mit David zum Kombi ging und in den Ort hinunterfuhr. Diese Worte und den verächtlichen Ton, in dem sie gesagt wurden.

Als wir vor der Bank hielten, ließ sich gerade Herb Hill, mein Direktor, vom Nachtwächter die Tür aufschließen. Montags war ich wegen der frühzeitig eintreffenden Geldtransporte immer Punkt acht in der Bank, und Hill war stets noch etwas früher da. Erstaunt darüber, daß ich mich heute nicht an diesen strengen Zeitplan hielt, sondern fünfzehn Minuten früher erschien, zog er die Brauen hoch, sagte aber kein Wort, als David und ich ihm in die Bank folgten.
Hill, ein langjähriger Mitarbeiter, der sich vom Kassier hochgearbeitet hatte, war ein kompetenter, verläßlicher Mann, wenn auch für meinen

Geschmack etwas zu leutselig, etwas zu sehr der Typ, der den Kunden auf die Schulter klopft, obwohl ich zugeben mußte, daß ihnen das offenbar gefiel. Ich hatte seit dreißig Jahren mit ihm zusammengearbeitet, aber jetzt mußte ich allen Mut zusammennehmen. »Herb, heute müssen Sie Janet und mich vertreten. Wir sind beide verhindert.«

»Verhindert? Ist daheim etwas nicht in Ordnung? Man sieht's Ihnen doch an, Marcus.«

»Kein Wunder. Janet hat sich verletzt. Ein Unfall. Sehr ernst.«

»Das ist ja furchtbar! Ein Autounfall?«

»Nein, sie ist die Treppe hinuntergestürzt. Zum Glück sind mitten in der Nacht Ärzte aus New York gekommen. Sie sagen, das Gehirn könnte verletzt sein, und es sei zu riskant, sie ins Krankenhaus zu fahren.«

»Um Gottes willen, Marcus, kann ich irgend etwas tun?«

»Ja, Herb. Sehen Sie sich meinen Terminkalender an und verschieben oder streichen Sie alle Verabredungen, die Sie nicht selbst wahrnehmen können. Für Janets Termine gilt das gleiche. Und was am wichtigsten ist – machen Sie allen Leuten klar, daß Besuche und Telefonanrufe bei mir zu Hause unterbleiben müssen!«

»Keine Anrufe. Keine Besuche.«

»Strengste Anweisung«, sagte David. »Wir lassen sogar vorläufig unsere Anschlüsse stillegen.«

»Sie können die Anrufe in die Bank umleiten lassen. Ich werde sie entgegennehmen, jedenfalls während der Dienststunden. Und wenn nötig, bleibe ich länger hier.«

»Nein, es ist besser, wenn wir ganz abschalten lassen«, sagte ich. »Herb, würden Sie das bitte sofort mit der Telefongesellschaft regeln?«

»Natürlich.« Plötzlich runzelte er die Stirn. »Dr. Jeffries ist doch sicher auch bei Janet, nicht wahr? Wenn das Telefon abgestellt ist, kann ihn seine Praxis nicht erreichen.«

Orin Jeffries. Unser Hausarzt, den wir natürlich in einem solchen Fall sofort holen würden. Ich brachte kein Wort heraus, aber David rettete die Situation. Wie aus der Pistole geschossen sagte er: »Herb, wir haben Jeffries nicht zugezogen. Er ist ein guter Landarzt, aber hier handelt es sich um einen neurochirurgischen Fall. Da wäre er hoffnungslos überfordert. Die Operation und das ganze Drum und Dran.«

»Verstehe. Natürlich. Also, Sie können sich ganz auf mich verlassen. Ich setze mich sofort mit der Telefongesellschaft in Verbindung.«

Ich war nur noch ein Nervenbündel, als wir endlich hinausgehen konnten.

»David, wenn Orin Jeffries das jemals erfährt…«

»Er erfährt's bestimmt, aber zerbrich dir jetzt nicht darüber den Kopf. Zwei Probleme auf einmal sind zuviel.«

Manchmal war schon ein einziges zuviel.

Keine Probleme wegen der Befehlszentrale; sie war immer dort, wo ich gerade war. Mit dem Beobachtungsposten lag die Sache anders.
Ich gab Lester eine Maschinenpistole und Cocos Feldstecher, dann ging ich mit ihm auf den Dachboden, wo es noch immer so aussah, als hätten sämtliche Hayworths seit dem Tag, an dem sich der erste von ihnen dieses Stück Land grapschte und das Haus baute, niemals etwas von ihrem alten Gerümpel weggeschmissen. Die Leiter zum Dach war genau in der Mitte. Ich stieg hinauf, öffnete die Luke und kletterte durch. Auch hier oben hatte sich nichts verändert. Dieselbe alte Sonnenterrasse mit dem niedrigen Geländer, auf der ich mich immer versteckt hatte, wenn mir die Familie zu sehr auf die Nerven ging.
Lester zwängte sich durch die Luke und stellte sich neben mich. Von hier aus konnten wir das ganze Grundstück überblicken: Garage, Stallungen, Gewächshaus, Rasenflächen und Gartenanlagen. Dahinter die dichten Wälder der Adirondack-Berge. Der Höhenweg führte kurz vor dem Anwesen aus dem Wald heraus und kurz danach wieder in den Wald hinein.
Lester versuchte zu schätzen, wie weit der Weg vom Haus entfernt war.
»Dort vorn knapp zweihundert Meter, dort hinten gut siebenhundert. Bei dieser Entfernung sollten wir die M-14-Gewehre hier oben haben.«
»Nicht, wenn die Bullen wie Bananenbündel anrücken. Dann müssen sie erst mal aufgehalten werden. Mit der Spritzpistole geht das viel besser.«
In der entgegengesetzten Richtung war der große bewaldete Abhang, an dessen Fuß die Fernstraße verlief, und von hier oben aus wirkte dieser Wald undurchdringlich.
»Kaum anzunehmen, daß sie von dieser Seite heraufkommen«, sagte Lester.
»Wahrscheinlich nicht. Aber es gibt einen Pfad von der Fernstraße bis zum Garten dort hinten. Wenn sich jemand die Mühe macht, sich da 'raufzuschleppen, kann er dich von dort aus sehen.«
»Dich auch, wenn du hier oben Wache schiebst.«
»Klar. Wir wechseln uns alle ab. Niemand will dir mehr aufbrummen als den anderen. Ich wollte nur sagen, daß du die Rückseite genauso scharf beobachten mußt wie den Höhenweg. Sobald sich jemand blicken läßt, Hayworth natürlich ausgenommen, ballerst du ihm eins vor die Füße und steigst dann sofort durch die Luke.«

»Eine Stunde. Wenn ich dann nicht abgelöst werde, komm ich trotzdem zu euch runter.«
»Eine Stunde. Und dann warten die Damen mit dem Frühstück auf dich.«
Bevor ich wieder hinunterstieg, betrachtete ich noch einmal die Stelle hinter dem Garten, wo der Steilpfad endete. Vor zehn Jahren, als Janet mit mir ins Bett gegangen war und sich von der mangelnden Leistungsfähigkeit dieses Sechzehnjährigen überzeugen konnte – was sie ja von Anfang an beabsichtigt hatte –, war ich entschlossen, ihr das irgendwie heimzuzahlen. Mit einem Gewehr wie damals bei dem Müllmann war in diesem Fall nichts zu machen. Zu auffällig. Es mußte etwas sein, das genauso weh tat wie eine 5,6-mm-Kugel, ohne daß jemand ahnte, wer geschossen hatte und warum.
Als ich zuletzt hier oben gewesen war, mußte ich Dachschindeln, die bei einem Sturm kaputtgegangen waren, durch neue ersetzen. Dabei hatte ich beobachtet, wie Janet mit einer Badetasche in der Hand dort hinten im Gebüsch verschwand. Dreimal in einer Woche. Irgendwo dort unten, so dachte ich mir, mußte wohl jemand auf sie warten. Jemand, der sie sicher besser bediente als ich.
Eines Tages, als sie zum Einkaufen gefahren war, sah ich mir den Pfad genau an. Eine mühsame Angelegenheit, denn er war sehr steil und mit aufgeweichtem, glitschigem Laub bedeckt, unter dem scharfkantige Steinbrocken und gekrümmte Baumwurzeln verborgen waren. Nach knapp hundert Metern entdeckte ich die Stelle, an der Janet allem Anschein nach ihr Lager aufzuschlagen pflegte. Das Wasser, das neben dem Pfad über die Steine sickerte, bildete hier einen kitschigen kleinen Wasserfall. Das Gras war an dieser Stelle niedergetreten, und einige Zigarettenkippen lagen herum.
Als Janet das nächste Mal mit der Badetasche loszog, saß ich auf der Lauer. Ich ließ ihr genug Zeit, bevor ich mich mit meinem Fotoapparat (das Ding taugte zwar nicht viel, aber immerhin war es eine Kamera) auf den Weg machte. Nur ein paar Aufnahmen von ihr, wenn sie es gerade mit irgendeinem Kerl trieb – und Janet würde genug Grund zur Reue haben. Lautlos, wie ein Indianer auf der Jagd, schlich ich den Pfad hinunter, schlug mich dann in die Büsche und bahnte mir zwischen den Bäumen hindurch einen Weg zum Wasserfall. Als ich noch gut fünf Meter davon entfernt war, entdeckte ich Janet. Nicht mit einem Mann, aber, was auch nicht schlecht war, völlig ausgezogen. Jeans, Hemdbluse und Sandalen lagen neben der Decke, auf der sie sich, mit einem Buch in der Hand, ausgestreckt hatte. Ich zückte die Kamera und knipste. Vielleicht war das Klicken daran schuld, vielleicht hatte sich auch die Sonne in der Linse gespiegelt, jedenfalls fuhr Janet hoch und rief: »Jemand da?«
Ich war starr vor Schrecken. Ich hätte weglaufen können, aber mir war

trotz meiner panischen Angst klar, daß es nur einen Sinn gehabt hätte, wenn ich immer weitergelaufen wäre, hinaus aus der Stadt. Janet dagegen war nicht der geringste Schreck anzumerken. Sie ließ sich Zeit beim Anziehen, dann kam sie zu mir herauf und nahm mir die Kamera aus der Hand. »Was treibst du hier? Naturstudien?«
»Ich fotografiere eben gern. Die Natur und Wasserfälle und eigentlich alles. Ehrlich, wenn ich gewußt hätte, daß Sie hier *so* liegen, wäre ich nicht heruntergekommen.«
»Bestimmt nicht. Ob du's glaubst oder nicht, Kleiner, aber wenn du diesen Schnappschuß für dein ganz privates Album gemacht hättest, wär's mir egal. Da aber vermutlich einige Jungen im Ort ihren Spaß damit hätten...« Sie öffnete den Apparat, zog den Film heraus, steckte ihn ein und gab mir die Kamera zurück. »Den Film bezahle ich dir später.«
Damit war die Sache erledigt. Aber ihre Schulden hatte sie nicht beglichen.
Noch nicht.

Und jetzt war sie unten in der Küche, und sie und ihre Mutter und ihre Schwester bewegten sich wie Gespenster zwischen Herd und Spülbecken und Küchentisch hin und her und servierten Coco und Harvey das Frühstück. Es war das erst Mal, daß Janet mir nicht so vorkam, als führte sie das Kommando. Sie mußte jetzt um die achtundzwanzig sein, aber mit ihrem glasigen Blick, der geschwollenen Unterlippe und dem strähnigen, nassen Haar wirkte sie viel älter. Wie jemand, mit dem es bald zu Ende sein würde.
Noch bevor ich mich an den Tisch setzen konnte, sagte Emily:
»Jimmy, nimm's mir nicht übel, aber wir müssen uns um Sarah Frisch kümmern. Ich glaube, sie ist sehr schwer verletzt.«
»Sie wird's überleben.«
»Jimmy, bitte! Du bekommst ja, was du verlangst. Sei nicht grausam!«
Ich ging mit ihr in das Zimmer nebenan. Nach dem Gestank zu schließen, mußte die Alte das ganze Bett vollgepißt haben. Sie lag jetzt mit offenen Augen da und ließ sie ständig zwischen Emily und mir hin und her wandern, als wollte sie fragen: »Wer zum Teufel seid ihr?« Mit diesen unruhigen kleinen Knopfaugen und der zahnlosen, faltigen Kinnpartie sah sie wie eine vergrämte Schildkröte aus.
»Sie sehen ja, daß sie nicht blutet«, sagte ich zu Emily. »Es ist bloß eine Gehirnerschütterung. Das gibt ich wieder.«
»Hast du was dagegen, daß ich ihr die Fesseln abnehme? Und darf ich sie waschen und das Bettzeug säubern?«
»Sie bleibt gefesselt. Ich möchte nicht, daß sie herumtappt und uns ständig im Weg ist. Meinetwegen kann sie gewaschen werden, aber lassen Sie das Janet machen.«

»Ich bin gern bereit, es selbst zu tun.«
»Entweder Janet oder niemand.«
Und so machte Janet die Dreckarbeit, während ich ihr von der Tür her zusah. Der Gestank verdarb mir fast den Appetit aufs Frühstück. Als das durchnäßte Bettzeug ausgewechselt war und die Alte, vor sich hinmurmelnd, wieder ausgestreckt dalag, fragte Janet: »Darf ich sie jetzt füttern?«
»Das soll deine Mutter machen. Du fütterst jetzt mich.«
Keine Widerrede. Janet bediente mich, während Emily die Krankenpflege übernahm und Deborah die Pfannen säuberte und das Geschirr in der Spülmaschine verstaute. Nach dem Frühstück befahl ich ihnen, sich nebeneinander an die Wand zu stellen. »Ihr kennt jetzt die Spielregeln. Wenn eine von euch nicht pariert, muß eine andere dafür büßen. Und zwar wird das sehr schnell gehen und sehr schmerzhaft sein. Ihr habt euch auf die Küche und auf Sarah Frischs Zimmer zu beschränken. Keine Tür darf zugemacht werden, auch die zur Toilette nicht. Das gilt als Kapitalverbrechen, verstanden? Zunächst wird euch Harvey bewachen, und er entscheidet, ob ihr die Vorschriften eingehalten habt oder nicht.«
»Das Telefon«, sagte Coco.
»Richtig. Also, wenn das Telefon läutet, dürft ihr erst abheben, wenn ich dicht daneben stehe. Dann meldet ihr euch ruhig und freundlich und laßt mich sofort wissen, wer anruft. Dann sehen wir weiter. Und bleibt von den anderen Apparaten im Haus weg!«
»Wir möchten, daß Sie sich über alles im klaren sind«, schaltete sich Coco ein, »damit keine Fehler passieren. Diese Situation ist für alle Betroffenen gefährlich, deshalb dürfen keine Fehler gemacht werden. Wenn wir nach Übergabe des Geldes zusammen im Flugzeug sitzen, wird das für Sie zwar gewisse Unannehmlichkeiten mit sich bringen, aber sonst nichts. Bis dahin müssen Sie immer an das eine Wort denken: Gefahr.«
»Ende der Predigt«, sagte ich. »Irgendwelche Fragen?«
»Ja«, meldete sich Emily. »Dürfen wir uns nicht wenigstens richtig anziehen?«
»Vorausgesetzt, daß die Schlafzimmertüren offenbleiben. Harvey wird Ihre Tür im Auge behalten, der Pastor die zu Deborahs Zimmer. Falls euch die Scham überwältigt, könnt ihr euch ja im Kleiderschrank anziehen.«
»Und Janet?« fragte Emily.
»Die kommt erst an die Reihe, wenn Sie und Deborah wieder hier unten sind.«
Offensichtlich behagte das Janets treubesorgter Mammi gar nicht, aber sie konnte es natürlich nicht ändern. Als ich mit Janet allein in der Küche war, sagte ich: »Hinsetzen!« und sofort ließ sie sich auf einen Stuhl fallen. Daß ihr Morgenrock auseinanderklaffte, war ihr anscheinend egal. Wäh-

rend sich Deborah in der Zwischenzeit zu einem Klasseweib entwickelt hatte, war Janet, soviel ich sehen konnte, noch genau das gleiche Brett wie vor zehn Jahren.
»Woher kommt es bloß«, fragte ich, »daß ich zu dieser Tageszeit immer das Gefühl habe, daß du eine Handvoll Aufputschtabletten brauchst, um richtig wach zu werden?«
»Daher, daß du ein so kluger Junge bist, Flood.«
»Stimmt. Und womit betäubst du dich Nacht für Nacht? Mit Nembutal?«
»Seconal.«
»Und was macht dich morgens wieder munter?«
»Polamidon.«
»Hast wohl einen ganzen Topf von dem Zeug in deinem Zimmer?«
»Es reicht.«
»Möchtest du eine Handvoll?«
Sie schluckte ein paarmal. »Ja.«
»Hm...« Ich tat so, als müßte ich erst mal darüber nachdenken. »Nein. Mir ist lieber, wenn du halb betäubt herumläufst anstatt aufgeputscht. Weil du dich dann viel vernünftiger benimmst. Fast wie ein echter Quäker.«
Sie holte tief Luft. »Flood, du warst schon immer ein widerliches Schwein.«
»Und was bist du, meine Süße? Bist du immer noch hinter unerfahrenen Schülern her?«
Sie starrte mich verdutzt an. »Also darauf willst du hinaus? Daß ich dir deine kostbare Unschuld geraubt habe? Mach dich doch nicht lächerlich, Flood!«
»Und was hat damals wirklich dahintergesteckt? Warum gerade ich? War es nicht so, daß du deine perversen Neigungen entdeckt hattest und in Panik geraten warst? Und um herauszufinden, wie weit das bei dir schon ging, war ich dir gerade recht.«
»Ach, wie interessant, Dr. Freud! Auf den Gedanken, daß es vielleicht auch für mich das erstemal war, bist du wohl nie gekommen, Flood? Daß ich es vielleicht satt hatte, nicht zu wissen, was wirklich an der Sache dran ist?«
»Und dafür mußte ein Schuljunge herhalten?«
»Ein Kind warst du damals bestimmt nicht mehr.«
»Doch, ich war noch ein Kind. Und auf mich bist du verfallen, weil ein erwachsener Mann sofort gemerkt hätte, daß du andersrum bist.«
»Nein, du irrst dich. Du irrst dich.« Sie wirkte plötzlich verwirrt. »Aber wenn ich gewußt hätte, daß...«
»Ja?«
»...daß dieser verrückte Plan, ich meine, diese Männer ins Haus zu brin-

gen, uns alle zu terrorisieren, meinen Vater zu erpressen ... daß du damit *mir* eins auswischen willst, bloß, weil du dir einbildest, ich hätte dir ein Unrecht zugefügt ...«

»Jetzt klingst *du* nach Freud, meine Süße! Kein Wunder. Soviel ich weiß, schwören alle warmen Schwestern auf Freud.«

»Wenn ich mir sagen müßte, daß diese Sache dahintersteckt, das würde mich wirklich umhauen.«

»Mach dir darüber keine Gedanken. Du brauchst bloß mal in den Spiegel da drüben zu schauen, dann merkst du sofort, daß du dir so viel Selbstgefälligkeit wirklich nicht leisten kannst.«

Nun hielt sie den Mund.

Als die beiden anderen Frauen von Coco und Harvey wieder in die Küche geführt wurden, trugen sie Jeans und Hemdblusen. »Also los!« sagte ich zu Janet. »Jetzt bist du dran!«

Sie stand auf und hielt ihren Morgenrock am Hals zusammen (anscheinend wollte sie sich vor ihrer Mutter und ihrer Schwester nicht so sehen lassen wie vor mir), aber da sagte Coco: »Moment mal, zuerst muß ich dir was zeigen.«

Ich ging mit ihm den Korridor entlang, am Eßzimmer vorbei ins Wohnzimmer, wo man wegen der geschlossenen Fensterläden fast nichts erkennen konnte. Coco schaltete das Licht ein, und ich sah mich im Zimmer um. »Was willst du mir zeigen?«

»Das war nur ein Vorwand, Mann. Ich möchte mich mal unter vier Augen mit dir unterhalten.« Er deutete auf die beiden Kaminsessel. »Setz dich und hör mir gut zu!«

Als er mir gegenübersaß, zog er plötzlich seine Kanone aus dem Gürtel, steckte den Mittelfinger durch den Abzugbügel und ließ sie hin- und herbaumeln. »Zieh sie fix, Mr. X!« sagte ich.

»Mann, du weißt doch, daß ich bei diesen beschissenen Gruppengesprächen in Raiford dabei war, bei denen dieser nette Doktor deine komischen Zustände – du weißt schon, was ich meine – analysiert hat. Geistige Mattscheibe, was? Wenn du für das, was du tust, nicht verantwortlich gemacht werden kannst. Manchmal kommen mir allerdings Zweifel daran, ob du dann wirklich Mattscheibe hast. Wenn ja, warum haben sie dich dann in Raiford nicht in die Psychostation eingewiesen?« Er ließ den Revolver um seinen Finger rotieren, dann richtete er ihn auf mich. »Jedenfalls rate ich dir, es nicht mit dieser Masche zu versuchen, wenn du hörst, was ich dir jetzt zu sagen habe.«

»Und was zum Teufel hast du mir zu sagen?«

»Etwas über Stufe zwei. Wie sie abgewickelt wird, gefällt mir nicht.«

»Das hast du auch bei Stufe eins gesagt, und trotzdem hat alles prima geklappt. Und Stufe zwei wird genauso klappen.«

»Das bezweifle ich. Zum Beispiel hast du mich in Gegenwart der Frauen gedemütigt. Mit deiner Kanone. Mister Flood, ich möchte Sie daran erinnern, daß ich Teilhaber der Firma bin und nicht etwa Taglöhner auf Ihrer Plantage.«
»Na schön, tut mir leid, daß ich deiner verdammten Negermentalität zu nahe getreten bin. Wenn das dein einziger Vorwurf ist...«
»Etwas anderes macht mir noch größere Sorgen. Deine Handlungsweise hat gezeigt, daß du dir nicht klar darüber bist, daß ich im Augenblick der einzige absolut unentbehrliche Mann bin. Weil nämlich unsere ganze Beute nur aus Säcken voller Papierschnitzel bestehen wird, falls Stufe drei nicht richtig abgewickelt wird. Und Stufe drei bin ich!«
»So weit sind wir noch nicht.«
»Aber sie rückt immer näher. Und du kannst sie ganz schön versauen, wenn du weiter auf diesem Kollisionskurs bleibst.«
»Kollision mit dem lieben kleinen Coco?«
»Nein, mit dem Mädchen. Mit dieser Janet. Sie geht dir unter die Haut. Sie macht dich kribbelig. Ich weiß zwar nicht, wieso, weil mich persönlich eine solche Vogelscheuche völlig kaltläßt, aber ich glaube, du hast was mit ihr vor. Kannst du mir versichern, daß du sie, wenn du jetzt mit ihr nach oben gehst, nicht auffordern wirst, dich ranzulassen?«
»Ja, das kann ich dir versichern. Das glaubst du mir doch?«
»Nein. Ich glaube eher, daß sie sich dagegen wehren wird, sich für dich hinzulegen. Und dabei kann sie verletzt werden, vielleicht sogar...«
»Getötet werden?«
»Ja.«
Ich lachte. »Du willst wohl dort weitermachen, wo der Seelendoktor in Raiford aufgehört hat?«
»Das ist nicht zum Lachen«, sagte Coco eisig. »Du hast bereits die alte Sarah so brutal zusammengeschlagen, daß wir von Glück sagen können, daß sie nicht tot ist. Der Erfolg von Stufe drei hängt davon ab, daß wir die Geiseln unversehrt nach St. Hilary bringen. Und zwar alle vier. Andernfalls gibt es keine Stufe drei.«
»Das mußt du mir genauer erklären. Bisher hast du immer nur gesagt, daß in St. Hilary alles in bester Ordnung ist. Allmählich frage ich mich, ob das stimmt.«
»Kein Grund für Mißtrauen, Mr. Flood. Und über Einzelheiten sollten wir erst sprechen, wenn's soweit ist. Das ist am sichersten.«
»Nicht für dich!«
Ich sprang auf, zog den Revolver und zielte genau zwischen seine Augen. Und ich hatte nicht nur, wie Coco, den Daumen am Abzug, sondern ich spannte den Hahn. Er folgte meinem Beispiel nicht. Er saß da, und die Hand, die den Revolver hielt, zitterte ein bißchen. »Jimmy, mach keine Dummheiten!«

»Leg das Ding weg, Hubert! Oder soll ich Harvey und Lester bitten, es dir abzunehmen? Und zwar für immer.«
»Du glaubst wohl, daß die beiden nur nach deiner Pfeife tanzen?«
»Ja. Und jetzt leg das Ding weg!«
Langsam, um nur ja das Gesicht nicht zu verlieren, schob er sich die Kanone unter den Gürtel. Es war so einfach, daß ich tatsächlich etwas enttäuscht war. »Also, und jetzt die Einzelheiten über St. Hilary!«
Er schielte fast, als er in die Mündung meines Revolvers starrte, die jetzt nur noch zwei Handbreit von seiner Nasenwurzel entfernt war. »Jimmy, unter solchen Umständen bin ich wirklich nicht in Form.«
Ich ließ den Hahn zurückschnappen, hielt die Mündung aber nach wie vor auf Coco gerichtet. »Besser?«
»Etwas.«
»Und die Einzelheiten?«
»Aber keine Namen!«
»Doch, die Namen auch. Damit du nicht mehr ganz so unentbehrlich bist, Hubert.« Ich wollte den Hahn wieder spannen, aber Coco hob beschwichtigend die Hand. »Sie heißen Worthington und Moore.«
»Und wer sind sie? Unser Empfangskomitee auf dem Flugplatz?«
»Ja. Worthington ist der Justizminister, Moore der Polizeichef. Aber in unserem Fall tritt nicht bloß die Polizei in Aktion, denn wir kommen als politische Flüchtlinge.«
»Und wie machen wir das?«
»Du warst in der Weatherman-Gruppe aktiv, ich in der Schwarzen Union in London. Das wird ganz schön hochgespielt werden.«
»Und die Shanklins?«
»Opfer der Mafia. Haben versucht, die Mafia in Miami zu entlarven, und sind dafür im Gefängnis gelandet. Danach haben sie unseren politischen Kampf unterstützt.«
»Und du glaubst, daß deine Kumpels in St. Hilary, dieser Worthington und dieser Moore, dir einen solchen Blödsinn abkaufen?«
»Offiziell ja. Für sie ist das eine gute Reklame, Jimmy. Wir landen, das Flugzeug wird von Sicherheitsbeamten umstellt, Worthington und Moore gehen mutig an Bord...«
»Und setzen ihr Leben aufs Spiel.«
»Natürlich. Sie gehen an Bord, während draußen die Leute vom Fernsehen und die Zeitungsreporter alles genau beobachten, und dann beginnen sie, mit uns zu verhandeln. Die ganze Welt hält den Atem an. Werden wir diese tapferen Unterhändler töten, werden wir die Geiseln umbringen, werden wir die Maschine in die Luft sprengen? Dann verlassen Worthington und Moore das Flugzeug als die Helden des Tages. Sie haben erreicht, daß die Geiseln freigelassen werden, und sie haben uns kurzfristig Asyl gewährt. Wir sind politische Flüchtlinge. Mitglieder einer neuen

Bewegung in dem zwar mit falschen Mitteln geführten, aber durchaus gerechtfertigten Kampf gegen die Unterdrücker. Wir werden über Nacht eingesperrt und am nächsten Tag mit einer Chartermaschine ausgeflogen. Die Geiseln kehren unversehrt in den Schoß der Familie zurück. Worthington ist überzeugt, daß man ihn allein schon deswegen zum nächsten Premierminister machen wird.«
»Aber diese beiden schwarzen Schutzengel arbeiten doch sicher nicht nur deshalb für uns, weil einer von ihnen Premierminister dieses Sandhaufens werden will, stimmt's?«
»Stimmt.«
»Also, was springt sonst noch für sie heraus? Wie hoch ist ihr Anteil?«
»Die Hälfte.«
»Zwei Millionen!« rief ich entgeistert, und sofort schnellte Cocos Hand hoch. »Nimm die Waffe runter, Jimmy! Wir können die Angelegenheit doch wie zivilisierte Menschen besprechen. Vergiß nicht, daß wir zivilisierte Menschen und keine Rowdies sind!«
Ich hielt ihm den Revolver an die Stirn, drückte seinen Kopf gegen die Sessellehne und spannte den Hahn. Das Klicken versetzte Coco in Panik. Seine gespreizten Hände umklammerten die Armstützen. Seine Muskeln krampften sich derart zusammen, daß nicht viel gefehlt hätte, und er wäre zerborsten wie Glas.
»Wir vier sind doch wirklich fabelhafte Partner, was? Die Shanklins besorgen die Waffen und das Auto, ich beschaffe das Geld, und du verschenkst die Hälfte davon.«
»Jimmy«, flüsterte er, »das ist ihr Preis. Mann, hast du etwa gedacht, sie lassen mit sich handeln?«
»In Raiford hast du das für möglich gehalten. Aber vielleicht bin ich bereit, ihnen eine Million zu zahlen. Deine Million, mein Kleiner. Und du wirst den Verlust überhaupt nicht merken.«
»Sprich doch nicht so mit mir, Jimmy! Mann, wenn du mich umlegst, siehst du überhaupt nichts mehr von dem Geld. Dann werden sie zwei Millionen hierher zurückschicken und behaupten, mehr hätten wir nicht bei uns gehabt. Und sie werden dafür sorgen, daß ihr drei bei einem angeblichen Fluchtversuch erschossen werdet. Der einzige, der die Sache durchziehen kann, bin ich. Und auch das habe ich mit ihnen vereinbart.«
Während ich überlegte, betrachtete ich die Schweißperlen auf Cocos Gesicht. »Jimmy, dein Anteil braucht deswegen nicht kleiner zu werden. Und meiner auch nicht. Nimm den Revolver weg, dann können wir das besprechen.«
Ich ging einen kleinen Schritt zurück, zielte aber noch immer auf seine Stirn. »Also los!«
Er holte erst mal tief Atem. »Ich glaube, du hast recht, wenn du sagst, daß Hayworth die Polizei nicht heraushalten kann. Und sie wird schießen.

Das heißt, daß wir Harvey und Lester brauchen, um die Bullen so lange in Schach zu halten, bis wir die Bedingungen ausgehandelt haben.«
»Bis jetzt habe ich nur Playback zu hören bekommen. Hast du auch was Neues auf dem Tonband?«
»Folgendes, Jimmy: Wenn die Polizei unsere Forderungen akzeptiert hat, was haben dann Harvey und Lester der Firma eigentlich noch zu bieten? Angenommen, das Geld ist hier, und die Polizei geht auf unseren Plan ein, und du nimmst Harvey und Lester beiseite und sagst ihnen, sie könnten jetzt ruhig ein bißchen Spaß mit den Mädchen haben. Sie könnten mit ihnen hinaufgehen und sich noch etwas betätigen, bevor der ganze Zauber vorbei ist. Aber bevor etwas passieren kann, kommen wir herein und legen Harvey und Lester um. Diese lüsternen Bestien haben gegen die Satzungen unserer Firma verstoßen, und wir haben die Frauen davor bewahrt, vergewaltigt zu werden, und stehen wie zwei Heilige da. Und die Frauen können alles bezeugen. Du verstehst, wie die Sache läuft?«
»Ich verstehe sehr gut, mein lieber Hubert. Angenommen, ich gehe jetzt sofort zu Harvey und Lester und erzähle ihnen, was du da ausgeheckt hast. Du verstehst, wie die Sache in diesem Fall läuft?«
»Jimmy, vergiß nicht, daß ich Stufe drei bin! Übrigens war es von Anfang an falsch, jedem der beiden eine Million zu versprechen, obwohl sie gemeinsam arbeiten und eigentlich nur eine Stimme in der Firma haben dürften. Dadurch sind wir beide im Nachteil.«
»Versuch bloß nicht, mich für dumm zu verkaufen, Coco!« Aber jetzt hatte ich wirklich etwas zum Nachdenken, und er war vernünftig genug, mich dabei nicht zu unterbrechen. Schließlich sagte ich: »Wenn wir politische Flüchtlinge sind, müssen wir auch einen Namen haben.«
»Wie meinst du das?«
»Ich meine, wenn wir in St. Hilary landen, müssen wir deinen Freunden einen Namen präsentieren. Etwas, das in der Presse und im Fernsehen gut ankommt. Die Juli-Gruppe – wie klingt das?«
»Die Juli-Gruppe. Mann, das klingt gut! Aber jetzt hätte ich gern gewußt, wie viele von uns deiner Schätzung nach in St. Hilary landen werden.«
Wir musterten einander, diese schwarze Natter und ich. »Die Juli-Gruppe ist eine hochmoralische Organisation, Hubert. Wer gegen den Ehrenkodex verstößt, indem er hilflose Frauen vergewaltigt, hat keinen Anspruch auf einen Platz im Flugzeug. Korrekt?«
Ein breites Lächeln entblößte Cocos garantiert echte Perlenzähne. »Absolut korrekt.«

Als wir wieder in der Küche aufkreuzten, machten sich die Frauen gerade ihr eigenes Frühstück zurecht, und Harvey, der an der Wand unter dem Telefon saß, paßte auf die drei auf. Ich registrierte, daß er vor allem Deborah nicht aus den Augen ließ, was bei ihrem Aussehen kein Wunder war.

»Zeit zum Anziehen, Miss!« sagte ich zu Janet. Sie zögerte und sah mich prüfend an, aber als ich hinzufügte: »Liegt ganz bei dir, aber erwarte nicht, daß ich dir deine Medizin herunterbringe!« rang sie sich offenbar zu der Erkenntnis durch, daß es schlimmere Dinge gab als J. Flood.
In ihrem Schlafzimmer holte sie einen Schlüssel aus dem Toilettentisch und öffnete einen großen, im chinesischen Stil lackierten Kasten. Mit dem Zeug, das sie darin aufbewahrte, hätte man eine ganze Drogerie einrichten können.
Sie kippte sich vier Polamidontabletten auf die Handfläche, aber ich nahm ihr zwei davon weg und steckte sie wieder in das Röhrchen. »Ganz high wollen wir doch nicht werden, Puppe! Es reicht, wenn der Motor schön gleichmäßig läuft.«
Sie wollte Einspruch erheben, ließ es dann aber sein und schluckte das Zeug wie Wasser. Ich legte das Röhrchen in den Kasten zurück, schloß ihn ab und steckte den Schlüssel in die Tasche. »Wenn du schön brav bist, bekommst du später vielleicht mehr davon.«
»Und was verstehst du unter ›schön brav sein‹, Flood?« Sie zog die Kordel ihres Morgenrocks auf und setzte sich resigniert auf die Bettkante. »Das?«
»Nein.«
»Ach so. Nur auf Befehl. Erst, wenn der Herr und Meister dazu bereit ist.«
»Die paar Tabletten können dich doch nicht so aufgedreht haben! Also, wie zum Teufel, kommst du auf solche Gedanken?«
Zuerst war sie verblüfft, dann tat sie so, als sei ihr ein Licht aufgegangen. »Du und deine hübschen Jungs, ihr habt wohl was miteinander?«
Ich widerstand der Versuchung, ihr eine runterzuhauen. »Wenn du jetzt gleich rangehen willst, du Miststück, dann kannst du's haben. Aber du mußt mich darum bitten, genau wie damals.«
»Ohne mich, Flood. Und mit dir schon gar nicht. Schon bei dem Gedanken wird mir übel.« Sie stand auf, streifte den Morgenrock ab und zog einen Schlüpfer und Jeans an. Keinen BH. Ein BH war bei ihr nicht nötig. Dann holte sie eine Hemdbluse aus der Kommode und schlüpfte hinein. »Du denkst nur ans große Geschäft, was? Aber wie geht die Sache aus? Ich meine, wo landet das Flugzeug? In Kuba? Oder irgendwo in der Sahara?«
»Das wirst du schon sehen, wenn du aussteigst.«
»Soll ich dir mal sagen, was *du* sehen wirst, wenn du aussteigst? Eine ganze Menge Männer in Uniform und einen langjährigen Untermietvertrag für eine dreckige Gefängniszelle. Du segelst nicht unter der kubanischen oder arabischen oder sonst einer Flagge, die sich mancher Mörder gern umhängt, um ungestraft davonzukommen. Auf deiner Flagge sind die gekreuzten Knochen und der Totenkopf, und das kauft dir keiner ab, ganz gleich, wo du landest. Und stehst du dann nicht als verdammter Idiot

da? Wo du doch das Geld haben könntest, das dir mein Vater angeboten hat, und zum mindesten die Chance, etwas davon auszugeben, bevor sie dich erwischen. Und wenn ich dir jetzt noch einmal sagen würde, daß du es dir überlegen kannst?«
»Hast du schon mal von der Juli-Gruppe gehört?«
»Nein.«
»Jetzt hast du davon gehört. Genau darum geht es nämlich, Baby.«
Sie begann sich vor dem Toilettentisch zu kämmen und musterte mich im Spiegel. »Na ja, es ist Juli, und du und deine Schlägertypen, ihr seid eine Gruppe. Mehr sagt mir der Name nicht.«
»Weil das hier unsere erste große Aktion ist. Dein Pappi versetzt uns mit seinem Kapital in die Lage, dieses ganze kranke, korrupte System vom Podest zu stoßen. Es fällt sowieso schon auseinander. Nötig sind nur noch ein paar Leute, die bereit sind, mit den Überresten aufzuräumen.«
»Du, mein Führer?«
»Die Juli-Gruppe, mein Püppchen. Keine kubanische Flagge, keine arabische Flagge, nur die amerikanische, aber andersrum geflaggt.«
Nachdem sie mich eine Weile im Spiegel fixiert hatte, sagte sie: »Was dagegen, mein Führer, wenn ich mich jetzt wasche und Pipi mache?«
»Aber die Tür bleibt offen, mein Liebchen! Du kennst die Vorschriften.«
Es schien sie nicht im geringsten zu stören, daß ich, während sie sich wusch und Pipi machte, an der offenen Badezimmertür Wache hielt. Kaltblütig. Niemand übertraf sie an Kaltblütigkeit. Und dann wurde mir klar, daß dieses dürre, tablettensüchtige Aas mir tatsächlich unter die Haut ging.
Schluß damit, Jimmyboy!

Marcus Hayworth

Als David und ich bei den Marcys vorfuhren, stand Uri Shapiros Wagen bereits vor dem Haus. Uri empfing uns an der Tür, Anna und Elizabeth warteten in der Diele. »Wo sind Emily und die Mädchen?« fragte Uri erstaunt. »Marcus, was ist eigentlich los? Wir machen uns große Sorgen.«
»Emily und die Mädchen sind zu Hause. Vorläufig besteht kein Grund zur Aufregung.«
»Vorläufig?« sagte Anna. »Du siehst aber sehr bekümmert aus, Marcus. Ausgesprochen krank siehst du aus.«
»Wenn wir warten, bis die Quimbys kommen, brauchen wir nicht alles zweimal zu erzählen«, sagte David. »Könnten wir inzwischen eine Tasse Kaffee ...«
Es duftete bereits nach starkem Kaffee, und mir fiel ein, daß ich noch nicht gefrühstückt hatte. Vielleicht war zum Teil mein leerer Magen daran schuld, daß mir so übel war. In einer solchen Situation ans Essen zu denken! Aber als wir beide uns am Küchentisch mit Kaffee und Toast stärkten, fühlte ich mich tatsächlich etwas wohler. Und plötzlich auch etwas couragierter.
Wir hatten die Kanne fast leergetrunken, als die Quimbys hereinkamen. »Die Kinder sind bei unseren Leuten in der Bootswerft«, sagte Ethel. »Wir haben also schätzungsweise eine Stunde Zeit, bevor eins von ihnen ins Wasser fällt oder in eine Maschine gerät oder sonstwas anstellt. Was ist los, Marcus?«
»Nicht hier, Freunde«, sagte Anna. »Im Wohnzimmer.«
Es war bereits für die Versammlung hergerichtet. Der kostbare Mahagonischreibtisch war vor den Kamin gerückt worden, die steiflehnigen Stühle standen im Halbkreis davor. Aber heute würden drei Stühle leerbleiben. David, der dieses Jahr den Vorsitz führte, nahm am Schreibtisch Platz. »Wir beginnen mit stiller Einkehr.« Ich wußte, daß die Spannung der anderen nicht viel geringer war als meine eigene, und rechnete daher mit einer sehr kurzen Schweigeperiode. Aber dann merkte ich, daß David sie absichtlich so lange hinauszog, bis sich die allgemeine Nervosität und Ungeduld einigermaßen gelegt hatten. Dann sagte er:
»Das Ganze begann mit einem jungen Mann namens Jimmy Flood, an den ihr euch wohl alle erinnert.« Und nun berichtete er, was gestern passiert war. Die Freunde hörten ihm schweigend zu, aber ihre Gesichter verrieten, wie entsetzt sie waren.

Schließlich sagte Anna: »Ich weiß nicht, ob du wirklich den klügsten Weg gewählt hast, David. Ich kann mir nicht vorstellen, daß man das alles vor den Leuten im Ort geheimhalten kann. Und je länger wir abwarten, desto schlimmer wird es für Emily und die Mädchen. Ganz zu schweigen von Sarah Frisch, die, wie du sagst, schwer verletzt ist.«
»Flood besteht darauf, daß niemand außer Marcus sich dem Haus nähern darf. Also auch kein Arzt.
»James Flood kennt mich gut«, sagte Anna. »Er würde sich nicht bedroht fühlen, wenn ich dort erschiene. Wenn ich mich bereit erklären würde, an Stelle von Sarah Frisch im Haus zu bleiben, könnte sie abgeholt und behandelt werden.«
»Allein gehst du nicht hin, Anna«, erklärte Elizabeth. »Er kennt uns alle. Er weiß, wie liebevoll wir für ihn gesorgt haben. Wir sollten alle hingehen und versuchen, das Licht in ihm zu wecken.«
»Elizabeth«, sagte Ethel Quimby scharf, »vergiß nicht, daß ich drei Kinder habe, die mich bald zurückerwarten. Und außerdem glaube ich nicht, daß Jimmy Flood ausgerechnet jetzt an Erleuchtung interessiert ist. Dieser Mann ist sehr krank.«
»Ach, wirklich?« sagte Anna. »Hat er denn mehr Verstand bewiesen, als er ins College ging und du, Ethel Quimby, versucht hast, seine Gewaltakte zu rechtfertigen?«
»Bitte!« mahnte David. »Anna, Elizabeth, seht doch bitte ein, daß euer Vorschlag uns nicht weiterhilft. Es gibt nur eine Möglichkeit, um zu verhindern, daß jemand getötet wird: Wir müssen Flood und seine Bande isolieren. In ein Vakuum zwingen. Bis sie die Nerven verlieren.«
»Es tut mir leid«, sagte Uri, »aber ich bin nicht deiner Meinung. Ich weiß zwar genau Bescheid über unseren Polizeichef und seine harten Methoden, aber diesen Fall kann nur er bewältigen. Das ist sein Beruf, David. Wenn ihr beide ihm die Situation schildert und ihm klarmacht, wie sehr wir hoffen, daß er das Problem ohne Gewaltanwendung –«
»Hast du Duffy schon einmal zugehört, wenn er über Verbrechensbekämpfung spricht und erklärt, welche Methode er für die einzig richtige hält? Kannst du dir vorstellen, daß Duffy eine weiße Fahne schwenkt und Flood vorschlägt, mit ihm zu verhandeln? Und außerdem müßten wir dann auch die Polizei in Boston verständigen. Und die Polizei in dem Land, das Flood anfliegen will.«
»Das ist mir klar. Aber glaubst du nicht, daß sie angesichts der Tatsache, daß das Leben der Frauen auf dem Spiel steht, so vorsichtig wie möglich vorgehen würden?«
»Nicht vorsichtig genug, um ihre Waffen wegzulegen. Und Flood wartet doch nur darauf, daß Polizisten anrücken und er sie niederknallen kann. Uri, ich liebe meine Frau sehr. Wenn ich nicht überzeugt wäre, daß sie mir zustimmen würde, ließe ich diesen Plan fallen.«

»Wird sie dir wirklich zustimmen? Und werden Emily und Janet deinen Entschluß verstehen? Sie verlassen sich jetzt darauf, daß Marcus alles so schnell wie möglich regelt. Und das einzige, was sie wissen werden, ist, daß überhaupt nichts geregelt wird. Und wenn Flood und seine Komplicen darüber in Wut geraten, lassen sie es bestimmt an den Frauen aus. Ist dir das klar, Marcus?«
»Ich habe eingesehen, daß David recht hat. Wenn Flood keine Möglichkeit hat, der anderen Seite seine Drohungen zu übermitteln, hat er auch keinen Grund, sie wahrzumachen.«
»Aber wir haben es mit Verbrechern zu tun! Wenn denen etwas nicht paßt, sind sie zu allem fähig, ob die andere Seite Bescheid weiß oder nicht.«
Ich schüttelte den Kopf. »Das glaube ich nicht.«
»Weil du es nicht glauben *willst!* Kenneth, was würdest du tun, wenn Flood dein Haus besetzt hätte und deine Familie in Lebensgefahr wäre?«
Kenneth Quimby überlegte lange. »Ich weiß nicht. Ich bin nicht ganz sicher, aber ich glaube, dann würde ich mir den Mut wünschen, mich so zu verhalten, wie Marcus und David es jetzt tun. Den Mut, zu meiner Überzeugung zu stehen. Zu verteidigen, was ich für richtig halte.«
»Aber um welchen Preis?«
»Ich weiß, was du meinst, Uri. Aber was Ethel und mich vor allem dazu bewogen hat, Quäker zu werden, war das Bekenntnis zur Gewaltlosigkeit. *Wir wenden uns entschieden gegen jeden Krieg, jeden Streit und jeden Kampf, der mit äußeren Waffen ausgetragen wird, zu welchem Zweck und unter welchem Vorwand auch immer.* Ich kann den ganzen Brief wörtlich zitieren, so gut habe ich ihn mir eingeprägt. Und ich habe mich oft gefragt, was ich tun würde, wenn meine Familie in Gefahr geriete. Ob ich um ihretwillen töten würde oder nicht. Ob ich damit gegen dieses Bekenntnis verstoßen würde. Die Antwort weiß ich noch immer nicht. Wer kann schon sagen, wie er handeln würde, bevor er nicht auf die Probe gestellt worden ist? Alles, was ich jetzt sagen kann, Uri, ist, daß ich Marcus und David zustimme.«
»Du hast kein Recht, deine Überzeugungen an ihrer Notlage zu erproben.«
»Uri«, sagte Ethel, »du hast keine Familie. Ich sage das in tiefem Mitgefühl, weil wir wissen, auf welche Weise du sie verloren hast. Aber was ich dir klarmachen möchte, ist, daß wir alle seit dem Tag, an dem du zu uns gekommen bist, versucht haben, dir deine Familie zu ersetzen. Wir sind jetzt deine Familie. Und wenn uns jemand wie Flood im Versammlungshaus gefangenhielte und du in der gleichen Lage wie Marcus wärst, dann würden wir uns, glaube ich, alle wünschen, daß du dich genauso verhieltest.«
»Ich stimme zu«, erklärte Anna. »Ich stimme zu«, sagte Elizabeth. Uri

sah zu mir herüber, und als ich ihm zunickte, wiegte er bedauernd den Kopf. »Aber ich will dem Beschluß der Versammlung nicht im Weg stehen.«
»Dann hat die Versammlung beschlossen, unser Vorgehen zu unterstützen«, sagte David. »Ich glaube, ihr seid euch alle klar darüber, was das bedeutet. Wir müssen die Nachricht verbreiten, Janet sei in ärztlicher Obhut und befinde sich in sehr schlechtem Zustand. Und wir müssen dafür sorgen, daß niemand im Ort, vor allem nicht die Behörden, auch nur den leisesten Verdacht schöpft.«
»Der Zweck heiligt die Mittel«, sagte Uri bitter.
Es war wie ein Echo meiner eigenen Reaktion auf McGraths Kompliment, und es beunruhigte mich zutiefst. »Uri, das wäre ein Verdammungsurteil, wenn wir nach einem Vorwand suchen würden, um Mord geschehen zu lassen. Tatsächlich aber wollen wir ihn verhindern.«
»Marcus«, sagte er tief betroffen, »so habe ich es wirklich nicht gemeint. Großer Gott, vor Jahren habe ich dieses ganze Dilemma selbst erlebt. Aber Menschen wie jene, die meine Familie ausgerottet haben, Menschen wie Flood, flößen mir entsetzliche Angst ein. Ich sage mir immer wieder, ja, ja, auch ihnen ist, wie allen Menschen, ein inneres Licht gegeben, aber im Grund meines Herzens kann ich einfach nicht daran glauben. Das sind keine menschlichen Wesen, Marcus, das ist Abschaum. Lumpenpack ist das! Denk doch mal daran, was wir alles für Flood getan haben, als er noch ein Junge war. Wir waren gut zu ihm, haben ihm leichte Arbeit verschafft und darauf bestanden, daß er eine gute Schulbildung erhielt. Und was haben wir mit all dem erreicht? Unsere Güte hat er uns als Schwäche ausgelegt, sein erlerntes Wissen hat er dazu benützt, raffinierte Verbrechen zu planen, und er hat sich zum Anführer von Lumpen gemacht, und das sind die Allergefährlichsten. Und du glaubst, daß du ihn daran hindern kannst, Polizisten umzubringen, und daß du die Polizei daran hindern kannst, ihn zu töten? Das wird dir nicht gelingen, Marcus. Du wirst nur erreichen, daß die Qual verlängert wird.«
»Uri, möchtest du dich lieber von der Versammlung distanzieren?«
»Ja. Aber ich weiß, daß es unmöglich ist. Wenn ich nicht die gleichen Lügen verbreite und mich nicht genauso verstelle wie ihr, fällt alles in sich zusammen.«
»Das stimmt«, sagte David, und Kenneth fügte hinzu: »Du machst es uns sehr schwer, Uri.«
»Erwartest du, daß ich es euch leichtmache? Schreibst du mir das vor, Ken?«
»Natürlich nicht, aber...«
»Dann gib dich damit zufrieden. Ich habe erklärt, daß ich euch nicht im Weg stehen will. Ich werde tun, was getan werden muß, und sagen, was gesagt werden muß.«

»Elizabeth«, sagte Anna, »sobald Herbert Hill in der Bank damit beginnt, die Nachricht zu verbreiten, wird bei uns das Telefon klingeln. Die Anrufe beantworte ich, denn ich bezweifle, daß du den Mut aufbringst, die Unwahrheit zu sagen.«
»Ich glaube schon.«
»Das kann ich in dieser Situation nur hoffen. Und natürlich werden auch alle möglichen Leute persönlich vorsprechen. Dann mußt du immer das gleiche sagen wie ich.«
»Und Ken und ich«, erklärte Ethel, »werden es in der Bootswerft herumerzählen. Dann verbreitet es sich wie ein Lauffeuer.«
Plötzlich hörten wir Autos auf das Haus zurattern. »Die Leute von der Kommune«, sagte David. Ich folgte ihm zur Haustür. Aus einem der drei ramponierten Vehikel stieg Lou Erlanger, und als wir auf ihn zugingen, berichtete er: »Wir haben den Weg zwischen Ihrem Haus und der Kommune mit dem alten Schulbus blockiert. Die Räder haben wir eingegraben, damit sie ihn nicht wegschieben können. Auf der anderen Seite machen wir das gleiche mit zwei von diesen Karren. Wo sollen wir sie aufstellen?«
»Ungefähr beim Aussichtspunkt«, sagte David. »Dann können wir die Sperre von hier aus beobachten.«
»Wird gemacht. Außerdem haben wir zwei Frauen zum Pilzesuchen hinaufgeschickt. Sie sind sofort zurückgekommen und haben berichtet, daß ein Mann mit einem Schießeisen auf dem Dach sitzt. Das hat ihnen einen ziemlichen Schock versetzt. Über Schießeisen zu reden ist eben was anderes, als eines auf sich gerichtet zu sehen. Die Frauen wollen jetzt nicht mehr hinaufgehen.«
»Das dürfen sie auch nicht. David und ich werden das übernehmen.«
»Okay.« Erlanger stieg wieder ein, dann fragte er durchs Wagenfenster: »Hat die Sache mit der Telefongesellschaft geklappt?«
»Verflucht noch mal!« murmelte David.
Wir stürzten ins Haus. Ich nahm den Hörer ab, begann meine eigene Nummer zu wählen und mußte zweimal von vorn anfangen, weil ich plötzlich meine Finger nicht mehr richtig bewegen konnte.
Ein Klicken, dann eine monotone Stimme: »Dieser Anschluß ist außer Betrieb.«
Gut.
Aber was würde passieren, wenn Flood dahinterkam?

Als Uri und die Quimbys gingen, blieb Ethel plötzlich an der Haustür stehen und schlang einen Augenblick die Arme um mich. Dann fuhren die beiden Autos den Weg hinunter, und wir vier sahen einander wortlos an. Es war so unheimlich still in der Diele, daß mir jedes Ticken der Standuhr wie eine kleine Explosion in den Ohren dröhnte.

Das Telefon klingelte. Anna hob den Hörer so hastig ab, daß er ihr beinahe heruntergefallen wäre.
»Die Kommune, Marcus. Raymond McGrath.«
Ich nahm den Hörer. »Ray?«
»Ja. Hören Sie, Marcus, wir haben was vergessen. Keiner von uns hat daran gedacht. Der Briefträger. Farrow. Er kommt gerade den Südweg herauf. Wir können ihn von der Veranda aus sehen. Mann, sobald er unsere Post eingeworfen hat, fährt er schnurstracks auf den alten Schulbus zu! Sie wissen doch, wie Farrow ist. Der holt sofort die Polizei!«
»Ray, Sie müssen ihn aufhalten! Erzählen Sie ihm von Janets Unfall! Sagen Sie, ich hätte den Weg sperren lassen, bis ich Nachricht von den Ärzten habe. Er soll unsere Post und auch die für die Marcys bei euch abgeben.«
»Das wird nicht klappen, Marcus. Er hat was gegen uns.«
Richtig. Seine Route führte vom Ort aus den Südweg hinauf, dann den Höhenweg entlang und über den Quäkerweg in den Ort zurück, und immer, wenn ich ihm zufällig an meinem Briefkasten begegnete, hielt mir dieser Henry Farrow einen Vortrag darüber, daß es eine Dummheit gewesen sei, das Oates-Haus an eine Bande von sexbesessenen, drogensüchtigen Kommunisten zu vermieten. Ein Wichtigtuer und Querulant, dieser Farrow! Dem konnte gar nichts Besseres passieren, als eine Gelegenheit zu haben, der Kommune eins auszuwischen.
Falls ich mich nicht einschaltete. Denn obgleich Farrow mich für einen Narren hielt, einen gefährlichen Narren sogar – ich war immer noch Marcus Hayworth.
»Ray, wenn er bei euch ist, soll er mich hier anrufen.«
»Er ist schon vor dem Haus.«
»Ich warte.«
Ich legte die Hand über die Sprechmuschel und informierte David. »Herrgott noch mal!« sagte er. »Verdammt!« Woraufhin Anna und Elizabeth ihn vorwurfsvoll ansahen. Dann meldete sich Henry Farrow. Wutentbrannt.
Ich redete verzweifelt auf ihn ein und brachte meine Lügen tatsächlich ebenso eindringlich vor, wie »Pastor« Hubert Digby gestern seine Schau abgezogen hatte. Farrows Zorn ging allmählich in Verlegenheit und dann in Mitgefühl über. Schließlich hörte ich jedesmal, wenn ich Atem holte, nur noch ein leises »Ist ja furchtbar« oder »Selbstverständlich, Mr. Hayworth«. Und dann versprach ich ihm in verblümten Worten Schmiergeld dafür, daß er sich vorläufig vom Höhenweg fernhalten würde. »Wenn wir das durchgestanden haben, Henry, werde ich mich für Ihr Verständnis erkenntlich zeigen.« (Der Weihnachtsmann, der dich jedes Jahr besticht, nur damit du das tust, wofür du ohnehin bezahlt wirst, Henry, wird dieses Jahr schon lange vor Weihnachten erscheinen!)

»Das ist wirklich nicht nötig, Mr. Hayworth. Ich bin froh, daß ich etwas für Janet tun kann, auch wenn es etwas umständlich ist.« Auch er hatte eine höfliche Lüge parat – aber vielleicht tat ich ihm unrecht. Vielleicht hatte James Flood schon ein wenig auf mich abgefärbt.

Ich legte auf. »Hat's geklappt?« fragte David.

»Ja.«

»Hast du gut gemacht.«

Hab ich gut gemacht. Wir alle machten unsere Sache gut.

Bis jetzt.

Neun Uhr.
Harvey löste Lester auf dem Dach ab. Lester kam in die Küche herunter, stellte seinen Transistor auf den Tisch und schaltete den Ortssender ein. Die Öffentlichkeit würde vermutlich über diesen Sender zum ersten Mal etwas von der Juli-Gruppe erfahren. Inzwischen bewachte Lester, im Stuhl zurückgelehnt, mit dem einen Auge die schnuckelige kleine Deborah und mit dem anderen Emily und Janet.
Coco lungerte herum.
Ich sah nach, ob alle Fensterläden dicht waren, dann ging ich in die Bibliothek gegenüber dem Wohnzimmer und drehte das große Radio an. Es gehörte zu einer Stereoanlage, die eine halbe Wand einnahm. Der Farbfernseher war anscheinend das größte und beste Gerät, das der Markt zu bieten hatte. Ein beträchtlicher Teil der Bücher in den deckenhohen Regalen hatte meiner Schätzung nach Seltenheitswert. Der Orientteppich war ganz bestimmt ein kostbares, seltenes Stück. Und das Mobiliar – Mahagoni, Walnuß- und Teakholz – war ganz bestimmt sehr wertvoll.
Schlichtheit.
Manchmal hatte ich ihre Andachten besucht. Einerseits, weil es was einbrachte: Wenn ich nach der Kaffeestunde dortblieb und das Geschirr spülte und den Fußboden kehrte, konnte ich mit einer milden Gabe rechnen. Andrerseits, weil ich das perverse Bedürfnis hatte, die Heuchelei dieser Quäker wie ein warmes, öliges Bad zu genießen. Sie saßen schweigend da, aber manchmal fühlte sich jemand dazu berufen, den anderen eine Botschaft zu verkünden. Diese Botschaften waren immer voraussagbar, immer abgestanden. Anstatt Zeugnis von einer stürmischen Gemütsbewegung abzulegen, waren sie immer bloß wie das leise Platschplatsch lauwarmer Regentropfen auf einem Schindeldach. Diese Leute hatten's geschafft, ganz besonders die Hayworths, und da saßen sie nun und warteten auf ein inneres Licht, das ihnen endlich zeigen würde, wie lieb und gut und vernünftig sie waren.
Schlichtheit. Mit allem Drum und Dran.
Für ihre Arbeitsbesprechungen stärkten sie sich mit einer Lesung aus einem Machwerk, das *Ratschläge und Fragen* hieß (ein Freiexemplar für den kleinen Jimmy, auf daß er erleuchtet werde!), und die Frage, die meine Lachmuskeln am meisten strapazierte, lautete: »Achten wir in unserer Lebensführung auf Mäßigung und Schlichtheit?« Das lernte ich

auswendig, weil ich sicher war, daß ich eines Tages den Mumm haben würde, während der Andacht aufzustehen und meine ganz persönliche Botschaft zu verkünden, diesen leidenschaftslosen Versammlungsraum mit einer gehörigen Portion Leidenschaft aufzuheizen und den Propheten Jeremias aus seiner Ringecke zu jagen, damit er ihr süßes Jesulein mit einem einzigen Schwinger k. o. schlagen würde.
Aus Geldmangel hatte ich den nötigen Mumm nie aufgebracht.
Aber ich hatte darüber nachgedacht. Im College, jedesmal, wenn ich ihren monatlichen Scheck erhielt. Und in Raiford. Immer wieder. Immer wieder.
Die Sonne vertrieb den Dunst über dem Lake George. Im Haus wurde es immer heißer. Aber dieser schlichte Wohnsitz hatte natürlich eine Klimaanlage. Ich ging in die Diele und schaltete den Thermostaten ein. Toller Apparat, diese Anlage! Als sie ansprang, vibrierte das ganze Haus, und bereits nach einer Minute begann es in der Diele kühler zu werden.
O ja, Schlichtheit kann was Schönes sein!

Zehn Uhr.
Coco erschien in der Bibliothek. »Ich übernehme jetzt die Wache auf dem Dach. Um elf Uhr löst du mich ab.«
»In Ordnung.«
Er warf einen Blick auf das Radio. »Lester sagt, sie haben noch nichts über uns gebracht.«
»Da hat Lester recht.«
»Mann, kommt dir das nicht komisch vor? Ich meine, ob du für möglich hältst, daß Hayworth die Sache so lang geheimhalten kann, wenn er sie einmal ins Rollen gebracht hat.«
»Sieht ganz so aus. Keine Bange, wir können jeden Moment damit rechnen, daß es überregional ausgestrahlt wird.«
»Sag mir Bescheid, wenn's soweit ist!« Coco sah sich in der Bibliothek um. »Erstklassig! In St. Hilary können gewisse Leute, die schon immer Geld hatten, auch mit so etwas aufwarten. Es erfordert viel Zeit, um ein Zimmer mit solchen Sachen auszustatten.«
»Und einen Haufen Geld. Als ich in die Oberschule ging, habe ich manchmal an diesem Schreibtisch meine Hausaufgaben gemacht. Hie und da kam Hayworth auf die Idee, mir dabei zu helfen. Von Mathematik verstand er eine Menge, aber alles andere ging einfach nicht in seinen Schädel rein. Ein paarmal hat er Artikel durchgelesen, die ich für die Schülerzeitung schrieb – gute Artikel waren das, Hubert, sehr gute! –, und alles, was ihn daran interessierte, war die Interpunktion.«
»Mann, und über so was denkst du ausgerechnet jetzt nach? Über deine glückliche Schulzeit?«
»Die gute alte Zeit, in der man die goldenen Regeln lernt, Mr. Digby.«

Ich ging zum Schreibtisch, nahm den Brieföffner und fuhr mit der Schneide über die blanke Mahagoniplatte. »Therapie, Hubert.«
Zu solchen Späßen war er jetzt nicht aufgelegt. »Du hast Hayworth gesagt, daß die Frist um zwölf Uhr abläuft. Besteht die Möglichkeit, daß sich schon vorher irgendwas tut?«
»Kommt darauf an, wie lange er Duffy und das FBI zurückhalten kann. Es hängt ganz von Hayworth ab, aber wie ich ihn kenne, wird er uns das Geld übergeben und dann versuchen, es von der Versicherung zurückzubekommen. Und damit hat sich's. Das entspricht seinem Charakter. Wenn irgendwelche Leute die Hauptstraße heruntermarschieren, um Revolution zu machen, erkundigt man sich einfach, wieviel Geld ausgepackt werden muß, damit sie's sein lassen und froh und zufrieden nach Hause gehen. Und dann zahlt man eben. Möglich, daß Duffy nicht mitspielt. Wenn sich also vor zwölf überhaupt etwas tun wird, dann höchstens, daß Duffy mit einem Schalltrichter anrückt. Aber warum sollte er das? Es geht ja schließlich nicht um seine eigene Familie.«
»Na schön. Wenn ein anderer als Hayworth hier aufkreuzt, werde ich ihn schon festnageln. Also spitz die Ohren, Mann! Wenn's nur einmal knallt, ist ein Bulle mit einem Schalltrichter aufgetaucht. Wenn's zweimal knallt, rückt schweres Geschütz an.«
»Falls Duffy erscheint, sparst du ihn für mich auf. Du solltest übrigens schon längst auf dem Dach sein. Harvey soll doch nicht in Wut geraten, oder?«
Die schwarze Natter huschte hinaus. Ein paar Minuten später trampelte Harvey, der Stier der Everglades, herein. Mit nacktem Oberkörper und schweißtriefend. »Mann, o Mann, ist das heiß da oben!«
»Besser als kalt oder regnerisch.«
»Das schon.« Er runzelte die Stirn. »Angenommen, es gießt, wie können wir dann feststellen, ob jemand gegen das Haus vorrückt?«
»Keine Bange, ich hab dafür gesorgt, daß schönes Wetter ist, bis wir in St. Hilary landen.«
Harvey wieherte. Aber dann runzelte er wieder die Stirn. »Und nachts? Angenommen, wir kommen hier nicht raus, bevor's dunkel wird?«
»Dann verwenden wir einige dieser Messinglampen als Scheinwerfer. Damit können wir, wenn das Haus verdunkelt ist, den ganzen Umkreis ableuchten. Und außerdem haben wir heute nacht fast Vollmond.«
»Dafür hast du wohl auch gesorgt?«
»Natürlich, Bruder Shanklin.«
»Kann ich mir denken.« Plötzlich fiel ihm etwas ein. »Ach ja, Coco sagt, du sollst mal aufs Dach kommen.«
»Warum?«
»Weiß ich, was für Einfälle dieser verrückte Nigger hat? Mir hat er nur gesagt, ich soll dich sofort hinaufschicken.«

Ich war schon fast draußen, als Harvey plötzlich noch etwas einfiel. »Ach ja, er sagt, daß wir jetzt die Juli-Gruppe sind. Finde ich gut!«
»Hab mir schon gedacht, daß es dir gefallen wird.«
Ich stieg die Treppe hinauf. Die Klimaanlage lief auf vollen Touren, und im Haus war es jetzt fast schon zu kalt. Als ich den Kopf durch die Dachluke steckte, bekam ich fast einen Hitzschlag. Coco, das UZI-Gewehr in der Hand und den Feldstecher umgehängt, war bereits schweißüberströmt. Er gab mir das Fernglas, das sich ganz feucht anfühlte, und deutete zum Weg hinunter. »Schau mal genau hin! Durchaus möglich, daß sehr bald jemand aufkreuzt, der weder Hayworth noch Duffy heißt. Dort unten am Wegrand, direkt hinter den gelben Blumen.«
»Was zum Teufel soll dort sein?«
»Direkt hinter den Blumen.«
Ich visierte das Beet an, dann den Wegrand, und nun sah ich, was Coco meinte. Den Briefkasten mit der kleinen Blechfahne, die anzeigte, daß die Post noch nicht zugestellt worden war. Ein Kommandeur darf sich nie anmerken lassen, daß er irgend etwas nicht einkalkuliert hat. »Es ist ein Briefkasten«, sagte ich. »Wie man sie in ländlichen Gegenden aufstellt. Höchst unwahrscheinlich, daß sich jemand mit einem Maschinengewehr darin versteckt hat.«
»Ach, wie komisch! Aber daran hast du nicht gedacht, was? Du hast Hayworth zwar gesagt, daß diese verrückten Typen von der Kommune nicht heraufkommen dürfen, aber vom Briefträger kein Wort!«
»Das war auch nicht nötig. Hayworth sorgt bestimmt von sich aus dafür, daß heute keine Post zugestellt wird.«
»Falls er überhaupt daran denkt. Du hast jedenfalls nicht daran gedacht.«
»Hubert, willst du damit sagen, daß ich ein Lügner bin?«
»Aber nein, Jimmy, natürlich nicht. Weißt du, wer hier die Post austrägt?«
»Damals hat sie ein Typ namens Farrow gebracht. Wie ich die Gegend hier kenne, ist's wahrscheinlich immer noch derselbe.«
»Aber heute wohl kaum. Dasselbe Postauto vielleicht, aber mit einem Bullen in Zivil am Steuer.«
»Dann schießt du eben auf alles, was hier anrollt. Warum machst du um diese Sache so viel Wind? Stört dich der Gedanke, die amerikanische Post schädigen zu müssen?«
»Nein, Mr. Flood. Mich stört der Gedanke, daß ich von diesem Wagen genausoweit entfernt sein werde wie er von mir. Das heißt, daß ich, falls ich ihn nicht mit der ersten Salve außer Aktion setze und falls ein Scharfschütze darin versteckt ist...«
»Genau darum geht's hier doch, mein Kleiner.«
»Aber nicht für mich, Jimmy. Und für dich auch nicht, sonst gäbe es nämlich keine Stufe drei mehr. Also, ich möchte, daß eine von den Frauen hier

oben dicht neben mir steht. Und wenn du ihr eine Zielscheibe auf die Titten malen willst, damit man von dort unten besser treffen kann, soll's mir recht sein.«

»Ach wirklich? Du warst doch bisher so dagegen, daß eine von den Frauen draufgeht.«

»Auf diese Weise wird bestimmt keine draufgehen. Und auch keiner von uns.«

Gar keine schlechte Idee. Ich ging in die Küche hinunter, erklärte den Damen, warum und wieso, und traf meine Wahl. Mama Emily stieg mit mir aufs Dach und trat ihren Dienst an – so gefügig wie eine Kuh, die auf die Weide getrieben wird.

Elf Uhr.

Auf der Dachterrasse war jetzt ich an der Reihe.

Vorher hörte ich mir noch die stündlich gesendete Zusammenfassung der Tagesnachrichten an (drei Minuten Meldungen plus sechs Werbespots, und du weißt, was in der Welt passiert ist), aber von den Ereignissen im Hause Hayworth wurde nichts berichtet.

Ich ging in die Küche, wo mir dieselben kümmerlichen Nachrichten aus dem Transistor entgegenschallten. Die Shanklins saßen am Tisch. Harvey war mit einem belegten Brot beschäftigt. Lester rieb liebevoll seinen Colt blank. Da im Nebenzimmer die Fensterläden ebenfalls geschlossen waren, konnte ich nur Umrisse erkennen: das Bett, Sarah Frischs von Kissen gestützten Oberkörper, Deborah, die am Bett saß, und Janet, die am Fenster stand, als könnte sie durch die Läden nach draußen sehen.

»Jimmy«, sagte Harvey, »ich habe alle Messer und was sonst noch an spitzen Gegenständen zu finden war, in einen Kasten gelegt und ihn ganz oben in den Schrank gestellt. Wenn sie beim Kochen was davon brauchen, sollen sie's sagen.«

»Gut.«

»Und ich hab Deborah dabei ertappt, wie sie der alten Frau die Fesseln abnehmen wollte. Sie hat gedacht, ich schau gerade nicht hin. Ich hab ihr gesagt, wenn sie's noch mal versucht, wird sie auch gefesselt.«

»Aber mit gespreizten Beinen«, sagte Lester. Diese Vorstellung machte ihm sichtlich Spaß.

Deborah hatte das Gespräch mitbekommen. Sie kam wütend herein und herrschte mich an: »Mußt du unbedingt so gemein sein? Sie darf nicht gefesselt bleiben! Es tut ihr weh.«

»Sehr bedauerlich. Aber ich hab schon einmal gesagt, daß sie nicht hier herumlaufen darf, wenn die Sache losgeht.«

»Wie weit könnte sie denn jetzt noch laufen?«

Sie hatte sich für diesen Blödsinn den falschen Moment ausgesucht, jetzt, wo es schon nach elf war und die Frist allmählich ablief. Ich haute ihr eine runter, daß es ihr den Kopf herumriß. Sie taumelte zwei Schritte zurück, bevor sie wieder aufrecht stehen konnte. »Du hast Glück gehabt«, sagte ich, als sie mich, die Hand ans Gesicht gepreßt, anstarrte, als könnte sie nicht fassen, daß *ihr* so etwas passiert war. »Wenn Harvey oder Lester dir eine gelangt hätten, wärst du mit dem Kopf glatt durch die Wand geknallt.«

Jetzt kam auch Janet in die Küche. »Hab ich's dir nicht gesagt?« Keine Spur von Mitgefühl, nur Verachtung. Ein kaltschnäuziges Biest, alles, was recht ist! Sie holte eine Handvoll Eiswürfel aus dem Kühlschrank und wickelte sie in ein Geschirrtuch. »Halt das drauf! Es hilft.« Dann sah sie mich an. »Sind jetzt nicht wir beide an der Reihe, aufs Dach zu gehen, um rechtzeitig die Hände hochzunehmen?«

Kalt. Noch kälter als die Eiswürfel.

Ich ging mit ihr auf den Dachboden, wo sie geschmeidig wie eine Katze die Leiter hinaufkletterte. Coco half ihr durch die Luke, und als er mich auftauchen sah, fragte er: »War schon was im Radio?«

»Nein.«

»Sie müßten es aber bringen.«

»Nicht, wenn Hayworth die Sache auf seine Weise regelt. Bisher sieht's ganz so aus.«

Mama Emily saß auf den Planken der Sonnenterrasse und wirkte abgeschlafft. Janet half ihr beim Aufstehen. »Wie fühlst du dich?«

»Alles in Ordnung. Wie geht's Sarah Frisch?«

»Noch immer das gleiche.« Sie warf mir einen verächtlichen Blick zu. »Alles Weitere erzählt dir Deborah.«

Coco gab mir den Feldstecher, dann stieg er durch die Dachluke und half Emily hinunter. Janet wartete schweigend auf Instruktionen. Mir kam der Gedanke, daß ich, im Gegensatz zu Coco, keine sanfte Taube, sondern eine Art Falken mit heraufgebracht hatte. Falls es hart auf hart ging, war Janet wohl eher als Risikofaktor denn als Geisel zu betrachten.

»Dort hinüber!«

Sie ging zum Geländer. Als ich begann, den Tragriemen des Feldstechers abzuknüpfen, schaltete sie sofort. »Nicht nötig. Ich werde keine Dummheiten machen.«

»Bestimmt nicht.« Sie leistete keinen Widerstand, als ich ihr die Hände auf dem Rücken zusammenband und das andere Ende des Riemens am Geländer festmachte. Dann stellte ich mich neben sie, schlang den Arm um ihre Taille, betrachtete das Gelände jenseits des Weges und versuchte mir vorzustellen, was für einen Anblick wir boten, wenn uns jemand von dort aus beobachtete. Kein Zeifel – wenn wir so dicht nebeneinander standen, würde es niemand wagen, auf mich zu schießen, weder von vorn noch von hinten.

Ich merkte plötzlich, daß sich ihre Taille glatt und fest anfühlte und daß

die Muskeln gespannt waren. Langsam strich ich über den scharf vorspringenden Hüftknochen und bewegte die Hand auf ihr straffes kleines Hinterteil zu, das zu meiner Überraschung angenehm nachgiebig war.
»Also wirklich!« sagte sie plötzlich. »Ausgerechnet hier oben?«
Ich zog meine Hand zurück und hätte mich am liebsten geohrfeigt. Eigentlich hätte ich sie jetzt zusammenschlagen und mich dann gleich hier auf dem Dach über sie hermachen sollen, aber ich tat's nicht.
»Nur auf Einladung, Puppe.«
»Das wird ein großer Tag!«
Am liebsten hätte sie mich angespuckt, wenn möglich mit einem Mundvoll Gewehrkugeln. Um sie zu besänftigen, rückte ich etwas von ihr ab.
»Wann wird hier die Post zugestellt?«
»Sie liegt sicher schon im Briefkasten.«
»Nein. Was schließt du daraus?«
»Daß sich mein Vater an deine Instruktionen hält. Daß er dafür gesorgt hat, daß nichts nach außen dringt, während er das Geld beschafft. Keine Angst, Flood, er wird es dir pünktlich übergeben.«
»Bist du dessen so sicher?«
»Ich kenne meinen Vater. Du hast ihm den Betrag, den Zeitpunkt und die Art der Übergabe genannt. Solange er nach Vorschrift arbeiten kann, klappt bei ihm alles prächtig. Er hat keine Phantasie, Flood. Ihm sind Zweifel und Ungewißheit zuwider. Du brauchst also nicht zu befürchten, daß ihm plötzlich etwas einfällt, womit er deinen famosen Plan durchkreuzen könnte. Ihm nicht.«
»Das soll wohl heißen, daß dir etwas einfallen würde, wenn du in seiner Lage wärst?«
»Darauf kannst du Gift nehmen. Die Armee, die Kriegsmarine, die Marineinfanterie! Panzer, Geschütze, Bomber! Flood und Konsorten würden sich entweder sofort ergeben oder nicht lange am Leben bleiben.«
»Deine Mutter und Schwester aber auch nicht, Baby.«
»Wahrscheinlich doch. Du bist zwar verrückt, Flood, aber du weißt genau, daß du die beiden sehr gut gebrauchen kannst, wenn es dir an den Kragen geht. Weil sie nämlich vor Gericht behaupten werden, daß dich keine Schuld trifft. Daß du aus einer zerrütteten Familie kommst und nie die Zuwendung erfahren hast, die du nötig gehabt hättest. Ein ganzes Paket dieses fabelhaften Waschpulvers werden sie bereithalten, um dich reinzuwaschen. Denk daran, Flood, wenn du das nächste Mal drauf und dran bist, Deborah die Zähne einzuschlagen oder meine Mutter mit dem Revolver zu bedrohen.«
»Aha.« Völlig klar war mir allerdings nur, daß Janet zäh und schlau und undurchschaubar war. Weil es mich wirklich interessierte, fragte ich: »Bist du jemals während der Andacht aufgestanden, um ihnen *diese* Botschaft zu verkünden?«

»Laß das, Flood!«
»Du enttäuschst mich, Baby. Hier oben so viele große Worte, und dort unten, wo es nötig wäre, immer wieder das gleiche scheinheilige Gequassel.«
»Du solltest dankbar sein für dieses scheinheilige Gequassel, Flood. Es ist nämlich das einzige, was Typen wie dich davor bewahren kann, mit einem Gewehr im Rücken an der Wand zu stehen und bei der ersten Bewegung niedergeknallt zu werden.«
Ich hob die Maschinenpistole in Hüfthöhe und richtete sie auf Janet. »Sieh mal, wer jetzt das Schießeisen in der Hand hat!« Sie starrte auf die Waffe, und ihr ganzes grandioses Gerede blieb ihr im Hals stecken. Die alte Zauberformel! Was wird er tun? Wird er abdrücken oder nicht? Wie zum Teufel sollte sie das wissen, wenn nicht einmal J. Flood selbst es wußte? Ich beobachtete, wie sich der Finger dieses J. Flood um den Abzug krümmte. Vielleicht, so dachte ich, treibt Flood die Dinge etwas zu schnell voran – und noch dazu in der falschen Richtung –, wenn er jetzt wieder am Schaltknopf herumspielt. Aber er hatte sich selbständig gemacht, und ich konnte nichts dagegen tun.
Und plötzlich waren Flood und ich wieder ein und derselbe.
»Etwas hast du mir jedenfalls klargemacht, Baby. Wenn's zu einer Kraftprobe kommt, das heißt, wenn sich eine Minute nach zwölf herausstellt, daß dein Pappi die Sache nicht ernst genug nimmt, dann bist du diejenige Geisel, auf die wir verzichten können. Was nicht bedeutet, daß deine Mammi und deine Schwester aus der Sache heraus sind. Aber du kommst als erste an die Reihe. Und weißt du, was ich glaube? Wenn ich mir deinen Pappi und dich so betrachte, habe ich den Eindruck, daß er nicht mal was dagegen hätte, wenn ich dich vor seinen Augen umlegen würde. Bei den zwei anderen hätte er was dagegen. Bei dir nicht. Was meinst du dazu?«
Sie sah richtig krank aus. Als könnte sie sich trotz der Tabletten nicht mehr aufrecht halten. Sie schüttelte den Kopf. »Du täuschst dich, Flood. Er *müßte* etwas dagegen haben. Weil es so in den Vorschriften steht. *Ich* bin diejenige, die nichts dagegen hätte.«

Kurz vor zwölf zogen von Westen her einige große Wolken auf, und die Wälder ringsum waren abwechselnd in Licht und Schatten getaucht. Ob Einbildung oder nicht, jedenfalls hatte man dadurch den Eindruck, daß sich irgend etwas zwischen den Bäumen bewegte. Ich suchte die ganze Umgebung mit dem Feldstecher ab, konnte aber nichts entdecken. Absolut nichts. Und dabei waren durch dieses Glas sogar die Astlöcher in den Baumstämmen deutlich zu erkennen. Ein Feldstecher von der allerbesten Sorte. Deutsches Fabrikat. Coco hatte ihn in London ergattert, weniger, weil er Verwendung dafür hatte, sondern in erster Linie, um sein Konto bei dem Ladenbesitzer auszugleichen, der ihn übers Ohr gehauen hatte,

als er ihm Kamerafilme verkaufte. Ein Laden in der Oxford Street, sagte Coco. Halb London wimmelt ständig auf der Oxford Street herum. Brauchst dich bloß unter die Menge zu mischen, Mann, und schon bist du ein für allemal verloren!
Während ich durchs Fernglas schaute, erschien Coco auf dem Dach. Vorsichtshalber hatte er sich angekündigt, bevor er den Kopf durch die Luke steckte. Er kam zu mir herüber und fragte: »Irgendwas zu sehen?«
»Nein.«
»Und im Radio ist auch noch nichts durchgekommen. Es ist jetzt fünf vor zwölf. Glaubst du, daß Hayworth bis zur letzten Sekunde wartet?«
»Schon möglich.«
»Das glaube ich nicht. Jimmy, bist du sicher, daß ihm die Zeit reicht, um das Geld herzuschaffen?«
»Ja.«
»Und was tun wir, wenn er in den nächsten fünf Minuten nicht aufkreuzt?«
»Dann ruf ich die Bank an. Und wenn er nicht dort ist, spreche ich mit Duffy. Noch irgendwelche Fragen?«
Wieder hob er beschwichtigend die Hand. »Jimmy, ich mache dir keine Vorwürfe. Mir behagt bloß diese Warterei nicht. Ich bin ein ziemlich nervöser Typ.«
»Laß das gefälligst nicht an mir aus! Geh hinunter und erkundige dich bei Harvey und Lester, wie man ein sturer Typ wird.«
»Nein danke. Noch was, Jimmy: Als nächster wäre eigentlich Lester hier oben an der Reihe, aber da jetzt die Frist abläuft, würde ich gern für ihn einspringen. Zusammen mit einer der beiden anderen Frauen.«
»Gut, du kannst für ihn einspringen, aber eine andere wird nicht raufgeholt. Die hier ist bestens geeignet.«
Er sah zu Janet hinüber, die mit gesenktem Kopf am Geländer stand. Dann ging er zu ihr, betrachtete sie etwas genauer und sagte verblüfft: »Du hast sie gefesselt?«
»Sieht ganz so aus, was?«
»Jimmy, ich glaube, sie fühlt sich nicht wohl. Nimm sie mit hinunter und bring Madame Emily rauf. Sie hat gute Nerven.«
»Die dort auch.«
Coco legte ihr die Hand unters Kinn und sah ihr ins Gesicht. Sie war sehr blaß und hielt die Augen geschlossen. »Alles in Ordnung?«
Keine Antwort, nur ein leichtes Kopfnicken.
»Na also«, sagte ich zu Coco. »Aber wenn sie möchte, daß ihre Mammi für sie einspringt, braucht sie's bloß zu sagen.«
Janet schüttelte den Kopf.
»Zeit für ein paar Glückspillen, was? Aber dazu müßtest du mit mir hinuntergehen. Und dann wird Mammi heraufgeholt.«

Sie sah mich von der Seite her an, dann schüttelte sie Cocos Hand ab. »Scher dich zum Teufel!«

»Ein zäher, unverdaulicher Brocken«, sagte ich. »Sie muß noch eine Weile gekocht werden, bis sie weich wird.« Ich gab ihm die Maschinenpistole. »Ich geh jetzt hinunter und telefoniere. Halt die Augen offen, es kann jeden Moment was passieren. Und falls Hayworth vergessen hat, daß er den Kombi draußen auf dem Weg stehen lassen soll, erinnerst du ihn mit der Kanone daran.«

»Wird gemacht. Aber laß mich sofort wissen, was du am Telefon erfährst.«

In der Küche sah es fast wie im trauten Familienkreis aus. Emily, Deborah und die Shanklins saßen um den Tisch herum, und aus dem Transistor dröhnten die letzten Mittagsnachrichten. Auf meine fragende Geste sagte Harvey: »Wieder nichts. Scheint, daß niemand erfahren soll, was hier los ist.«

»Dabei ist's schon nach zwölf«, knurrte Lester und stellte, da jetzt die Werbesendung begann, das Radio leiser. »Weißt du, was ich mir denke?« fragte er dann allen Ernstes. »Ich denk mir, da ist dieser Hayworth, und sie laden seinen Kombi mit vier Millionen Dollar Bargeld voll, und er sagt, er bringt alles hierher, aber Teufel noch mal, vier Millionen – na, und da fährt er eben ganz woanders hin. Nach Kanada vielleicht. Oder nach Mexiko.«

»Das ist ja lachhaft!« sagte Emily.

»Allerdings«, stimmte ich ihr zu. »Aber gar nicht lachhaft ist, daß er die Frist nicht eingehalten hat. Ich hätte ihm wenigstens genug Grips zugetraut, um einzusehen, daß er euch damit der Hinrichtung ausliefert.«

»Jimmy, es ist doch erst fünf nach zwölf! Ich bin sicher, daß es irgendeine Verzögerung gegeben hat.«

»Ich auch, aber den Grund möchte ich von ihm selbst erfahren. Rufen Sie die Bank an! Wenn er am Apparat ist, geben Sie mir sofort den Hörer. Wenn sich jemand anders meldet und sagt, Ihr Mann sei nicht da, legen Sie sofort auf.«

Emily gab sich beherrschter, als sie tatsächlich war. Ihre Hände zitterten, als sie nach dem Hörer griff. Sie hielt ihn ans Ohr, begann aber nicht, die Nummer zu wählen. Sie stand da und horchte nur.

»Verflucht noch mal, worauf warten Sie noch?«

»Das Amtszeichen kommt nicht. Man hört überhaupt nichts.«

Ich nahm den Hörer. Es stimmte.

»Hat euer Telefon in letzter Zeit nicht richtig funktioniert?« Sie schüttelte den Kopf. Ich bugsierte sie in die Diele, wo der Apparat auf einem Tischchen neben der Flurgarderobe stand. »Los, versuchen Sie's hier!« Genau das gleiche. Tote Leitung. Wir gingen von Zimmer zu Zimmer und

probierten jeden Apparat aus. Kein einziger Anschluß funktionierte. Warum nicht? Hayworth war klug genug, die Postzustellung zu verhindern, aber aus welchem verrückten Grund sollte er das Telefon stillegen? Doch, es gab einen Grund. Wenn es funktionierte, konnten Reporter und Nachbarn und alle möglichen Wichtigtuer jederzeit hier anrufen. Und vielleicht alles durcheinanderbringen.
Das mußte natürlich verhindert werden.
Woraus man schließen konnte, daß es Hayworth irgendwie gelungen war, Duffy an die Kandare zu nehmen. In jeder Hinsicht.
Und daß er jeden Moment hier aufkreuzen mußte. Mit dem Firmenkapital.

Ich trieb Emily in die Küche zurück und informierte die Shanklins. Harvey gefiel die Sache nicht. »Wieso bist du überzeugt, daß Hayworth das getan hat? Und wenn's der Polizeichef war?«
»Warum sollte er das tun?«
»Du hast doch gesagt, daß er, wenn's nach ihm ginge, sofort zum Sturmangriff blasen würde. Na, und wenn er das Telefon abstellen läßt, können wir ihn nicht durch Drohungen davon abhalten.«
»Blödsinn.«
Harvey bekam einen roten Kopf. »Genau das wolltest du doch gerade mit Hayworth machen, oder nicht? Ihm Angst einjagen, damit er sich beeilt.«
»Der hat bereits genug Angst. Außerdem warten wir erst fünfzehn Minuten. Und wenn Duffy seinen Willen durchsetzt und zum Sturmangriff bläst, wird er sehr bald merken, daß wir nicht Räuber und Gendarm spielen.« Ich deutete auf die beiden Frauen. »Jedenfalls haben wir alle Asse in der Hand, stimmt's?«
»Stimmt«, sagte Lester, aber Harvey schüttelte den Kopf. »Ich hab mir gedacht...«
»Mr. Shanklin, denken Sie lieber nicht! Das strengt Sie derart an, daß eines Tages Ihr Gehirn platzen wird.«
Damit brach ich die Diskussion ab und ging nach oben. Wirklich erstaunlich, daß Coco seinen Posten nicht schon längst verlassen hatte, um zu erfahren, wie die Sache stand. Höchstens noch zwei Minuten, dann wäre er bestimmt heruntergekommen.
Als ich aufs Dach kletterte, sah ich Janet mitten auf der Sonnenterrasse neben Coco stehen. Na schön, sie war dazu da, dem Wachtposten als Deckung zu dienen, aber zwei Kommandeure konnten wir bei diesem Unternehmen wirklich nicht brauchen.
»Wer hat dir erlaubt, sie loszubinden?« Im nächsten Moment riß Coco die Maschinenpistole hoch und zielte auf meine Brust.
Er hatte also aus unserer letzten Auseinandersetzung keine Lehre gezo-

gen, dieser Blackie, genausowenig wie aus der vorletzten und all den früheren. Er war nicht schwer von Begriff, o nein, er vergaß bloß zu schnell. Ich legte die Hand auf den Colt in meinem Gürtel.
»Nein«, sagte Coco, »das wäre ein Fehler, Mann!«
Das gleiche hatte er bei ähnlichen Gelegenheiten auch gesagt, aber diesmal klang es anders. Gelassen. Sanft. Ich zögerte, und *das* war mein Fehler.
»Jimmy, du machst immer im falschen Moment ein fürchterliches Getue wegen Kleinigkeiten. Und jetzt nimm die Hand dort weg!«
Das mit dem fürchterlichen Getue wegen Kleinigkeiten stimmte zwar nicht, aber jetzt spürte ich tatsächlich, daß ich allmählich nervös wurde. Und dabei war es doch viel wichtiger, Ruhe zu bewahren und mir meinen Partner mal sehr genau zu betrachten. Dieser Hubert war auf die Idee gekommen, Harvey und Lester von der Bildfläche verschwinden zu lassen. Wenn ich Hubert gewesen wäre, wen hätte ich mir dann wohl nach Abschluß von Stufe zwei als Partner gewünscht? Diesen sehr gewieften James Flood oder zwei sehr sture Hinterwäldler? Wenn ich nach der Landung in St. Hilary als Chef der Stufe drei fungieren würde, wären mir dann nicht die Brüder Shanklin zum Herumkommandieren gerade recht? Gewiß, im Flugzeug wurde jemand gebraucht, der die Besatzung in Schach hielt, aber warum sollte man dafür den aufsässigen J. Flood nehmen, wenn den folgsamen Shanklins diese Rolle geradezu auf den Leib geschrieben war?
Dieses ganze Gerede, daß Harvey und Lester abserviert werden sollten, war also Krampf. Ein Manöver, um jeden Verdacht von Hubert, dem Listenreichen, abzuwenden. Ein kluger Kopf, dieser Hubert, aber er hatte einen Fehler gemacht. Er hatte die scharfe Intelligenz, die analytischen Fähigkeiten seines »Opfers« unterschätzt.
»Nimm die Hand dort weg!« wiederholte Coco, und jetzt, da ich die Situation klar und deutlich überblickte (er würde mich, falls es zu einer Kraftprobe kam, auf der Stelle umlegen, und Janet Hayworth würde beschwören, daß es zu ihrem Schutz geschehen war), jetzt nahm ich die Hand vom Kolben.
»Was war mit dem Anruf? Hast du Hayworth erreicht?«
»Nein. Das Telefon ist außer Betrieb.«
»Wieso?«
»Kein einziger Anschluß im Haus funktioniert. Alle tot.«
»Aber das wäre doch reiner Blödsinn!«
»Nicht, wenn Hayworth alle anderen Leute aus der Sache heraushalten will, bis es mit der Übergabe geklappt hat.«
Coco zuckte verächtlich die Achseln. »Mit welcher Übergabe?«
Ich sah mit Vergnügen, daß ihn die Ungewißheit, die er so sehr verabscheute, noch mehr ins Schwitzen brachte. »Was würdest denn du vor-

schlagen? Willst du vielleicht in die Stadt fahren und nachfragen, warum es so lang dauert?«
»Mann, red doch keinen Mist! Komm zur Sache!«
»Na schön. Wenn es nach Hayworths Kopf gegangen ist, wird er jeden Moment mit dem Geld erscheinen. Wenn Duffy oder das FBI die Sache in die Hand genommen hat, werden sie jeden Moment mit ihren Schießeisen anrücken. Wir sind auf beides vorbereitet.«
Das mußte er einsehen, ob's ihm paßte oder nicht. Es dauerte eine Weile, bis er's geschluckt hatte. Dann sagte er: »Jedenfalls möchte ich nicht, daß die Frau hier oben umkippt. Hol eine andere rauf!«
Also leistete ihm von jetzt an Mama Emily Gesellschaft. Bevor ich Janet in die Küche führte, gingen wir in ihr Zimmer, wo ich ihr erlaubte, genau die Dosis einzunehmen, die sie wieder auf die Beine bringen würde. Ein vernünftiger Kompromiß. Zuerst wollte sie eine ganze Handvoll schlukken, aber das hätte sie zu sehr aufgeputscht. Ihr überhaupt nichts zu geben, war zu riskant, denn wenn sie tatsächlich von dem Zeug abhängig war, konnten Entzugserscheinungen auftreten. Womöglich Krämpfe. Und so was konnten wir jetzt nicht gebrauchen.
Später vielleicht.

Marcus Hayworth

Der Buchstabe tötet, aber der Geist macht lebendig.
Nicht immer.
Nicht jetzt.
Für Anna Marcy hatte jetzt der Buchstabe Vorrang. Am Vormittag begannen die Leute aus dem Ort anzurufen. Gegen Mittag kamen Anrufe aus Lake George Village, Glens Falls und Bolton Landing. Die Nachricht, daß Janet einen schweren Unfall erlitten hatte und das Haus der Familie Hayworth vorläufig gegen die Außenwelt abgeschirmt bleiben mußte, hatte offenbar wie ein Blitz eingeschlagen.
Anna beantwortete jeden Anruf geduldig und mit buchstäblicher Genauigkeit. »Ja, ich habe gehört, daß Janet gestürzt ist und sich schwer verletzt hat. Nein, mehr kann ich dir nicht sagen.« Es war buchstäblich wahr, daß sie von Janets Sturz gehört hatte und nicht mehr darüber sagen konnte. Diesmal waren es also der Buchstabe und das Wort, die Leben verliehen. Genauso war es gewesen, als zur Zeit der Untergrundbewegung zur Rettung der Negersklaven die Quäker gelernt hatten, was sie den Sklavenjägern antworten mußten, wenn diese die Türen der »Rettungsstationen« aufbrachen und nach dem Verbleib der flüchtigen Schwarzen fragten. Der Buchstabe kann lebendig machen.
Aber konnte er das auch in unserem Fall? Der Zeitpunkt, zu dem Flood mich mit dem erpreßten Geld erwartet hatte, war schon eine gute Stunde überschritten. Wahrscheinlich waren seine Nerven jetzt bereits ebenso strapaziert wie meine, aber während ich, aus eigenem Entschluß hilflos, hier herumsaß, tobte er vielleicht durch mein Haus, ließ er vielleicht seine Wut an den Frauen aus. Sarah Frisch und mir hatte er bereits eine Dosis seiner Medizin verpaßt. Ich versuchte, den Gedanken daran zu verdrängen, was er den Geiseln alles antun könnte, aber es gelang mir nicht. Ich sah das Entsetzliche nur noch deutlicher vor mir.
Und trotzdem.
Wenn unsere Passivität Flood dazu triebe, die Geiseln zu quälen, zu welchen Untaten würde ihn dann erst ein bewaffneter Angriff treiben? Ich hätte schon als Kind gelernt, daß man eine Ratte niemals in eine Scheunenecke jagen darf. Und ich mußte Lehrgeld bezahlen, denn dieses lauernde, zuckende, knopfäugige Wesen, nach dem ich mit dem Rechen schlug, verwandelte sich plötzlich in einen rachsüchtigen Dämon, der den Stiel hinaufhuschte und seine nadelspitzen Zähne in meinen Daumen

grub, immer tiefer, während ich schreiend versuchte, diesen entsetzlichen Angreifer abzuschütteln. Es gelang mir schließlich, aber dann floh ich vor der Ratte, nicht die Ratte vor mir.

Schlüge man nach James Flood, um ihn in die Ecke zu treiben, dann würde er, falls man selbst weit genug entfernt war, sich vielleicht in jemanden verbeißen, der in der Nähe stand. Vorher aber mußte ihm klargemacht werden (und völlig verrückt war er doch nicht, einen Funken Verstand mußte er ja noch haben!), daß die Sicherheit der Geiseln letzten Endes die beste Garantie für seine eigene Sicherheit war.

In der Diele klingelte schon wieder das Telefon. Anna ging hinaus, Elizabeth, die auf der anderen Seite des Wohnzimmers saß, strickte weiter. Eine völlig mechanische Beschäftigung, diese Strickerei! Während unserer monatlichen Arbeitsbesprechungen strickten die Frauen unentwegt, aber sobald sich eine von ihnen an der Diskussion beteiligte, merkte man, daß nur ihre Hände beschäftigt waren, während sie selbst sich ganz auf die erörterten Themen konzentriert hatten.

Nein, nicht alle Frauen. Wenn Janet zur Arbeitsbesprechung kam, was selten genug geschah, strickte sie nicht. Sie saß da, die Hände im Schoß, die Augen niedergeschlagen, und man hatte immer den Eindruck, daß sie lieber kritisch zuhörte, anstatt sich aktiv zu beteiligen. Sie meldete sich selten zu Wort, und auch dann nur, um irgendeine scharfe Äußerung von sich zu geben, so, als ließe sie sich nicht vom inneren Licht bewegen, sondern von einer inneren Dunkelheit.

Einer inneren Dunkelheit.

Dieser Gedanke erschreckte mich gerade jetzt, denn so überzeugt ich war, daß Emily und Deborah diesen Flood nicht herausfordern würden, so fraglich erschien es mir, ob Janet dieser Prüfung gewachsen war. Die Dunkelheit in ihr machte sie zu eigenwillig und allzu rasch bereit, ihre Abneigung zu zeigen. Wenn sie Floods Irrsinn unterschätzte, konnte sie eine Katastrophe heraufbeschwören.

Und vielleicht hatte sie es bereits getan.

Ob es schon dazu gekommen war, würde selbst David nicht feststellen können, der jetzt im Wald hinter meinem Haus das Gelände sondierte. Einer von uns mußte hierbleiben, um notfalls mit der Außenwelt zu verhandeln. Und das war meine Aufgabe.

Da saß ich also.

Und Elizabeth strickte.

Dann kam Anna mit besorgter Miene herein und sagte erregt: »Es ist der Arzt. Orin Jeffries. Du mußt mit ihm sprechen.«

»Warum hast du ihm gesagt, daß ich hier bin?«

»Keine vorschnellen Urteile, Marcus! Wenn ich es ihm nicht gesagt hätte, würde er uns womöglich noch größere Schwierigkeiten machen.«

Bei aller Verschiedenheit unserer Charaktere bezeichnete sich Orin Jeffries gern als Freund der Familie Hayworth. Dieser engstirnige Mensch, der aus seinen Vorurteilen niemals ein Hehl machte, war der letzte, den ich in dieser Notlage ins Vertrauen gezogen hätte.

Kaum hatte ich den Hörer genommen und »Orin?« gesagt, da polterte er auch schon los.

»Marcus? Wieso bist du bei den Marcys? Was, zum Teufel, ist eigentlich los? Weißt du überhaupt, was man sich über Janet erzählt?«

»Daß sie einen Unfall gehabt hat?«

»Daß sie in der Nacht schwer gestürzt ist und zu Hause operiert werden mußte, und daß ihr dafür einen Neurochirurgen von auswärts geholt habt. Also, was ist wirklich los? Ist tatsächlich ein Unfall passiert? Hat tatsächlich eine Operation stattgefunden?«

»Ja.«

»Und darf ich vielleicht fragen, welchen Arzt ihr zuerst verständigt habt? Ich war die ganze Nacht zu Hause. Und meine Sprechstundenhilfe hat bei jedem Arzt im Ort nachgefragt, und keiner ist bei euch gewesen! Also, wer war's? Irgendeiner *muß* es gewesen sein, Marcus, weil du nämlich nicht einfach von dir aus einen Chirurgen hierher beordern kannst. Ich zweifle keine Sekunde daran, daß sich jeder verantwortungsbewußte Chirurg weigern würde, unter solchen Umständen zu operieren.«

»Orin, darüber möchte ich jetzt nicht sprechen. Ich erkläre dir das später. Wenn alles vorbei ist.«

»So lange brauchst du bestimmt nicht zu warten. Weil ich nämlich bereits sehr angestrengt darüber nachdenke, was wirklich mit Janet passiert sein könnte. Und womit ihr euch herumschlagen müßt.«

»Orin...«

»Laß mich ausreden, Marcus! Ich tippe darauf, daß sie gestern nacht zuviel Tabletten genommen hat, stimmt's? Vielleicht hat sie sich beinahe damit umgebracht. Aber irgendwie habt ihr sie wieder hingekriegt – vermutlich hat dein Schwiegersohn einige Erfahrung auf diesem Gebiet. Und jetzt habt ihr solche Angst vor einem Skandal, daß ihr ihn um jeden Preis verhindern wollt. Wenn ich mich in irgendeinem Punkt täusche, brauchst du mich bloß zu korrigieren, Marcus.«

Ich wußte nicht, was ich tun sollte. Hätte ich gesagt, das sei alles Unsinn, dann wäre ich wieder bei der alten Version gelandet, und die hatte Orin bereits in der Luft zerrissen. Und hätte ich ihm rechtgegeben... Aber ich brauchte überhaupt nichts zu sagen. Das übernahm Orin.

»Nein, Marcus, versuch jetzt bloß nicht, mir ein anderes Märchen aufzutischen! Sie hat eine Überdosis geschluckt, stimmt's?«

»Ja.«

»Absichtlich?«

»Das weiß ich nicht.«

»Oder du willst es nicht zugeben. Ich jedenfalls habe Emily geraten, dir alles zu erzählen, als sie in panischer Angst über Janets Zustand zu mir kam. Aber Gott behüte, sie mußte dich ja vor den unangenehmen Dingen des Lebens beschützen! Sie hat's dir nie gesagt, oder?«
»Nein.«
»Dann muß eben ich es tun. Also, hör mir mal gut zu! Deine Tochter hat sich seit Monaten mit Barbituraten und Amphetaminen und mit weiß Gott was für anderen starken Drogen vollgepumpt. Aber sei dir bitte über eines klar, Marcus! Ich habe ihr immer nur die kleinste Dosis verschrieben. Die kleinste, Marcus! Aber Emilys Äußerungen war zu entnehmen, daß sich Janet Mengen von diesem Zeug beschafft hat, aus irgendwelchen anderen Quellen. Und da mußt du einhaken, Marcus! Anstatt sie zu Hause einzusperren, weil du sie nicht ins Gerede bringen willst, oder aus was weiß ich für blödsinnigen Gründen, mußt du herausfinden, woher sie das Zeug bekommt, und sofort dagegen einschreiten. Jetzt gleich, Marcus! Nicht erst morgen!«
Ich brauchte nicht mehr zu lügen. Alles, was ich jetzt noch sagen konnte, war: »Orin, wenn ich das gewußt hätte...«
»Es ist Emilys Schuld. Sie hat dir sicher auch nicht gesagt, daß ich Janet in psychiatrische Behandlung geben wollte, oder?«
»Nein.«
»Es stimmt aber. Ich habe ihr zwei ausgezeichnete Psychiater empfohlen, einen in New York und einen in Philadelphia. Sie hat beide aufgesucht und ist ihnen jedesmal davongerannt. Marcus, die Sache ist sehr ernst. Wenn jemand in einen derart depressiven Zustand gerät, kann es um Leben oder Tod gehen. Deshalb mußt du sofort etwas unternehmen. Zuerst solltest du ein vertrauliches Gespräch mit deinem Schwiegersohn führen. Und sieh dir auch mal diese verrückte Bande genauer an, der du das Haus weiter unten vermietet hast! Übrigens, Janet liegt doch nicht im Koma? Ihr habt sie wieder zurückgeholt, nicht wahr?«
»Ja.«
»Es war eine Riesendummheit von dir, mich nicht sofort zu verständigen, aber ich fahre jetzt sofort los und sehe mir Janet mal selbst an. Und vielleicht knöpfe ich mir euch alle mal vor!«
»Orin, du kannst jetzt nicht hinauffahren. Kommt nicht in Frage!«
»Verdammt noch mal, sei doch nicht so verbohrt! Marcus, ich verspreche dir, daß die Polizei nichts von der Sache erfahren wird. Es wird keinen Skandal geben.«
»Ich bin dir sehr dankbar, Orin, aber du kannst jetzt nicht hinfahren. Ich verbiete es dir!«
»Schon gut, Marcus, das besprechen wir bei dir zu Hause.«
»Um Gottes willen, Orin, du kannst jetzt nicht hin! Der Höhenweg ist blockiert.«

»Blockiert?«
»Ja. In beiden Richtungen.«
»Blockiert? Wieso denn? Marcus, bist du wahnsinnig geworden? Was, zum Teufel, soll das alles? Telefon abgestellt, Straße blockiert – da kommt man ja auf die verrücktesten Ideen! Hör mal, Marcus, ist dort oben etwas passiert, das dich überfordert?«
»Nein. Du mußt es mir glauben, Orin.«
»Großer Gott, wenn ich dich so reden höre, Marcus, hab ich das Gefühl, daß du mir unbedingt verheimlichen willst, was wirklich mit Janet los ist. Marcus, ich hab mir von dir schon so manchen Vortrag darüber anhören müssen, wie schön es ist, offen mit anderen Menschen zu sprechen. Wie wär's, wenn du das jetzt mal bei mir probieren würdest?«
»Tut mir leid, Orin.«
Er knallte den Hörer auf die Gabel. Es dauerte einen Moment, bis ich begriff, was dieser abrupte Gesprächsabbruch bedeutete, aber auch dann blieb ich, den Hörer am Ohr, wie gelähmt stehen.
Mit meinen Feinden, hat einmal ein kluger Mann gesagt, will ich schon selbst fertig werden, aber Gott schütze mich vor meinen Freunden.

Als ich ins Wohnzimmer zurückkehrte, sagte Anna: »Orin Jeffries mischt sich gern in Dinge ein, die ihn nichts angehen.«
»Allzu gern«, stimmte Elizabeth zu. Ihre Stricknadeln klapperten unentwegt.
»Er meint's gut«, sagte ich, aber dann konnte ich nicht länger an mich halten. »Hättest du ihm bloß nicht gesagt, daß ich bei euch bin, Anna!«
»Es ging nicht anders. Er hat gesagt, falls keiner ihm nähere Auskunft über Janet geben könnte, würde er selbst nach ihr sehen. Ich mußte dich also ans Telefon holen.«
»Und was wird er jetzt tun?« fragte Elizabeth. »Meinst du, er kommt hierher?«
»Ich weiß nicht. Er glaubt zwar die Geschichte von Janets Unfall nicht, aber er vermutet, daß tatsächlich etwas Schlimmes passiert ist. Was er jetzt vorhat, weiß ich nicht.«
»Er mischt sich in alles ein, weil es seiner Eitelkeit schmeichelt«, erklärte Elizabeth. »Wenn er wirklich besorgt wäre, würde er auf dich hören.«
»Uns bleibt nichts anderes übrig, als abzuwarten«, sagte Anna.
Wir warteten.
Es war schon nach zwei Uhr, als David zurückkam. Das durchnäßte Hemd klebte ihm am Körper, seine Arme waren zerkratzt, an seiner Hose hingen Kletten. Sich durch das Dickicht einen Weg bergauf zu bahnen, war ein mühsames Unternehmen.
Er ging sofort in die Küche und trank ein Glas Wasser in einem Zug aus. Dann ein zweites. Dann setzte er sich vorsichtig auf einen Küchenstuhl,

begann die Kletten von seinen Jeans zu klauben und legte sie auf ein Papierhandtuch, das Anna zu diesem Zweck auf den Tisch gebreitet hatte. »Sie beobachten die Umgebung vom Dach aus«, sagte er schließlich. »Mit einem Fernglas. Sie wechseln einander ab, und jeder nimmt eine von den Frauen mit hinauf. Digby hatte Emily neben sich stehen, und dann kam einer dieser beiden Muskelmänner mit Deborah aufs Dach. Sehr schlau. Unter diesen Umständen würde nicht mal Duffy zuviel riskieren.«
»Und Janet hast du nicht gesehen?«
»Nein. Als ich mich wieder verzog, war Deborah noch oben. Hat sich hier irgendwas getan?«
»Ja. Orin Jeffries hat angerufen. Und ich habe falsch reagiert.«
»Er hat wohl die Sache mit Janets Unfall erfahren? Und jetzt ist er eingeschnappt, weil du ihn nicht geholt hast, stimmt's?«
»Nein, er glaubt uns die Geschichte nicht. Er ist überzeugt, daß Janet eine Überdosis Tabletten geschluckt hat und wir die Sache vertuschen wollen. Als er darauf bestand, sofort hinzufahren, mußte ich ihm sagen, daß der Weg blockiert ist. Da ist ihm endgültig der Kragen geplatzt.«
David betrachtete eine ganze Weile die Klette, die er gerade von seinem Hosenbein gezupft hatte. »Vielleicht ist das ganz gut. Die Unfallversion ist sowieso zu mager. Jeffries' Version macht unser Verhalten in den Augen der Leute viel glaubwürdiger.«
»Zumindest in seinen eigenen Augen. Ich glaube nicht, daß er sie weitererzählen wird.«
»In diesem Fall würde ich ihm einen Verstoß gegen sein Berufsethos liebend gern verzeihen. Je mehr Leuten er davon erzählt, desto besser.«
»Orin Jeffries ist auch unser Hausarzt«, sagte Anna vorwurfsvoll. »Mir ist es lieber, wenn er keine Geschichten über seine Patienten verbreitet.«
»Das ist auch kaum zu befürchten«, sagte ich.
Ich hätte gern noch viel mehr gesagt, aber damit mußte ich warten, bis ich David aus dem Haus gelotst hatte. Ich ging mit ihm auf den Weg zu, bis wir außer Hörweite waren, dann sagte ich ohne Umschweife: »David, auf die Idee, daß Janet eine Überdosis Tabletten geschluckt hat, ist Jeffries nur gekommen, weil er weiß, daß sie schon seit längerer Zeit gefährlich viel von dem Zeug einnimmt. Emily hat das gewußt. Du auch?«
»Ja.«
»Und Deborah?«
»Auch.«
»Und warum habt ihr mir nichts davon gesagt?«
»Ich war dafür, aber Emily und Deborah wollten es nicht.«
»Das war ein Fehler. Ein furchtbarer Fehler. David, was soll ich denn davon halten? Jeffries hat sogar angedeutet, daß Janet vielleicht durch dich dazu gebracht wurde, sich mit dem Zeug vollzupumpen, und daß möglicherweise du und die Kommunarden es ihr beschaffen. Wie ich selbst aus

gelegentlichen Bemerkungen von dir und Deborah schließen konnte, raucht ihr Marihuana. Das stimmt doch?«
»Marihuana und Tabletten sind zwei ganz verschiedene Dinge, Marcus. Und die Idee, ich hätte Janet Stoff beschafft – Herrgott noch mal, Marcus, seit Monaten versuche ich, ihr diesen Wahnsinn auszutreiben!«
»Heißt das, daß sie drogensüchtig ist?«
»Nenn es, wie du willst, aber jedenfalls ist sie völlig abhängig von diesen Tabletten. Vierundzwanzig Stunden am Tag. Ich frage mich, wie sie bei einem derartigen Konsum überhaupt noch imstande ist, einigermaßen durchzuhalten.«
»Aber warum tut sie das? Soll ich etwa glauben, daß Janet trotz aller günstigen Voraussetzungen ihr Leben so unerträglich findet, daß sie es nicht ohne Drogen bewältigen kann?«
»Mein Gott, wie du das sagst! Das könnte ein Satz aus einem Lehrbuch sein, Marcus. Wie das klingt!«
»Ich habe dich etwas gefragt, David.«
»War das eine Frage? Also gut, ich habe Janet zweimal dazu gebracht, darüber zu sprechen. Die Zusammenhänge sind mir zwar nie ganz klargeworden, aber anscheinend bist *du* ihr Problem.«
»Ich?«
»Ja, du. Ihr Heldenidol. Das gottähnliche männliche Wesen. Kompetent, selbstsicher, in jeder Hinsicht vollkommen. Und zu alledem auch noch ein scharfer Aufpasser. Verdammt schwer, mit so etwas leben zu müssen, Marcus.«
»Nein. Du weißt, wie sehr ich mich bemühe, mit ihr auszukommen. Wenn du auch nur einen Moment glaubst, daß...«
»Marcus, ich habe nicht gesagt, daß es in Wirklichkeit so ist. Ich habe dir erklärt, wie sie es sieht.«
Wie sie es sieht. Aber das hieß, daß es für sie eben doch Wirklichkeit war. Diese ganze fürchterliche Verzerrung! Sie mußte sich betäuben, um dieses unnatürlich selbstgenügsame, makellose, indifferente Götzenbild, als das ich ihr erschien, ertragen zu können! Wenn sie mich doch nur besser gekannt hätte! Und andererseits – wenn ich sie doch nur besser gekannt hätte!
»Aber wenn *ich* das Problem bin«, sagte ich völlig verwirrt, »warum hat sie dann nicht einfach ihre Sachen gepackt und sich von zu Hause getrennt? Sie ist tüchtig in ihrem Beruf. Sie hätte in New York arbeiten und ihr eigenes Leben führen können.«
»Ich weiß nicht so recht. Vielleicht hat sie Angst davor. Aber warum sprichst du nicht selbst mit ihr und fragst...«
Und plötzlich war uns das, was wir für einen Augenblick vergessen hatten, wieder schmerzhaft klar.
Ich konnte nicht mit ihr sprechen. Nicht jetzt.

Bei diesem lustigen kleinen Plausch der Firmenmitglieder, sprich Juli-Gruppe (bei dem Coco kollerte wie ein Truthahn, der merkt, daß ein Beil gewetzt wird, während Harvey alles wiederkäute wie ein Rindvieh und Deborah ihre niedlichen kleinen Ohren spitzte), witterte ich Kompromißbereitschaft. Es sei doch wohl klar, sagte Coco, daß Hayworth uns hinhalte, um uns so weich zu machen, daß wir wegen des Lösegelds mit uns handeln ließen. Bisher habe er zweifellos die städtische und die staatliche Polizei wie auch das FBI so gut im Griff, daß die Bullen sich zunächst mal in den Wäldern ringsum versteckt halten und erst bei Anbruch der Dunkelheit angreifen würden. Angenommen, Hayworth würde uns nochmals statt der vier Millionen eine Million anbieten. Zweihundertfünfzigtausend für jeden – ob das denn so schlecht wäre?
»Na ja…«, sagte Harvey sichtlich beeindruckt.
»Sehr schlecht«, sagte ich. »Kommt überhaupt nicht in Frage!«
Die Sonne, sinnierte Hubert, ginge gegen acht Uhr unter. Die Nacht. Schlimme Dinge geschähen nachts.
»Kommt nicht in Frage!«
Dieser verschlagene Scheißkerl rechnete natürlich damit, daß ihm, wenn er nach der Geldübergabe wie geplant Harvey und Lester umgelegt und dann auch mich weggeräumt hätte, die Million ganz allein gehören würde. Seine Kumpels in St. Hilary würden Prozente erhalten, damit sie ihn in Ruhe ließen. Und die unbetrauerten Toten wären ein gewisser Flood und zwei Shanklins.
Schlag dir's aus dem Kopf, Hubert!
Weil nämlich, wenn das Flugzeug in St. Hilary landet, nur vier Passagiere an Bord sein werden: J. Flood und die drei Geiseln.
»Um acht Uhr wird's dunkel«, sagte Coco, der Kompromißbereite. »Mann, bloß noch sechs Stunden! Wie lang sollen wir eigentlich noch auf Hayworth warten?«
»Gute Frage«, sagte Harvey. War richtig gesprächig geworden, dieser Harvey! Den stach bestimmt der Hafer, nachdem es mit Stufe eins so gut geklappt hatte. Hielt sich bereits für eine Art Napoleon.
»Was würdest du denn vorschlagen?« fragte ich Coco. »Daß wir jetzt einpacken? Uns bei den Damen für die Gastfreundschaft bedanken, nach Albany kutschieren und die Nacht durchfeiern?«
»Sehr komisch! Mein Vorschlag ist, daß du dir unsere Situation mal etwas

genauer betrachtest. Ich jedenfalls beurteile sie so, daß wir, falls Hayworth nicht sehr bald Kontakt mit uns aufnimmt, sehr bald Kontakt mit ihm aufnehmen müssen.«

»Wie denn?« fragte Harvey. Das war sogar für Napoleon zu hoch. »Das Telefon geht nicht.«

»Das macht nichts, Harvey«, sagte ich. »In den Wäldern da draußen sind mindestens zwei Dutzend Polypen und mindestens ein Fernglas. Wir malen einfach in großen Buchstaben *Hayworth, bitte Kontakt aufnehmen!* auf ein Schild und halten es schön brav hoch.«

»Verflucht noch mal«, zischte Coco, »du glaubst wohl, ich hab bloß Spaß gemacht? Aber wahrscheinlich sind da draußen sogar mehr als zwei Dutzend Bullen postiert, und ein Fernglas haben sie bestimmt.« Er deutete auf Deborah. »Wie wär's, wenn wir ihnen einen Schrecken einjagen würden, damit sie sich sehen lassen?«

»Ihnen was vormachen, meinst du?« fragte Harvey. »So tun, als ob wir die Kleine draufgehen lassen?«

»Ja.«

Harvey taxierte Deborah. »Ich könnte sie übers Geländer halten. Fünf Minuten lang, kein Problem. Wetten, daß denen da draußen der Schreck in die Glieder fährt?«

Keine schlechte Idee. Schlecht daran war nur, daß Coco darauf gekommen war und daß mein Ansehen als Chef der Stufe zwei dadurch einen Knacks bekommen konnte. Aber es war eine Möglichkeit. Mit Coco würde ich mich zu gegebener Zeit beschäftigen.

»Du mußt sie an den Fußgelenken festhalten, Harvey«, sagte ich. »Wenn du sie fallen läßt, werden die da draußen auf uns feuern, daß das Dach in die Luft fliegt.«

»Nein, ich bin dagegen«, erklärte Coco. »Vielleicht haben sie nicht nur Ferngläser mitgebracht, sondern auch Kameras. Wie würde so etwas denn auf einem Foto wirken?«

»Die Idee stammt schließlich von dir. Was hättest du denn gern auf dem Foto?«

»Ein kleines Psychodrama. Wir binden sie ans Geländer und richten die Pistole auf sie, als ob wir zu allem entschlossen wären. Wie ein Erschießungskommando.«

Harvey schüttelte den Kopf. »Ich finde meinen Vorschlag besser.« Anscheinend lechzte er danach, vor denen da draußen mit seinen Muskeln zu protzen. Und vor Deborah natürlich auch.

Sie geriet bereits in panische Angst. »Jimmy, bitte nicht! Das ist doch völlig sinnlos! Du weißt, daß mein Vater kommen wird. Sobald wie irgend möglich.«

Harvey drückte Coco die Maschinenpistole in die Hand, griff von hinten nach Deborahs Hals, drehte, nur mit Daumen und Zeigefinger, ihren

Kopf zur Seite und deutete auf den Weg. »Wirklich? Na, dann zeig mir doch mal, wo er ist! Los, zeig's mir!« Aber er ließ ihr keine Zeit, ihm irgend etwas zu zeigen. Er schob sie quer übers Geländer, bis ihr Oberkörper nach unten hing. Sie schrie wie am Spieß. Dann packte er sie an den Fußgelenken, zog sie mühelos hoch und ließ sie in der Luft baumeln. Sie zappelte, versuchte, sich am Geländer festzuhalten, bekam einen Pfosten zu fassen und klammerte sich daran. Wie ein Blutegel. Es lohnte sich wirklich, zuzusehen, wie Harvey, den Bauch gegen das Geländer gepreßt und die Arme weit ausgestreckt, sie schließlich wieder losriß. Diesmal hielt er sie so weit vom Geländer entfernt über das steil abfallende Mansardendach, daß sie sich nirgends mehr anklammern konnte. Wirklich schade, jedenfalls für Harvey, daß sie diese engen Jeans trug. Sonst hätte er den tollsten Anblick seines Lebens genießen können.
Coco stand wie hypnotisiert daneben und hatte sogar vergessen, daß er die Pistole in der Hand hielt. »Verdammt, wir haben keine Deckung von der anderen Seite!« sagte ich. »Geh sofort hinüber!« Woraufhin er schleunigst die Sonnenterrasse überquerte, um den Abhang hinter dem Haus zu beobachten.
Ich stellte mich dicht neben Harvey, um es einem möglichen Heckenschützen nicht allzu leicht zu machen, und sah auf meine Uhr. »Fünf Minuten hast du gesagt.«
»Jawohl, fünf Minuten. Das dürfte denen genügen.«
Vielleicht. Ich suchte den ganzen Umkreis mit dem Feldstecher ab. Manchmal hielt ich die Luft an, weil ich mir einbildete, daß sich ein Busch merkwürdig bewegte oder daß bei einem Baumstamm etwas aufblitzte. Ich sah mir die betreffenden Stellen so genau wie möglich an und spürte, wie der Feldstecher immer glitschiger wurde. Als ein Schweißtropfen von meiner Hand über die Linse rann, rieb ich sie sorgfältig blank. Zwei Dutzend Männer irgendwo da draußen? Es konnten auch hundert sein. Oder zweihundert. Inzwischen hatten sie genug Zeit gehabt, um die ganze gottverdammte Nationalgarde zusammenzutrommeln und ringsum zu postieren. Ich konzentrierte mich auf die größten Bäume am Wegrand. Wenn das, was ich dort so merkwürdig in die Luft ragen sah, kein Ellbogen, kein Knie, kein Helm war, was war es dann?
Deborah, die noch immer mit dem Kopf nach unten baumelte, wand sich hin und her. »Wenn du nicht mit diesem Blödsinn aufhörst, du Luder«, fauchte Harvey, »dann passiert dir wirklich was!« Daraufhin muckste sie sich nicht mehr. Ich betrachtete Harvey. Er hielt die Arme nicht mehr kerzengerade ausgestreckt und atmete bereits ziemlich mühsam.
Ich sah auf die Uhr. Noch zwei Minuten, und dort draußen rührte sich noch immer nichts. Niemand, der eine weiße Fahne schwenkte. Warum waren sie so sicher, daß dieser kleine Körper mit den hübschen Rundungen nicht kopfüber auf das steile Dach plumpsen und abrutschen würde?

Oder wartete Duffy nur darauf, um dann uns drei sofort abzuknallen? Wollte er um diesen Preis Deborah opfern und, sobald nur noch der vierte Mann am Leben war, das Haus stürmen?
»Wie lange noch?« keuchte Harvey. Seine Arme zitterten, sein Gesicht zuckte, er rang nach Atem. Ich sah nochmals auf die Uhr. Jetzt hatte er bereits über fünf Minuten durchgehalten.
Ohne das Zifferblatt aus den Augen zu lassen, sagte ich: »Noch knapp eine Minute.«
»Bist du sicher?«
»Ja.«
Jeder andere Gewichtheber hätte jetzt aufgegeben. Hätte sich gesagt, was soll's, auf die paar Sekunden kommt's mir nicht an. Nicht so Harvey Shanklin. Er wußte, daß jemand dort draußen seine Zeit stoppte; daß man ihm, wenn die olympische Digitaluhr fünf Minuten zeigte, die Goldmedaille überreichen würde.
»Du läßt nach«, sagte ich.
Er hätte sie einfach fallen lassen können. Wäre Hayworth recht geschehen. Zuerst Deborah. Dann Mama Emily. Das hätte Marcus bestimmt überzeugt. Und das komischste daran: Janet wäre er nicht losgeworden. Vier Millionen hätte er blechen müssen, bloß für Janet, die ihm wahrscheinlich nicht mal einen halben Dollar wert war.
»Mann«, ächzte Harvey, »jetzt muß es doch soweit sein!« Er hievte Deborah hoch, stellte sie auf die Füße, ließ sie aber nicht von seiner Seite. Soviel Grips hatte er wenigstens, daß er sie als Deckung benützte, bis er wieder richtig Luft geholt hatte. Sie wäre zusammengesackt, wenn er sie nicht festgehalten hätte. Ihr Gesicht war knallrot, ihre Augen waren geschlossen. Sie sah aus, als würde sie jeden Moment ohnmächtig werden.
»Bist du wirklich sicher, daß dort draußen jemand ist?« fragte Harvey.
»Ja.«
Coco huschte zu uns herüber, blitzschnell, den Kopf eingezogen, auf dem Sprung, die Maschinenpistole auf die weiße Fahne zu richten, die allerdings noch immer nicht zwischen den Bäumen auftauchte. Hätte er jetzt in seinem Insel-Singsang ein Klagelied über diese schreckliche Ungewißheit angestimmt oder auch bloß etwas von Ungewißheit gemurmelt, dann hätte ich ihn auf der Stelle erledigt. Aber er fragte nur: »Niemand zu sehen?«
»Niemand«, sagte Harvey. Er packte Deborah bei den Haaren und riß ihr den Kopf nach hinten. »Was, zum Teufel, hat dein Pappi eigentlich vor?«
»Ich weiß nicht«, flüsterte sie mit schmerzverzerrtem Gesicht. »Er kommt bestimmt. Bitte... Er kommt bestimmt.«
»Dann sag ihm doch, daß er kommen soll!« Sie wimmerte, als er ihren Kopf noch weiter zurückriß. »Und schrei, so laut du kannst, damit er dich hört!«

»Laß sie in Ruhe!« sagte Coco angewidert. »Das bringt uns auch nicht weiter.«
Eine Herausforderung? Hieß das, J. Flood bringt uns nicht weiter?
Harvey ließ sie in Ruhe. Wir standen herum. Wir warteten. Nichts regte sich. Absolut nichts. Nicht einmal Vögel waren zu hören, und das in einer Gegend, die schon immer für ihren Vogelreichtum bekannt war. Wenn ringsum Menschen auf der Lauer lagen, hätten dann die Vögel nicht aufgeregt gezwitschert? Oder wären sie anderswohin geflogen? Alles still.
Nur der Puls in meinem Kopf. Laut und rasch.
»Da ist irgend etwas Merkwürdiges im Gang«, sagte Coco.
Wieder eine Herausforderung?
»Weißt du, was ich glaube?« sagte Harvey. »Daß dort draußen überhaupt niemand ist. Jedenfalls niemand, der uns an den Kragen will.«
Also auch Harvey?
Zuerst die schwarze Natter, jetzt der neue Napoleon. Und als nächstes würde vermutlich Lester den Vorsitz eines Ausschusses zur Überprüfung von Stufe zwei übernehmen.
»Wir gehen jetzt hinunter«, sagte ich. »Eine kleine Konferenz, und dann kurzen Prozeß mit Hayworth.«
»Wie denn?« fragte Harvey.
»Du hast doch gehört, daß wir eine Konferenz haben. Da wirst du's schon erfahren. Und jetzt holst du erst mal Lester herauf. Er übernimmt die Wache, und du kannst für ihn mit abstimmen.«

Lester meldete sich zum Dienst auf der Dachterrasse. Mit Instruktionen von Harvey: Da die beiden anderen Frauen das Gewinsel von Deborah gehört hätten und völlig außer sich seien, sollten wir Deborah mit nach unten nehmen, damit sie sich vergewissern könnten, daß sie noch in einem Stück war.
»Bring sie hinunter, Lester, aber schaff sie sofort wieder rauf!«
Als die beiden zurückkamen, berichtete Lester: »Immer noch keine Meldung im Radio. Wißt ihr, was ich mir denke? Kann doch sein, daß er's gar nicht bis zur Stadt geschafft hat. Angenommen, er hat unterwegs einen Unfall gebaut, und kein Mensch weiß, was mit ihm los ist.«
»Er ist bestimmt gut angekommen«, sagte Coco. »Also, bleib auf dem Posten! Und Hände weg von dem Mädchen!«
Vorsicht, Hubert, du denkst wieder mal laut! Siehst bereits die Schlagzeile vor dir: DIGBY RETTET FRAU VOR SEXWÜTIGER BANDE. Und Deborah am Mikrofon in St. Hilary: »Wer weiß, was diese Bestien mit uns gemacht hätten, wenn Mr. Digby nicht gewesen wäre. Außerdem gehört er zu einer unterdrückten Minderheit. Und wahrscheinlich kommt er aus einer zerrütteten Familie.«
Sankt Hubert, der Gewaltverbrecher.

»Okay«, sagte Lester zu Sankt Hubert, »ich bleibe auf meinem Posten.« Denn Lester war vielleicht nicht ganz so blöd wie die Alligatoren bei ihm zu Hause, die gerade noch zwischen naß und trocken unterscheiden konnten, aber sehr viel mehr Grips hatte er auch nicht. Ein williges Arbeitstier, kein Kenner klassischer Erpressungsmethoden.
Wir setzten uns an den Küchentisch. Mama Emily war wegen Deborah noch etwas durcheinander, Janet lechzte bereits wieder nach Aufputschtabletten, Harvey und Coco warteten nervös auf die Eröffnung der Konferenz durch den Vorsitzenden J. Flood. Der Transistor sorgte für musikalische Untermalung und Waschmittelreklame. Die nächste reguläre Nachrichtensendung kam um vier Uhr, aber eine Sondermeldung konnte natürlich jederzeit durchgegeben werden.
Ich sagte zu Emily: »Ich brauche Ihnen wohl kaum klarzumachen, daß es sehr dumm von Marcus ist, uns hinzuhalten. Denn früher oder später muß er uns das Geld ja doch aushändigen. Aber jetzt möchte ich folgendes wissen: Hat er Sie vor der Abfahrt irgendwie informiert, daß er uns hereinlegen will? Hat er angedeutet, daß sich erst nach Anbruch der Dunkelheit etwas tun wird?«
»Aber Jimmy, du warst doch die ganze Zeit dabei! Du weißt doch, daß er mir nichts gesagt hat.«
»So genau hab ich euch nicht beobachtet. Keiner von uns.«
»Er hat nichts gesagt, Jimmy. Ich gebe dir mein Wort darauf.«
Das leuchtete mir ein. Je weniger er ihr gesagt hatte, desto weniger konnten wir aus ihr herauspressen. Freund Hayworth hatte ein ganz simples Wertsystem: Zuerst kam sein Geld, dann erst die Familie. Hätte man ihm zur Warnung zwei abgeschnittene Ohren und zehn Finger geschickt, dann hätte er sich nur noch fester an sein Geld geklammert. Wer kann schon eine Frau ohne Ohren und Finger gebrauchen?
Coco, die schwarze Natter, schaltete schnell. Er war eben kein Lester. »Ist Ihnen klar, Lady, was Ihr Mann tut? Er setzt mit seinem Blödsinn Ihr Leben und das Ihrer Töchter aufs Spiel. Können Sie uns sagen, warum?«
»Ich glaube nicht, daß er das tut.« Offenbar aus Angst, mehr zu sagen, preßte sie die Lippen zusammen.
»Sag's ihnen doch! Los!« drängte Janet.
Coco sah die beiden scharf an. »Was soll sie uns sagen? Wovon zum Teufel sprecht ihr eigentlich?«
»Ach, mir ist nur ein Gedanke gekommen«, sagte Emily. »Ich weiß nicht, ob Sie es verstehen werden.«
»Wir werden uns bestimmt sehr anstrengen, Lady.«
»Also, ich denke mir, daß heute nacht überhaupt nichts geschieht. Ich glaube, mein Mann will sich so verhalten, daß keinem von uns etwas passiert. Weder uns Frauen noch Ihnen. Und wenn Sie dann gemerkt haben, daß sich überhaupt nichts ereignet, werden Sie wieder fortgehen.«

»Fortgehen?« Cocos Gesicht war ein einziges großes schwarzes Fragezeichen. »Einfach wieder wegfahren?«
»Ja.«
Das war zuviel für ihn. Er lehnte sich zurück und schüttelte verwirrt den Kopf. »Sie müssen verrückt geworden sein.«
»Das Telefon ist abgestellt«, sagte Janet. »Das Radio hat nichts gemeldet. Niemand hat sich blicken lassen. Mein Vater nicht, die Polizei nicht, niemand. Glaubt ihr wirklich, sie warten nur, bis es dunkel wird? Aus welchem Grund? Ob Tag oder Nacht, das spielt doch überhaupt keine Rolle, solange ihr uns hier gefangenhaltet.«
Ich konnte geradezu beobachten, wie es in Cocos Gehirn arbeitete. Von Janet mochte man halten, was man wollte, aber jedenfalls war sie nicht so einfältig wie ihre Mammi.
»Ist das Ihr Ernst?« fragte Coco.
»Warum eigentlich nicht?« schaltete sich Harvey ein. »Ich hab euch doch schon auf dem Dach gesagt, daß meiner Meinung nach überhaupt niemand da draußen ist, stimmt's?«
»Stimmt«, sagte ich. »Warum machst du jetzt nicht einen kleinen Spaziergang, damit du auch ganz sicher bist? Wenn du recht gehabt hast, kannst du ein paar Blumen für uns pflücken.«
»Wie wär's denn, wenn du das übernehmen würdest? Du wickelst Stufe zwei ab, oder etwa nicht? Im Moment weiß ich allerdings nicht, ob du sie abwickelst oder bloß verwickelst.«
Napoleon.
Forderte er ausgerechnet in Gegenwart der Damen sein Waterloo heraus?
Ich zog unter dem Tisch meine Kanone aus dem Gürtel, aber er hatte die Bewegung gesehen und packte mich am Handgelenk. Wie ein Schraubstock. Dann zerrte er meinen Arm hoch und griff nach dem Revolver. Widerstand war völlig zwecklos, also ließ ich ihn los. Aber ich sah Harvey dabei an, und er wußte, was dieser Blick bedeutete. Unsicher sagte er: »Du kochst sehr leicht über, was?«
»Gib mir den Revolver!«
Alle beobachteten uns gespannt. Alle wußten, daß er mir die Kanone lieber nicht zurückgegeben hätte. Sie sahen zu, wie er die Sache mit sich auskämpfte und verlor. Er legte die Waffe auf den Tisch und schob sie mir zu. Daß ich nicht sofort danach griff, freute ihn offensichtlich. »Du weißt doch selbst, daß du dich wegen jeder Kleinigkeit aufregst, Jimmy.«
»Sie verdammter Idiot!« sagte Janet zu Harvey. »Er weiß genau, daß ich die Sache richtig beurteile. Er kennt meinen Vater. Und Sie haben sich gerade um die Chance gebracht, hinauszugehen und ihn mitzunehmen.«
»*Was* weiß er über Ihren Vater?« fragte Coco. »Was meinen Sie damit?«
»Sie meint, daß ihr Vater an Gewaltlosigkeit glaubt. Halleluja! Er war im

letzten Krieg eingelocht, weil er den Dienst mit der Waffe verweigert hat. Er bringt weder Fliegen noch böse Menschen um. Manchmal kümmert er sich auch persönlich um gefährliche Fürsorgefälle, um sie zu reformieren.«
Das traf Mama Emily an einem wunden Punkt. »Jimmy, das ist nicht wahr. Du weißt genau, daß wir dich nie als Fürsorgefall betrachtet haben.«
»Emily, Herzchen, mein Alter hat sein ganzes elendes Leben lang in der Bank geschuftet, und was hat er dort verdient? Und als er dann ganz unten war, hatte sein Boß nichts Besseres zu tun, als den Jungen ins Haus zu holen und Dreckarbeit machen zu lassen, damit er nur ja nicht auf die schiefe Bahn geriet. Gib dem alten Mann nicht das, was ihm zusteht, sondern gib seinem Jungen Almosen! Und laß die anderen Quäker dabei mithelfen! Dann können sie alle am Sonntagmorgen dasitzen und sich vorsagen, wie verdammt edelmütig sie sind.«
Emily traute ihren Ohren nicht. »Aber Jimmy, an so etwas haben wir nie gedacht!«
Coco schlug mit der Faust auf den Tisch. »Das spielt doch jetzt keine Rolle! Was hat das damit zu tun, daß jetzt endlich was geschehen muß?«
»Es wird sofort was geschehen«, sagte ich. »Die Nachricht von diesem Unternehmen ist ein Knüller. Ein ganz großer! Wenn sie bekanntgeworden wäre, könnten wir sie alle fünf Minuten im Radio hören. Also ist sie nicht bekanntgeworden. Ich weiß nicht, wie Hayworth es geschafft hat, aber bisher hat er Duffy jedenfalls an der Kandare. Und die schneiden wir jetzt durch.«
»Wie denn?« fragte Coco.
»Die Antwort darauf hast du vorhin auf dem Dach bereits selbst gegeben. Wenn Hayworth nicht zu uns kommt, gehen wir eben zu ihm. Wir nehmen eine von den Frauen mit ins Auto und fahren direkt zur Bank. Er soll erfahren, daß der Spaß vorbei ist. Jetzt geht's hart auf hart.«
»Mann, wenn da draußen überall Bullen sind, wie sollen wir dann durchkommen, auch wenn wir eine von den Frauen dabeihaben? Glaubst du etwa, die lassen uns so einfach in der Gegend herumkurven? Und angenommen, sie halten uns nicht auf, dann heißt das, daß wir ihnen das Haus überlassen und da draußen jederzeit abgeknallt werden können.«
»Wir überlassen ihnen das Haus nicht. Es genügt, wenn zwei von uns im Auto sitzen. Einer fährt, der andere hält der Frau die Kanone an den Kopf. Die beiden anderen bleiben hier.«
Coco beugte sich vor und schob meinen Revolver ein Stück weiter. Nicht genau in die Mitte des Tisches, sondern etwas näher auf sich zu.
»Wenn du Freiwillige suchst, dann sei dir gefälligst schon jetzt darüber klar, daß ich mich zur Heimwehr melde.«
»Der Vorschlag stammt von dir, du verdammter Feigling!«

»Ich will dir sagen, was ich vorschlage. Schick eine der Frauen allein in den Ort hinunter! Mit Instruktionen für Hayworth. Sie weiß genau, was dieser Deborah droben auf dem Dach passiert ist. Und auch, daß beim nächsten Mal ernst gemacht wird, falls Hayworth nicht schleunigst mit dem Geld erscheint.«
»Du meinst, wir sollen ihm eine von den dreien einfach so zurückgeben? Und morgen die zweite und übermorgen die dritte?«
»Bockmist!« sagte Harvey. »Wieso quatschst du von morgen und übermorgen? Red lieber von jetzt!«
»Aber gern. Du kannst dich gleich jetzt mit mir ins Auto setzen und hinunterfahren. Okay?«
»Nein. Ich nicht. Und Lester auch nicht.«
»Jimmy«, sagte Emily, »ich bin bereit, in den Ort zu fahren und ihnen alles zu sagen, was du willst. Ich verspreche dir, daß ich zurückkommen werde.«
»Und wer wird das zulassen, wenn Sie einmal dort angekommen sind? Schlagen Sie sich das aus dem Kopf!«
»Mann, du bist einfach dickköpfig!« sagte Coco.
»Weil ich weiter denke. Geht es denn nicht in *deinen* Dickschädel, daß wir in diesem Fall genau das tun würden, worauf Hayworth es angelegt hat? Wenn wir ihm jetzt eine der Frauen übergeben, weiß er, daß er seine Trümpfe richtig ausspielt.«
»Die Dame hier hat versprochen, daß sie zurückkommen wird«, sagte Harvey. »Willst du ganz sicher sein, daß sie ihr Versprechen hält?« Er sprang auf, zerrte Janet vom Stuhl hoch und drehte ihr den Arm nach hinten. Vor Schmerz wimmernd, beugte sie sich zurück. »Nicht! Bitte nicht!« schrie Emily und stürzte sich auf ihn, aber er schubste sie einfach weg, und sie schlitterte quer durch die Küche. Dann drückte er Janets Arm etwas weiter nach oben, und jetzt starrte sie mit verzerrten Lippen und zusammengebissenen Zähnen zur Decke hinauf.
Harvey sah mich an. »Glaubst du nicht auch, daß Emily zurückkommen wird, wenn sie weiß, was hier passiert?«
Ich grapschte eine Sekunde früher als Coco nach dem Revolver, obwohl ich mich halb über die Tischplatte werfen mußte. Coco überließ ihn mir ohne Widerrede. Über den Tisch hinweg zielte ich auf Harvey. »Laß sie sofort los!«
Er stand hinter Janet, aber er war massig genug, um aus knapp einem halben Meter Entfernung eine dicke, fette Zielscheibe abzugeben. Und das wußte er natürlich auch.
»Was zum Teufel soll das? Ich will dir doch bloß zeigen, wie man's macht.«
»Laß sie los!«
Ich war entschlossen, abzudrücken, und das wußte er genau. Was er nicht

genau wußte – und ich selbst auch nicht –, war, ob ich auch dann abdrükken würde, wenn er sie losließ. Folglich hielt er sie fest. »Nicht doch, Jimmy!« säuselte er. »Du tust ja so, als wäre sie dein Privateigentum oder so was Ähnliches.«

»Ist sie auch. Laß sie los!«

Plötzlich zitterte ich vor Kälte. Sie überfiel mich, als ob ich in eine Kühltruhe gefallen wäre. Von Kopf bis Fuß spürte ich zähneklappernd diese eisige Kälte. Alles verschwamm mir vor den Augen, und ich mußte sie zusammenkneifen, um Harvey überhaupt noch zu erkennen. Aber so viel sah ich jedenfalls, daß er den Blick nicht von meinem Revolver wandte, der mir in der Hand zitterte. Dann ließ er Janet los.

»Zurückgehen!« Er befolgte meinen Befehl und nahm die Hände hoch, um mir zu zeigen, was für ein gutmütiger alter Hinterwäldler er war.

»Jimmy, das ändert aber nichts an der Sache. Ich fahre nicht mit, und Lester auch nicht. Wenn du nicht willst, daß eine von den Frauen allein mit Hayworth verhandelt, kannst du ja selbst mitfahren.«

So plötzlich mich diese Eiseskälte überfallen hatte, so plötzlich ließ sie wieder nach. Jetzt konnte ich wieder klar und deutlich sehen. Ich machte eine Geste mit dem Revolver. »Die Autoschlüssel!«

Vorsichtig und die Kanone nicht aus den Augen lassend zog Harvey die Schlüssel aus der Tasche und ließ sie in meine ausgestreckte Hand fallen.

»Marsch!« sagte ich zu Janet. »Wir beide fahren jetzt zu deinem Pappi.«

Droben in ihrem Zimmer erlaubte ich ihr, sich etwas aufzuputschen (denn ich war keineswegs sicher, daß sie es ohne Tabletten überhaupt schaffen würde), und als sie das Röhrchen wieder in den Kasten legen wollte, war ich nahe daran, mir selbst zwei von diesen Pillen zu Gemüte zu führen. Ich hatte falsch geschaltet. Anders konnte man es nicht nennen. Falsch geschaltet. Dort draußen war Duffys Revier, das Revier des FBI. Und irgendwie hatte ich mich dazu verleiten lassen, etwas zu tun, was ein kluger General niemals tut: ohne Schützendeckung feindliches Gelände zu betreten. Das war Guerillataktik. Chè Guevaras Taktik. Hatte es ja auch nicht lang überlebt, dieser sture Visionär!

Ich betrachtete die Tabletten in meiner Hand. Dann ließ ich sie wieder ins Röhrchen fallen. Das Problem mit diesen Glückspillen war, daß sie einem das Gefühl gaben, man sei prima in Schuß, und dann merkte man gar nicht mehr, daß man plötzlich eine Dummheit machte.

In der Küche ließ ich mir von Emily eine Wäscheleine geben, schnitt ein Stück davon ab und knüpfte einen Laufknoten hinein. Eine sehr brauchbare Schlinge! An der Haustür warteten Coco und Harvey, der sich die zweite Maschinenpistole geholt hatte. »Ich habe Lester gesagt, er soll dir vom Dach aus Schützendeckung geben. Hier unten sorge ich dafür.«

Nett von Harvey. Soviel ich aus seiner und Cocos saurer Miene schließen konnte, war die Gefahr, daß ich beim Verlassen des Hauses von hinten abgeknallt wurde, ebenso groß wie die Gefahr, von vorn erledigt zu werden. Coco ließ mich nicht lange herumrätseln, warum sie mich so ansahen.

»Du kommst zurück, Mann, und dann muß alles klappen, verstanden? Falls du eine private Absprache mit Hayworth vorziehst und dich dann allein aus dem Staub machen willst, wirst du nicht sehr weit kommen.«

»Du kannst dich ja selbst überzeugen. Im Auto ist noch genug Platz.«

Aber darauf ging er nicht ein. Er öffnete die Haustür einen Spaltbreit, linste hinaus und machte sie dann ganz auf. Die Gegend sah aus wie bei Adam und Eva, bevor die Sache mit dem Apfel passierte. Ruhig und friedlich, jedenfalls bis hinüber zu den Bäumen jenseits des Weges. Ich streifte Janet die Schlinge über den Kopf und wickelte die Leine ein paarmal um meine linke Hand, um einem überraschenden Fluchtversuch vorzubeugen. Sie ließ es sich gefallen wie ein Hündchen, das mit seinem Herrn spazierengehen darf. Dann hielt ich ihr den Revolver von der Seite her an den Kopf, damit man es auch aus einiger Entfernung deutlich sehen konnte. »So, und jetzt immer schön langsam!« Ich schob sie auf die Veranda hinaus und blieb so dicht hinter ihr, daß meine Brust ihre Schultern berührte.

Wir überquerten die Veranda, gingen die Stufen hinunter und bewegten uns in einer Art Schleifschritt seitwärts am Haus entlang. Als wir keine Rückendeckung mehr hatten, rief mir Lester vom Dach aus zu: »Nichts zu sehen, Jimmy!«, woraufhin ich Janet so schnell wie möglich vor mir hertrieb, bis wir die Garage erreicht hatten. Ich beorderte sie auf den Fahrersitz des LeSabre, steckte den Schlüssel in die Zündung, stieg hinter ihr ein und kniete mich auf den Boden. Dann hielt ich den Lauf des Revolvers der Länge nach an ihre Wange und zog rasch mal an der Schlinge, nur um Janet daran zu erinnern. Ohne sich etwas anmerken zu lassen, sagte sie: »Der Sitz ist zu weit hinten.«

»Dann verstell ihn doch!«

Sie schob ihn weiter vor. »Welchen Weg fahren wir?«

Eine vernünftige Frage. Der Südweg war kürzer, und wenn man aus dieser Richtung in die Hauptstraße einbog, konnte man direkt vor der Bank halten. Aber Hayworth hatte das Oates-Haus an die Vertreter der Gegenkultur vermietet, und warum sollte ich an einer ausgeflippten Affenherde vorbeifahren, wenn's nicht unbedingt nötig war?

»Am Aussichtspunkt vorbei und den Quäkerweg hinunter! Und drück auf die Tube!«

Sie brauste wie ein Rennfahrer los und beschleunigte das Tempo schon auf der Zufahrt derart, daß der Wagen wie eine Rakete auf dem Höhenweg landete. Als sie ihn Richtung Norden herumriß, verlor ich das Gleichgewicht und zog versehentlich die Schlinge um Janets Hals straff.

»Verflucht noch mal, du erdrosselst mich!« Der Wagen begann zu schleudern. Ich lockerte die Leine, Janet beugte sich nach Atem ringend vor und gab sofort wieder Gas. Kurz hinter der Kurve beim Aussichtspunkt entdeckten wir es beide gleichzeitig. Eine Barrikade! Zwei Autos quer über den Weg gestellt, die Räder tief in die Erde eingegraben. Eine Art Schanze, hinter der vielleicht ein schwerbewaffnetes Aufgebot lauerte. Janet trat auf die Bremse, aber ich grub meine Finger in ihren Oberarm. »Nicht das Tempo drosseln! Zurück zum Südweg! Schnell!« Sie riß das Steuer herum, preschte mitten durch einen Drahtzaun den steilen Abhang hinauf, wendete in weitem Bogen, wobei der Wagen fast umkippte, fuhr wieder einige Zaunpfähle um, landete auf dem Weg und raste in südlicher Richtung zurück. Hinter uns waren keine Schüsse zu hören, woraus ich schloß, daß man Janet erkannt hatte und nicht riskieren wollte, daß sie eine Kugel abbekam. Wenn man kein Risiko eingeht, Leute, kann man auch keine Treffer verbuchen!

Als wir uns dem Haus näherten, wurde mir klar, daß Lester, falls er den Wagen nicht auf den ersten Blick erkannte, uns wahrscheinlich von oben bis unten mit UZI-Geschossen durchlöchern würde. »Drück auf die Hupe und laß den Finger drauf!« Und so brausten wir, sicher zu Lesters Verblüffung, am Haus vorbei. »Vorsicht!« sagte ich, als wir durch den Wald auf der anderen Seite fuhren. »Vielleicht ist hier auch eine Straßensperre.«

Auf halbem Weg zwischen dem Anwesen der Hayworths und dem Oates-Haus war eine S-Kurve. Als wir die erste Biegung hinter uns hatten, sah ich die Barrikade, die uns wie eine gottverdammte Festung den Weg abschnitt: ein alter Bus, dessen Räder ebenfalls tief in der Erde steckten und in dem ein ganzes Bataillon Platz hatte. »Zurück zum Haus!« Janet versuchte es mit dem gleichen Manöver wie vorhin, aber als sie auf dem Abhang gewendet hatte und wieder auf den Weg zuraste, krachte der Wagen seitlich gegen einen Baum, geriet ins Schleudern, schlitterte quer über den Weg und den zum See hin abfallenden Abhang hinunter, prallte wie eine Kegelkugel an den Baumstämmen ab, bis das, was von ihm übriggeblieben war, plötzlich im dichten Gebüsch steckenblieb. Es stank entsetzlich nach Benzin. Janet zog sofort den Zündschlüssel heraus. Das Gute an der Sache war, daß wir noch lebten. Das Schlechte daran war, daß ich jetzt von der falschen Seite her zum Weg hinaufklettern und ihn zu Fuß überqueren mußte, wenn ich zum Haus zurücklaufen wollte.

Die Wagentüren waren eingedrückt, aber es gelang mir, die eine so weit zu öffnen, daß wir uns durchzwängen konnten. Ich kauerte mich auf die Erde, zerrte Janet neben mich, richtete den Revolver hügelaufwärts und wartete darauf, daß jemand auf dem Weg erschien.

Aber niemand ließ sich blicken.

Sie mußten gesehen haben, wie der Wagen über den Wegrand geschlittert

war. Erteilten sie jetzt etwa dem ganzen Bataillon Befehl, Ausschau nach uns zu halten?
Noch immer tauchte niemand auf.
Janet lag neben mir auf dem Bauch und beobachtete den Weg. Um sie bei einer plötzlichen Bewegung sofort zurückreißen zu können, preßte ich meine Schulter an ihre. Dann bewegte sich Janet tatsächlich, aber nur, um sich auf den Rücken zu drehen und zu versuchen, die Schlinge abzustreifen. Ich stieß ihre Hände weg. »Laß das!«
Sie ließ es sein und blieb mit geschlossenen Augen liegen. Aber ich hatte nicht vergessen, wie schnell sie die Leiter zur Dachterrasse hinaufgeklettert war. Wenn sie wollte, konnte sie sich mit katzenhafter Geschmeidigkeit bewegen. Nur, um sie daran zu hindern, legte ich mein linkes Bein zwischen ihre Beine und preßte meine Hüfte auf ihre. Kaum zu glauben, aber während ich, abgeschnitten vom Haus, jede Sekunde gewärtig, einen von Duffys Helden auftauchen zu sehen, so dalag, geriet ich in sexuelle Erregung.
Sie mußte es gemerkt haben, aber ihr Gesicht verriet nichts davon. Es sah aus, als schliefe sie. Aber das stimmte nicht. Plötzlich sagte sie: »Flood, meine Mutter hat recht gehabt. Hier ist alles ruhig. Niemand ist da.«
»Und wer hat diese verdammten Straßensperren errichtet, Baby?«
»Das kann nur mein Vater gewesen sein. Und David. Der Bus gehört der Kommune. Und die beiden Autos sind keine Polizeifahrzeuge. Streng doch mal dein Gehirn an! Keine Meldung im Radio, und jetzt das hier! Ich bin überzeugt, daß niemand außer meinem Vater und David von der Sache weiß. Und sie wollen dir damit etwas sagen. Klar und deutlich.«
»Und das wäre?«
»Macht euch davon! Du und deine Bande, ihr sollt ganz einfach wieder verschwinden. Hör mal gut zu, Flood! Du kannst von hier aus hinüber zum Südweg und direkt in den Ort gehen, ohne daß sich irgend jemand nach dir umdrehen wird. Da bin ich ganz sicher. Ihr könnt auch auf dem Steilpfad hinter dem Haus direkt durch den Wald zur Fernstraße hinuntergehen. In beiden Fällen würde ich dafür sorgen, daß ein Wagen bereitsteht.«
»Mit dem Geld? Und die Flugzeuge würden auch bereitstehen?«
Sie öffnete die Augen, sah mich an und schüttelte den Kopf. »Nein. Wenn mein Vater überzeugt gewesen wäre, daß ihr uns nach Zahlung des Lösegeldes freigebt, hätte er das alles bereits selbst erledigt. Wenn ihr tut, was ich vorschlage, seid ihr weder die Verlierer noch die Gewinner, aber dann kommt ihr zumindest ungeschoren davon. Das ist nicht schlecht, wenn man bedenkt, in was für eine Zwickmühle ihr geraten seid.«
»Aber gut ist es auch nicht, verglichen mit einer Million Dollar und einer Flugreise ins Ausland.«
»Hör zu...«

»Nein, jetzt hörst du mir zu! Du willst mir weismachen, daß es deinem Pappi gelungen ist, das Telefon stillzulegen, die Postzustellung auf der ganzen Route zu unterbinden und diese Straßensperren zu errichten, ohne daß die Polizei etwas davon weiß. Ohne daß irgend jemand in dieser gottverdammten Stadt etwas davon weiß. Okay, Baby, dann sag mir doch mal, wie er das geschafft hat!«
»Das weiß ich nicht. Aber irgendwie hat er's eben geschafft.«
»Das möchtest du mir einreden. Und dann hat er mir das Haus und seine Familie überlassen, so lange, bis ich das alles satt habe. Findest du das etwa auch einleuchtend?«
»Ja.«
»Red keinen Blödsinn! Du hast mir doch bereits einen Vortrag darüber gehalten, daß sich dein Pappi immer genau an die Vorschriften hält und niemals eigene Geistesblitze hat. Denkst du jetzt plötzlich anders darüber?«
»Nein. Ich denke nur, daß er sich jetzt an andere Regeln hält.« Plötzlich preßten sich ihre Schenkel um meinen. »Flood, laß mich einen Wagen besorgen, damit du ungeschoren wegfahren kannst. Und ich komme mit. Das hättest du doch gern, nicht wahr?«
Auf mich wirkte das wie eine kalte Dusche. »Klingt wie aus einem alten Film, paßt aber nicht zu dir. Weil du eine verkommene Schwule bist und nicht ohne Aufputschmittel und Beruhigungspillen leben kannst. Und so was kommt in alten Filmen nicht vor.« Ich schüttelte sie ab, richtete mich auf und zog an der Leine. »Wir klettern jetzt hinauf und rennen über den Weg. Auf der anderen Seite legen wir uns wieder flach hin und warten.«
Der Gedanke, sie hinter mir herziehen zu müssen, behagte mir nicht, aber es wäre unvorsichtig gewesen, sie vor mir hinüberlaufen zu lassen, weil sie mich dann vielleicht gezwungen hätte, im Niemandsland stehenzubleiben. Sie rappelte sich etwas unsicher hoch, aber als ich »Los!« rief und startete, blieb sie dicht hinter mir. Wir folgten der Spur, die der Wagen auf dem Abhang hinterlassen hatte, und kletterten, immer wieder stolpernd, zum Weg hinauf.
Ich vergeudete keine Zeit damit, von der Böschung aus das Gelände zu sondieren, sondern setzte alles auf eine Karte. Wir rannten auf die andere Seite und begannen sofort, bergauf zu klettern, quer durchs Unterholz (wobei Janet die Leine mit beiden Händen umklammert hielt, um nicht von der Schlinge gewürgt zu werden), bis wir schließlich einen riesigen Baum vor uns sahen, dessen Stamm so dick war, daß er uns gegen den Weg abschirmen konnte. Ich zerrte Janet hinter den Baum und schnappte erst mal nach Luft. Sie setzte sich auf die Erde, beugte sich nach vorn und rang ebenfalls nach Atem. Dann sagte sie:
»Oliver Twist. Herrgott noch mal, Flood, was für eine tolle Geschichte du später erzählen kannst!«

»Halt die Klappe!« Ihre Stimme würde die Patrouillen anlocken, die jetzt, nachdem man gesehen hatte, wie wir den Weg überquerten, sicher bereits zwischen den Bäumen umherstreiften.
Aber Janet hielt die Klappe nicht. »Wenn dein Vater besoffen war, hat's ihm einen Heidenspaß gemacht, dich zu verdreschen. War dir das wirklich lieber als die Art und Weise, wie du von den schrecklichen Leuten droben auf dem Höhenweg behandelt worden bist?«
Jetzt machte es mir einen Heidenspaß, ihr meinen Schuh in die Rippen zu stoßen, und als sie alle viere von sich streckte, trat ich sie nochmals in die Seite, damit sie endlich begriff, wer hier der Boß war.
»Wir gehen jetzt zum Haus zurück. Steh auf, falls du nicht willst, daß ich dich an der Leine hinter mir herschleife.«
Sie blieb bewegungslos liegen, die Arme ausgestreckt, den Mund halb offen, die Augen fast geschlossen, so daß ich kaum erkennen konnte, ob sie mich überhaupt sah. Spielte sie mir etwas vor? Ich gab ihr einen Tritt. »Aufstehen, Baby!«
Diese Katze! Im nächsten Moment zog sie mir die Beine unter dem Körper weg. Ich fiel der Länge nach hin und ließ den Revolver los. Um ihn an sich zu reißen, warf sie sich quer über mich, wobei ihr Knie mein Kinn rammte. Ich erwischte sie am Fußgelenk, sie befreite sich, und dann standen wir einander gegenüber. Sie starrte mich an, ich den Revolver. Sie hielt ihn mit beiden Händen umklammert, hatte den Finger am Abzug und zielte auf mein Gesicht. Verflucht noch mal, wie man abdrückte, wußte sie bestimmt! Wie hypnotisiert starrte ich auf den Lauf, der ständig etwas schwankte, aber immer auf mich gerichtet blieb. Ganz langsam hob ich die Hand. Janet sah aus, als wäre sie plötzlich übergeschnappt. Ihr Gesicht war verzerrt, durch die Schmutzkruste zogen sich Tränenspuren.
»Ruhig!« sagte ich. »Ruhig, Baby!« Ich bewegte die Hand millimeterweise auf den Lauf zu, aber plötzlich schrie Janet: »Zum Teufel mit dir, Flood!« und schleuderte die Waffe von sich.
Mein Fehler: Ich wollte mir den Revolver holen, aber im selben Moment ergriff sie die Flucht. Zwischen den Bäumen hindurch sah ich sie in Richtung Oates-Haus davonrennen. Zum Teufel mit dem Revolver! Ich jagte hinter ihr her – keine zwanzig Meter war sie mir voraus! –, zog mein Messer aus der Tasche und ließ es aufspringen.
Im Wald war noch niemand zu sehen. Duffy mußte seine Bullen entlang der Grundstücksgrenze zwischen dem Bus und dem höchsten Punkt des Hügelzuges postiert haben, um sie nach Einbruch der Dunkelheit vorrükken zu lassen. Und diese spindeldürre Kanaille rannte wie ein olympischer Kurzstreckenläufer genau auf diese Linie zu! Manchmal verschwand sie hinter dicht nebeneinanderstehenden Stämmen. Ich mußte sie einholen, denn nur, wenn ich ihr das Messer an die Kehle setzte, war ich vor feindlichen Angriffen sicher.

Ihr Fehler: Als ihr ein Dickicht wie eine Mauer den Weg versperrte, war sie unschlüssig, ob sie bergauf oder bergab weiterlaufen sollte. Dann entschied sie sich für das erstere. Dieses Zögern genügte, um die Entfernung zwischen uns auf knapp zehn Meter zu reduzieren. Aber plötzlich war sie verschwunden. Einfach weg! Nichts mehr zu sehen, nichts mehr zu hören.

Sie mußte hinter einem Baum stehengeblieben sein. Oder vielleicht irgendwo im Gebüsch kauern. Ich wartete vor dem Dickicht, behielt den Abhang im Auge, sah mir jeden Baum, jeden Busch genau an. Es war noch immer totenstill. Aber irgendwann mußte sie doch eine Bewegung machen! Das kleinste Geräusch – und schon würde ich mich auf sie stürzen! Allerdings war sie insofern im Vorteil, als sie mich vermutlich genau beobachten konnte. Falls ich also in der falschen Richtung nach ihr suchte oder mich irgendwie im Gebüsch verfing, würde sie sofort in die andere Richtung fliehen.

Da war das Geräusch! Ein Rascheln und ein dumpfer Aufschlag, aber nicht irgendwo dort oben, sondern im Dickicht hinter mir. Vielleicht war es Janet, die durch dieses scheinbar undurchdringliche Gestrüpp zu kriechen versuchte. Vielleicht aber war es einer von Duffys Männern, der mich entdeckt hatte und, da ich allein und nur mit einem Messer bewaffnet war, endlich den Mut aufbrachte, mich zu stellen.

Ich fuhr herum, aber als ich plötzlich ein Geräusch hinter mir hörte, begriff ich, daß Janet mich hereinlegen wollte. Aus ihrem Versteck hatte sie ein Stück Holz ins Gestrüpp geworfen, und kaum war ich auf diesen primitiven Trick hereingefallen, da war sie auch schon losgerannt. Sie jagte am Dickicht entlang den Abhang hinauf und drehte sich hie und da nach mir um.

Und genau das wurde ihr zum Verhängnis. Sie merkte zu spät, daß sie auf einen umgestürzten Baum zulief, dessen Wipfel in jenem dichten Gestrüpp gelandet war und ihr den Weg abschnitt. Aber sie gab nicht auf. Sie zerrte die Zweige auseinander, hechtete über den Stamm und landete der Länge nach auf der anderen Seite.

Ich setzte ihr nach. Sie lag auf dem Rücken; ihr Fuß hatte sich im Astwerk verfangen. Ein davongelaufenes Hündchen, dem die Leine vom Hals hing und das nie richtig gelernt hatte, bei Fuß zu bleiben.

Sie starrte mir ins Gesicht, als ich mich über sie beugte und ihr das Messer an die Kehle setzte. Anscheinend hatte sie nicht die geringste Angst. Sie sah aus, als würde sie das nächste Mal keine Sekunde zögern, mich niederzuknallen.

»Du machst mir eine Menge Schwierigkeiten, Baby. Zuviel.«

»Ich halte mein Angebot aufrecht, Flood«, flüsterte sie. »Hol deine Komplicen und macht euch aus dem Staub! Ich helfe euch, so gut ich kann.« Und während sie mir ihre Hilfe anbot, versuchte sie, ihren Fuß freizubekommen. Eine kleine Drehung hier, ein kleiner Ruck dort, so vorsichtig wie möglich, damit sich die Zweige nur ja nicht bewegten. Aber ich sah, wie sie sich bewegten, und stieß ihr mit aller Wucht meinen Absatz ins Knie. Sie schrie. Ich ließ mich zu Boden fallen und hielt ihr den Mund zu. Aber sie versuchte nicht mehr zu schreien. Sie war bewußtlos. Völlig schlaff lag sie da, und das Bein, dem ich einen Tritt versetzt hatte, war unnatürlich abgebogen. Gebrochen.

Ich zog ihren Fuß aus dem Astwerk und strich über das Bein. Ich konnte spüren, daß es dicht unter dem Knie gebrochen war. Auf den enganliegenden Jeans war kein Blut zu entdecken. Es mußte also ein einfacher Knochenbruch sein. Aber wenn ich sie unsanft anfaßte, hätte sich der Knochen durchs Fleisch bohren können, und dann wäre sie vielleicht verblutet. Sollte ich der Versuchung nachgeben, sie auf diese Weise zu bestrafen? Oder der noch stärkeren Versuchung, ihr einfach das Messer in den Leib zu stoßen und ihn aufzuschlitzen? Nein. Eine Geisel, und ausgerechnet diese, weniger zu haben, ohne daß es auch nur das Geringste eingebracht hatte? Nein.

In ihrem augenblicklichen Zustand, verletzt, aber durchaus imstande, alles auszuposaunen, war sie die beste Kontaktperson, die ich mir wünschen konnte.

Lebendiger Köder.

Ich machte mich sofort an die Arbeit. Ich suchte zwei geeignete Äste, zog die Schlinge von Janets Hals und begann, das gebrochene Bein zu schienen. Dann fiel mir ein, daß ich die Wäscheleine zu einem anderen Zweck brauchte. Also zog ich Janet die Hemdbluse aus, riß die Ärmel ab und band damit die Äste an ihrem Bein fest. Sie stöhnte, bewegte den Kopf hin und her, kam aber nicht zu sich. Ich drehte sie herum, schnitt die Leine in der Mitte durch und fesselte Janet an den Händen. Ihr die Füße zusammenzubinden, war bei ihrem Zustand wahrscheinlich gar nicht nötig, aber in ihrem Fall wollte ich nicht mehr das geringste Risiko eingehen. Den Rest der Bluse benützte ich als Knebel, denn Janet sollte ihre Nachrichten erst etwas später verbreiten.

Als ich sie quer über meine Schulter legte, kam sie zu sich. Sie öffnete die Augen, und durch den Knebel drangen unverständliche Laute. Sie war federleicht, aber ihre unbeweglichen Beine, die vor mir in die Luft ragten, waren mir beim Abstieg im Weg. Ich mußte höllisch aufpassen, damit sie nicht gegen einen Baum stießen oder im Gestrüpp hängenblieben. Hätte ich das Gleichgewicht verloren oder Janet fallen lassen, wäre ich ein willkommenes Ziel für Heckenschützen gewesen. Solange ich sie auf der Schulter trug, war ich sicher, daß ich heil unten ankommen würde und nahe beim Weg in Deckung gehen konnte.

Ich fand genau die richtige Stelle: einen ziemlich großen Baum, etwa fünf Meter vom Weg entfernt, der von hier aus über eine nur mit hohem Gras bewachsene Böschung zu erreichen war. Für meinen Plan bestens geeignet! Ich lud Janet ab und setzte mich, mit dem Rücken zum Stamm, auf die Erde. Ihr Blick war glasig. »Kannst du mich verstehen?« flüsterte ich, und als sie nicht reagierte, strich ich über ihren viel zu kleinen Busen, nahm die eine Brustwarze zwischen die Finger und preßte sie zusammen. Janet gab erstickte Laute von sich und warf den Kopf hin und her. Ich zog die Hand zurück. »Kannst du mich verstehen?« Diesmal nickte sie.

»Gut. Also hör zu, Baby, du machst jetzt ganz allein einen kleinen Ausflug zum Weg hinunter. Sie werden dich vom Bus aus sehen und todsicher auch hören, wenn ich dir das Ding da aus dem Mund nehme. Sobald sie dich dort wegholen, sagst du ihnen, falls binnen einer Stunde – keine Minute länger! – niemand vor dem Haus aufkreuzt und endlich zur Sache kommt, würden wir ihnen nochmals so ein verschnürtes Paket zuschikken. Aber nicht nur mit einem gebrochenen Bein, sondern in einzelnen Teilen, die man wie bei einem Puzzlespiel erst mal zusammensetzen muß. Eine Stunde, kapiert?«

Sie nickte.

»Hast du begriffen, daß die Sache jetzt ernst wird? Daß der Spaß endgültig vorbei ist?«

Sie versuchte, etwas hervorzuwürgen, aber als ich wieder nach ihrer Brust griff, verstummte sie.

»Du hast schon was gelernt.«

Ich zog ihr den Knebel heraus und gab ihr einen kräftigen Schubs. Sie rollte schreiend die Böschung hinunter, blieb am Wegrand liegen und gab plötzlich keinen Laut mehr von sich. Es sah ganz so aus, als wäre sie wieder ohnmächtig geworden.

Hätte ich eine Kanone gehabt, dann hätte ich mich hier oben auf die Lauer gelegt und mir jeden vorgeknöpft, der auf sie zugegangen wäre. Aber ohne Kanone würde ich, wenn sie mich umzingelten, wie ein Kaninchen in der Falle sitzen. Trotzdem – nur nichts übereilen! Wenn ich den ersten dort unten auftauchen sah, war noch genug Zeit zum Davonlaufen.

Ich kauerte mich hinter den Baumstamm, beobachtete den keine hundert Meter entfernten Bus und wartete.

Wieso hatte ich plötzlich das Gefühl, daß ich genau die gleiche Situation, dieses Warten und Beobachten, schon früher einmal erlebt hatte?

Der Wasserfall!

Jener Spielzeugwasserfall am Abhang hinter dem Haus. Janet nackt auf der Decke. Die Sonne auf ihrem kleinen, straffen Hinterteil. J. Flood, dämonischer Kameramann, auf dem Sprung, das beste Foto seines Lebens zu machen.

Da wären wir also wieder, Baby, und wie gefällt es dir diesmal?

Ich wartete.

Dann hörte ich's. Das Knirschen von Kies unter langsam heranrollenden

Rädern. Und dann sah ich's. Zuerst ein metallisches Aufblitzen, dann das Auto. Grün und weiß. Polizei.
Da der Weg eine Biegung machte und zum Teil durch Bäume verdeckt war, konnte ich nicht jede einzelne Phase beobachten, aber ich sah, wie sich der Wagen dem Bus näherte und kurz davor stoppte. Ein Kurier. Vielleicht sogar General Duffy persönlich. Kein Zweifel, jemand hatte vom Bus aus den halbnackten, gefesselten Körper dort unten am Wegrand entdeckt und das Hauptquartier verständigt. Und nun trat der General in Aktion.
Janet rührte sich nicht. Ich klaubte ein paar Steinchen auf und zielte nach ihr. Jetzt bewegte sie den Kopf ruckweise hin und her.
»Sie sind da, Baby!« rief ich. »Leg los, sobald sie dich holen!« Ich robbte ein Stück bergauf, dann rannte ich weiter, auf das Haus zu.

Vier Uhr.
David ging weg, um das Haus nochmals vom Waldrand aus zu beobachten.
Vier Uhr fünfzehn.
Uri Shapiro am Telefon. Er und Ethel Quimby hatten in der Zwischenzeit regelmäßig angerufen. Diesmal sprach er so leise, daß ich ihn kaum verstehen konnte. Vermutlich war er nicht allein in seinem Büro. »Gibt's was Neues?«
»Nein.«
»Marcus, ist es dir recht, wenn ich jetzt sofort hinaufkomme? Ich bin im Geschäft einfach nicht zu gebrauchen. Ich kann nicht mehr klar denken.«
»Ja, komm herauf, Uri.«
Qualvoll, ihn so reden zu hören! Er war eine Art Philosoph, ein Mensch, der in jeder Lebenslage eine fast väterliche Würde ausstrahlte, aber jetzt hatte ihn die Furcht gepackt.
Ihm ging es also auch nicht anders als uns. Wir alle hatten entsetzliche Angst, nur daß sie sich bei jedem anders äußerte. Als ich ins Wohnzimmer zurückkehrte, wo Anna im Schaukelstuhl saß und Elizabeth vor sich hinstrickte, fiel mir auf, wie alt die beiden plötzlich wirkten. Bisher hatte man ihnen ihr Alter nicht angesehen.
Und David. Als er zu seinem zweiten Erkundungsgang aufbrach, war er nicht mehr der David, den ich bisher gekannt hatte. Seine bisherige Selbstsicherheit begann abzubröckeln. Seine Bewegungen wirkten schon fast so abgehackt wie seine Sätze. Sein Blick war geistesabwesend. Einmal sagte er zu mir: »Wenn ich nur wüßte, ob...« Und als ich ihn nach einer Weile fragte: »Wenn du *was* wüßtest?« sah er mich völlig verständnislos an.
Ich selbst hatte auch furchtbare Angst, aber bei mir schien sie sich merkwürdigerweise in der Magengrube eingenistet zu haben. Irgendwie gelang es mir, gegenüber allem, was geschehen war, genügend rein intellektuelle Distanz zu bewahren, um abwägen, scharf nachdenken und den nächsten Zug in diesem tödlichen Spiel planen zu können. Und so arbeitete mein Gehirn erstaunlicherweise immer präziser, während mein Magen den ganzen Schrecken in sich aufsog.
Ich zwang mich dazu, mir diese quälenden Fragen zu stellen: Wenn ich Flood gegenüber mehr Mut aufgebracht hätte, wenn ich auf seine Forde-

rungen nur unter der Bedingung eingegangen wäre, daß er die Frauen nach Übergabe des Lösegeldes nicht als Geiseln mitnehmen würde...
Nein.
Keine Chance. Er wäre nie darauf eingegangen, die Geiseln freizulassen, bevor er irgendwo im Ausland in Sicherheit war. Und auch dann...
War ich mir dessen wirklich so sicher?
Ja.
Und deshalb *mußten* wir uns so verhalten, wie wir es jetzt taten.
Ich versuchte, mich in Floods Lage zu versetzen. Er mußte inzwischen gemerkt haben, daß er keine Verbindung mit der Außenwelt aufnehmen konnte. Vielleicht hatte er einen seiner Komplicen hinausgeschickt, um das Gelände zu sondieren, und von ihm erfahren, daß der Weg in beiden Richtungen blockiert war. Was würde ich an seiner Stelle tun, wenn ich, in wütender Hilflosigkeit, die Zeit unendlich langsam verstreichen sähe. Was *könnte* ich tun?
Ein Feuer. Die Garage würde sofort lichterloh brennen. Und es wäre meilenweit zu sehen. Man würde Alarm schlagen, Feuerwehr und Polizei würden sofort losfahren und sich nicht von den Straßensperren aufhalten lassen. Nichts anderes konnte sich Flood in dieser Situation wünschen: Jemand, irgend jemand mußte von seinem Ultimatum erfahren.
Ein Feuer.
Ich ging ins Freie und rechnete fast damit, über den Baumwipfeln dort oben Rauchwolken zu sehen, aber es stieg nirgends Rauch auf. Noch nicht. Während ich hinaufstarrte, fuhr Uri Shapiro vor. Besorgt rannte er zu mir herüber. »Was ist los? Ist was zu sehen?«
Als ich ihm die Sache erklärte, nickte er. »Ja, ein Feuer. Das wäre eine Möglichkeit. O Gott, dieser Wahnsinnige! Dieser Wahnsinnige! Marcus, wo soll das noch hinführen? Und wie wird es enden? Und wie willst du überhaupt erfahren, was dort geschieht, wenn du nichts unternimmst?«
»Ich habe inzwischen darüber nachgedacht. Uri, der Lieferwagen, den Ken benützt, wenn auswärts Boote zu reparieren sind, hat der nicht ein Telefon?«
»Ich glaube schon.«
»Das ist genau das Richtige für uns. Flood bleibt jetzt kein anderer Ausweg als der Steilpfad, der zur Fernstraße hinunterführt. Wenn sich Ken mit dem Lieferwagen dort hinstellt, kann er in telefonischer Verbindung mit uns bleiben.«
»Ob Flood sich auf die Fernstraße wagen wird? Zu Fuß? Ohne Dekkung?«
»Wenn ihm der Höhenweg abgeschnitten ist, was bleibt ihm dann anderes übrig? Und falls er eine von den Frauen mitnimmt, gelingt es ihm vielleicht, per Anhalter weiterzufahren. Aber bevor es dazu kommt, wird uns Ken informiert haben.«

»Aber wenn er eine von den Frauen mitnimmt, dann –«
Ich schnitt ihm das Wort mit dem altvertrauten Satz ab: »*Wir müssen handeln, wenn wir den Weg klar vor uns sehen.* Uri, immer einen Schritt nach dem andern. Ich rufe jetzt Ken an.«
In der Bootswerft war täglich um vier Uhr Arbeitsschluß, aber Ken blieb meist etwas länger dort. Heute nicht. Der Wachmann, der meinen Anruf entgegennahm, sagte, außer ihm selbst sei niemand mehr da. Mrs. Quimby habe ihren Mann kurz vor vier abgeholt.
»Wissen Sie, wohin sie gefahren sind?«
»Nein, Mr. Hayworth. Aber ich nehme an, nach Hause.«
»Danke.« Ich wollte auflegen, aber da sagte der Mann: »Ach ja, Mr. Hayworth – das mit Ihrer Tochter tut mir sehr leid. Hoffentlich geht alles gut.«
»Was?« Dann begriff ich, daß er von dem angeblichen Unfall sprach. »Ach so. Vielen Dank.«
»Wissen Sie, Mr. Hayworth...«
Jetzt konnte ich meine schreckliche Ungeduld nicht mehr im Zaum halten. »Herrgott noch mal, ich hab jetzt keine Zeit!« Ich knallte den Hörer auf die Gabel. Von mir aus konnte er mir schlechte Manieren nachsagen. Immer noch besser, als wenn er mir später vorwerfen würde, ich hätte nicht genug getan, um einen Mord zu verhindern.
Ich wählte die Privatnummer der Quimbys. Ken war am Apparat.
»Marcus, wir wollten gerade hinauffahren. Was ist los? Ist was passiert?«
»Nein. Ken, du hast doch ein Telefon in deinem Lieferwagen?«
»Ja.«
»Dann komm jetzt bitte nicht mit dem Pkw, sondern mit dem Lieferwagen.«
»Du brauchst das Autotelefon? Warum?«
»Das erkläre ich dir später.« Dann kam mir ein beunruhigender Gedanke. »Ken, wegen der Kinder. Ihr bringt sie doch nicht...«
»Nein, nein. Wir haben einen Babysitter.«
»Gut. Ich warte auf euch.«
Als ich ins Wohnzimmer kam, legte Anna den Finger auf die Lippen. Das Strickzeug auf dem Schoß, saß Elizabeth zurückgelehnt und schlief.
»Was hast du von Kenneth gewollt?« flüsterte Anna, und als ich es ihr sagte, nickte sie. »Eine gute Idee.«
»Hoffentlich.«
»Wir leben von der Hoffnung, Marcus.« Sie stand auf, um ans Telefon zu gehen, dessen Schrillen ich in diesem Augenblick kaum ertragen konnte. Anna warf einen besorgten Blick auf Elizabeth, bevor sie in die Diele ging. Ich folgte ihr und stellte mich dicht neben sie.
»Ja... ja...«

Schlechte Nachrichten. Ich hörte es ihrer Stimme an.
Sie hielt mir den Hörer hin. »Die Polizei. John Duffy. Er will unbedingt mit dir sprechen.«

Die Polizei. John Duffy.
Nein, ich wollte nicht mit ihm sprechen.
Die Polizei war dahintergekommen. John Duffy wußte Bescheid.
Und so würde es enden. Mit dem bewaffneten Angriff auf das Haus. Genau, wie Flood es sich wünschte. Mit Schüssen.
Mein Verhältnis zu Duffy war, milde ausgedrückt, gespannt. Dem Bankier Hayworth zollte er widerwillig Respekt, dem Quäker Hayworth stand er verständnislos, manchmal sogar erbost gegenüber. In Duffys Augen war ich ein gefährlicher Exzentriker, der in den schlimmsten Tagen des Krieges in Vietnam Friedensaufrufe unterschrieben hatte; der gegen die harten Methoden protestierte, mit denen der Polizeichef gegen die langhaarigen Jugendlichen vorging, die im Sommer hier herumwimmelten; der mit einer empörten Delegation im Rathaus erschienen war, nachdem am Labor Day jene berüchtigten Razzien auf Nacktschwimmer und Marihuanaraucher stattgefunden hatten und unser kleines (vor fünfzig Jahren für höchstens zwölf Insassen errichtetes) Untersuchungsgefängnis ein Wochenende lang dem ominösen »Schwarzen Loch von Kalkutta« glich, weil man vierzig junge Leute hineingepfercht hatte, von denen übrigens die meisten bei der Verhandlung freigesprochen worden waren. Vor allem aber sah Duffy darin, daß ich das Oates-Haus an McGrath und Erlanger und ihre zerlumpten Kommunarden vermietet hatte, ganz zu Unrecht einen persönlichen Affront.
John Duffy und James Flood.
Damals vor zehn Jahren, als Jimmy Flood versehentlich einen Müllmann angeschossen hatte, war Duffy der Polizist gewesen, der ihn verhaftete. Und Duffy hatte auch am heftigsten darauf gedrungen, den Jungen einzusperren. Nur dem Anwalt, den ich, nachdem der alte Flood betrunken lallend zu mir gekommen war, mit dem Fall beauftragt hatte, war es zu verdanken, daß die Strafe ausgesetzt und ich zu Jimmys Bewährungshelfer gemacht wurde. Für Duffy war es ein Triumph, als Jimmy während seines Studiums Schlagzeilen machte, weil er sich bei den Studentenrevolten als besonders gewalttätig erwies.
Und ein noch größerer Triumph mußte es für Duffy sein, daß sich Jimmy Flood jetzt mich und meine Familie als Opfer ausgesucht hatte. Und daß ich versuchte, ein Verbrechen zu vertuschen – mehr noch, daß ich mich mitschuldig gemacht hatte, weil ich nicht zur Polizei gegangen war.
Duffy und Flood.
Flood wollte die Konfrontation, wollte die tödliche Kraftprobe. Und jetzt würde Duffy nur zu gern darauf eingehen. Wie zwei Revolverhelden in

einem Western würden sie die Sache mitten auf der Straße austragen, nur daß in diesem Fall meine Familie in der Schußlinie stand. Und zweifellos würde weder John Duffy noch James Flood bei dieser Auseinandersetzung das einzige Opfer sein.

Eine Kraftprobe. Erst dieser Wahnsinn und dann offizielle Beileidsbekundungen für alle Leidtragenden bei allen Begräbnissen.

»Marcus!« Anna drückte mir energisch den Hörer in die Hand und hielt die Sprechmuschel zu. »Du kannst doch nicht einfach so dastehen! Du sagst jetzt John Duffy, was gesagt werden muß.«

Auf einen Wutausbruch gefaßt, hielt ich den Hörer ans Ohr. »Ja?«

Kein Wutausbruch. Duffy klang eher etwas kleinlaut. »Mr. Hayworth? Ich habe hier zwei mutmaßliche Straftäter...«

»Was?«

»Zwei mutmaßliche Straftäter. Namens Raymond McGrath und Louis Erlanger. Sie wissen, von wem ich spreche, Mr. Hayworth. Na ja, ich kann mir ganz gut vorstellen, was ihr dort oben euch von diesen Typen alles gefallen lassen müßt. Jetzt brauchen Sie nichts weiter zu tun, als sofort ins Hauptquartier zu kommen, dann werden wir die Sache im Nullkommafünf ausbügeln. Oder ist es Ihnen lieber, wenn ich mit den beiden hinauffahre und –«

»Nein!« Er wußte also noch nichts. Aber wieso McGrath und Erlanger? Ja, natürlich – die Straßensperren!

»Nein, nicht nötig, daß Sie heraufkommen. Ich fahre sofort los.«

»Ist mir sehr recht, Mr. Hayworth.«

Ich legte auf. Falls ich nicht sofort zu ihm fuhr... David konnte ich jetzt nicht erreichen, und die Quimbys waren auf dem Weg hierher. Also mußte ich der armen Anna die ganze Last aufbürden. Stärkere Nerven als Uri schien sie jedenfalls zu haben.

»Duffy hat Ray McGrath und Lou Erlanger verhaftet. Ich nehme an, wegen der Straßensperren.«

»Weiß er schon etwas von James Flood?«

»Ich bin nicht sicher. Ich fahre sofort zu ihm. Inzwischen informierst du Uri und David, sobald er zurückkommt. Sie sollen hierbleiben und nichts unternehmen, bevor sie etwas von mir gehört haben. Wenn Kenneth mit dem Lieferwagen kommt, sagst du ihm, daß er zur Fernstraße hinunterfahren und so parken soll, daß er den Steilpfad beobachten kann. Schreib dir die Nummer des Autotelefons auf und laß dir von Kenneth erklären, wie die Verbindung hergestellt wird.«

»Und er soll vorläufig dort warten?«

»Bis ich mich bei ihm melde. Ich komme so schnell wie möglich zurück. Wenn nötig, rufe ich aus dem Ort bei dir an.«

»Ich werde alles erledigen.«

Und was Anna versprach, das hielt sie auch.

Vor dem Haus sah ich Uri auf und ab laufen. »Ich muß in die Stadt!« rief ich ihm vom Kombi aus zu, und als ich in den Weg einbog, sah ich im Rückspiegel, daß er mir verdutzt nachstarrte.
Hauptquartier. Seit eh und je hatten es die Leute »Polizeiwache« genannt, aber seit Duffy Polizeichef geworden war, hieß es »Hauptquartier«. Früher hatten unsere Polizisten blaue Uniformen, jetzt trugen sie Feldgrau und, nicht zu übersehen, Seitenwaffen und Patronengurte. Die umgängliche gutnachbarliche Art unserer Männer in den alten Uniformen war dem schneidigen, aggressiven Auftreten der Männer in den neuen Uniformen gewichen.
Duffys Stil.
Aber hatte er sich seinen Stil überhaupt aussuchen können? Die ältere Generation in Scammons Landing wollte Ruhe und Ordnung um jeden Preis, die jüngere wollte Anarchie, und die Rechnung mußte die ältere Generation bezahlen. Der Mann in der Mitte war John Duffy. Ein zorniger, ungeschickter Mann, der versuchte, eine unlösbare Aufgabe zu bewältigen.
Ich raste auf den Ort zu, am Versammlungshaus vorbei, den Quäkerweg hinunter. Wenn Duffy von den Straßensperren erfahren hatte, wenn er sogar wußte, daß ich bei den Marcys zu erreichen war, was wußte er dann sonst noch? Hatten McGrath und Erlanger ihm gesagt, daß Flood mein Haus besetzt hielt? Unter diesen Umständen konnte man ihnen keinen Vorwurf daraus machen. Daß sie um meinetwillen ins Gefängnis gehen sollten, hatten wir nicht vereinbart. Oder wollten sie es vielleicht mir überlassen, Duffy zu informieren?
Und wenn ich es tat, wie sollte ich ihn dazu überreden, mir Zeit zu geben, kostbare Zeit, wo ich doch insgeheim wußte, daß er sich nie darauf einlassen würde?

Da ich vor der Polizeiwache keinen Parkplatz fand, fuhr ich um das Gebäude herum und stellte den Wagen bei den Dienstfahrzeugen ab. Der junge Polizist, der am hinteren Eingang eine Zigarette rauchte, erkannte mich. Mir war er, wie die meisten seiner jüngeren Kollegen, unbekannt.
»Sie wollen zum Chef, Mr. Hayworth? In Ordnung, ich bringe Sie hinauf.«
»Danke, nicht nötig. Ich weiß, wo sein Büro ist.«
Eine Treppe hoch, einen Korridor entlang, letzte Tür links. Duffys barsche Stimme: »Ja, ja – herein!«
Es kostete mich Überwindung, hineinzugehen. Mein Herz klopfte, als wäre ich gerade ein Dutzend Treppen hinaufgerannt. »Ach, Sie sind's, Mr. Hayworth!« Duffy stand vom Schreibtisch auf und musterte mich. »Na, Sie haben ja allerhand mitgemacht, was?« Er schob mir einen Stuhl hin.

»Wollen Sie was trinken?«
»Nein. Nein, danke.«
»Also, dann wollen wir mal...«
Er setzte sich mir gegenüber, legte die Arme auf die Schreibtischplatte, faltete die Hände, beugte sich vor und fixierte mich nochmals. Ein drahtiger Mann, scharfe Gesichtszüge, schmale Lippen, geschniegelt und gebügelt, gestärktes graues Hemd, schwarze Krawatte. Schließlich schüttelte er anscheinend ziemlich resigniert den Kopf. »Ich kann mir einfach nicht vorstellen, daß jemand wie Sie...«
»Ja?«
»Nicht wahr, Sie nehmen es mir doch nicht übel, wenn ich ganz offen spreche, Mr. Hayworth? Frei von der Leber weg.«
»Natürlich nicht.«
»Na schön. Leute wie Sie meinen's gut – das nehme ich Ihnen ab. Aber damit können Sie sich und andere in verdammte Schwierigkeiten bringen.«
Er wußte von Flood! Aber warum redete er so lange darum herum?
»Heute früh habe ich gehört, daß Ihre Tochter einen schweren Unfall hatte. Ihre Tochter Janet. Ein paar berühmte Ärzte wurden geholt, Sie haben das Telefon abstellen lassen, Sie wollten, daß niemand zu Ihnen hinaufkommt, bis alles vorüber ist. Sie haben sogar die Postzustellung verhindert, stimmt's?«
»John, wenn ich bloß wüßte, worauf Sie hinauswollen...«
»Auf das, was wirklich hinter diesem ganzen Gerede steckt. Heute nachmittag hat mich nämlich Doc Jeffries angerufen. Er war völlig von den Socken. Und er kann sich ziemlich genau vorstellen, was dort oben passiert ist. Sehr einleuchtend, wenn Sie mich fragen. Also, er ist Ihr Hausarzt, aber Sie haben ihn nicht zugezogen. Außerdem haben Sie ihm gesagt, der Höhenweg sei gesperrt, und er brauche gar nicht erst loszufahren.«
»Das stimmt. Der Weg ist blockiert.«
»Da erzählen Sie mir nichts Neues. Ich habe nämlich vorhin einen meiner Männer hinaufgeschickt, und er hat bestätigt, daß da oben Barrikaden sind. Und woraus bestehen sie? Aus dem alten Bus, der auf diese Mistkerle eingetragen ist – verzeihen Sie den Ausdruck, Mr. Hayworth, aber genau das sind sie –, auf diese Mistkerle also, denen Sie das Oates-Haus vermietet haben. Diese Kommune. Und als mein Polizist ihren Anführer, diesen McGrath, zur Rede stellte, hat der Kerl die Katze aus dem Sack gelassen. Diese aufgeputschten Herumtreiber führen einen kalten Krieg gegen Sie, Mr. Hayworth, und Sie nehmen es geduldig hin, weil Sie glauben, das sei die richtige Methode gegenüber diesen Typen. Aber da irren Sie sich!«
»Einen kalten Krieg?«

»Streiten wir uns doch nicht darüber, wie man es sonst noch nennen könnte.« Er schaltete die Sprechanlage ein. »McGrath und Erlanger. In mein Büro! Im Laufschritt, marsch, marsch!«
Sie wurden in Handschellen hereingeführt. Zottelhaarig, bärtig, in einer Kleidung, die in dieser Umgebung noch mehr als gewöhnlich den Eindruck erweckte, als sei sie sogar dem Lumpensammler zu lumpig gewesen, standen sie stumm und mit ausdruckslosen Mienen da. Und ich war an diesen Handschellen schuld! Ich wollte dagegen protestieren, aber eine warnende Kopfbewegung McGraths verschloß mir den Mund.
»Ihr beide habt bei der Verhaftung und dann bei mir eine Aussage gemacht«, sagte Duffy. »Ich möchte, daß jetzt auch Mr. Hayworth sie hört, damit er nicht glaubt, wir hätten euch dazu gezwungen.«
»Okay«, sagte McGrath. »Also, dieser Raubritter...«
Duffy schlug mit der Faust auf den Tisch. »Er heißt Hayworth. *Mister* Hayworth.«
»Ach wirklich? Also, dieser Mr. Hayworth hat gestern unseren Kindern verboten, den Weg vor seiner Burg zu benützen. Allerdings hat er eine Kleinigkeit übersehen. Es ist zufällig ein öffentlicher Weg. Und da haben wir uns gedacht, wenn wir ihn nicht benützen können, ist es nur gerecht, wenn er ihn auch nicht benützen kann.«
Jetzt schaltete sich Erlanger ein. »Und für den Fall, daß er sich über unsere Gefühle ihm gegenüber noch nicht ganz im klaren war, haben wir ihn hie und da angerufen. Wirklich schade, daß er daraufhin das Telefon abgestellt hat! Wahrscheinlich werden wir ihm von morgen an Briefe schreiben müssen.«
»Wo du Ratte morgen bist«, fauchte Duffy, »wirst du höchstens mit einem Blechlöffel auf eine Mauer schreiben können!«
Großer Gott, dachte ich, er glaubt ihnen tatsächlich! Er glaubt ihnen, weil er zu hören bekommt, was er hören will.
»Also, Mr. Hayworth, Ihrer Tochter ist demnach überhaupt nichts passiert. Oder doch?«
Ich zögerte den Bruchteil einer Sekunde, aber ich sah ihm an, daß ihm das als Antwort genügte. »Nein«, sagte ich.
»Nein.« Er lehnte sich im Stuhl zurück und genoß die Situation. »Und mit diesem Geschwafel, daß Ärzte geholt werden mußten, sollte ein ganz anderer Schlamassel vertuscht werden, stimmt's?«
»Ja, aber es ist...«
Er winkte ab. »Sie brauchen sich nicht zu entschuldigen. Ich sagte ja bereits, daß Sie es gut meinen. Ich weiß doch, wie das ist. Sie haben sich in eine verteufelte Lage gebracht, als Sie das Haus an diesen Abschaum vermietet haben, aber Ihr Stolz hat es nicht zugelassen, diesen Fehler einzugestehen. Aber jetzt, wo die Katze aus dem Sack ist, haben Sie nicht mehr den geringsten Grund, Milde walten zu lassen. Sie verstehen?«

»Ja.«
»Gut. Ich habe dieses Gespann wegen Verkehrsbehinderung und Ruhestörung verhaften lassen. Das ergibt ungefähr zehn Anklagepunkte. Jetzt brauchen Sie nur noch die Anzeige zu unterschreiben und Ihr Einverständnis zu erklären, daß Sie bei der Verhandlung –«
»Nein.«
Duffy bekam einen roten Kopf, und der Blick, mit dem er mich durchbohrte, verriet Haß. »So etwas haben wir doch schon einmal erlebt, Mr. Hayworth. Erinnern Sie sich an einen Jungen namens Jimmy Flood?«
»Ja.«
»Den haben Sie rausgepaukt, obwohl es viel richtiger gewesen wäre, ihn einzusperren und den Schlüssel wegzuwerfen. Wissen Sie noch, was er zum Dank dafür getan hat?«
»Ja, das weiß ich noch. Aber hier handelt es sich um etwas völlig anderes, John. Es ist alles ein Mißverständnis. Und ich bin überzeugt, daß sich jetzt alles aufgeklärt hat.«
Er kaute auf seinen Lippen herum und wiegte den Kopf, als könnte er es einfach nicht fassen.
»Alles aufgeklärt? Soll das heißen, daß dieser Abschaum hier tun kann, was er will, und Sie sind mit allem einverstanden? Sie nehmen es ganz friedlich hin?«
»Es war ein Mißverständnis.« Mir fiel einfach nichts anderes ein. Und ich konnte den Blick nicht von den Handschellen wenden.
Duffy kniff nachdenklich die Augen zusammen. »Sagen Sie mal, Mr. Hayworth, fürchten Sie sich etwa vor denen? Ist das der wahre Grund? Sie glauben, wenn denen die gerechte Strafe aufgebrummt wird, rächen sie sich an Ihnen?«
»Nein. Ich hätte den Kindern nicht verbieten dürfen, den Weg dort oben zu benützen.« Ich nickte McGrath zu und hoffte, daß er den Wink verstehen würde. »Wenn Sie bereit sind, einen Strich unter die Vergangenheit zu ziehen...«
»Na klar! Kann ja sein, daß wir's etwas zu weit getrieben haben.«
»Sehen Sie, John, alles in Ordnung. Damit ist die Sache erledigt.«
»Erledigt?« Verächtlich musterte er mich, dann McGrath und Erlanger, dann wieder mich. Ich hatte den Eindruck, daß es ihn große Anstrengung kostete, nicht die Pistole zu ziehen und uns alle drei niederzuknallen.
»Und was ist mit den Straßensperren? Und mit Ihrem abgestellten Telefon? Glauben Sie tatsächlich, daß alles erledigt ist, wenn niemand den Weg benützen und niemand bei Ihnen anrufen kann?«
»Nein, natürlich nicht.«
Duffy zielte mit dem Zeigefinger auf McGrath. »Hast du gehört? Als erstes räumt ihr eure Schrotthaufen weg! Und zwar dalli-dalli, verstanden? Bevor es dunkel wird, schicke ich einen meiner Männer zur Kontrolle

hinauf. Wenn der Weg nicht frei ist, lege ich euch ein Verbrechen zur Last, das schwöre ich euch! Dann laß ich nicht mehr locker!« Jetzt zeigte sein Finger auf mich. »Und was Ihr Telefon betrifft, Mr. Hayworth, so werden Sie es jetzt sofort wieder in Betrieb setzen. Es gibt eine Menge Leute, denen Sie einen Anruf schulden, zum Beispiel Doc Jeffries. Vielleicht werden sie alle ruhiger schlafen, wenn sie wissen, daß dort oben keine Ärzte sind, die an Janet herumoperieren. Bloß eine Bande von Tagedieben und Junkies, die an Ihnen herumoperiert.«

Er hob den Hörer ab und wählte eine einstellige Nummer. »Vermittlung? Geben Sie mir die Störungsstelle!« Und ich mußte hilflos dabeisitzen. Sie würden das Telefon wieder anschließen. Und irgend jemand würde, vielleicht sogar bloß irrtümlich, bei mir zu Hause anrufen, und sobald es klingelte, würde Flood wissen, daß er wieder Verbindung zur Außenwelt hatte.

Kommunikation. Das war seine eigentliche Waffe.

Mir blieb nichts anderes übrig, als Duffy den Hörer aus der Hand zu nehmen und wie jemand, der eine Schlinge um seinen eigenen Hals knüpft, der Telefonistin meine Nummer durchzugeben, zu sagen, sie könnte wieder angeschlossen werden, und zuzuhören, wie die Stimme am anderen Ende höflich sagte: »Jawohl, Sir. Aber es wird leider noch etwas dauern, da bereits Dienstschluß ist.«

»Wie lange?«

»Etwa eine Stunde.«

»Es eilt nicht.«

Sie lachte. »Das ist aber nett, daß es jemand ausnahmsweise einmal nicht so eilig hat!«

Das war's. Eine Stunde. Und dann bekam Flood wieder seine tödliche Waffe ausgehändigt.

Duffy gab dem Beamten, der McGrath und Erlanger hereingeführt hatte, ein Zeichen. »Laufenlassen!« Die Handschellen wurden ihnen abgenommen. »Mr. Hayworth«, sagte Duffy, »Leute wie Sie machen es mir schwer, meine Aufgabe zu erfüllen. Manchmal zu schwer.«

»Das tut mir leid.«

»Bestimmt!«

Ich ging hinter McGrath und Erlanger die Treppe hinunter und wartete, bis man ihnen die Brieftaschen zurückgegeben hatte. Als sie auf den Haupteingang zugehen wollten, winkte ich sie zurück und führte sie auf den hinteren Parkplatz, wo uns niemand hören konnte.

»Ich brauche wohl nicht zu sagen, wie dankbar ich euch für alles bin. Aber ihr seid euch doch sicher klar darüber, was passieren kann, wenn ihr die Straßensperren wegräumt. Könnt ihr es irgendwie hinausschieben?«

Erlanger schüttelte den Kopf. »Ich glaube nicht. Und außerdem werden unsere Leute immer nervöser. Sie malen sich aus, was alles passieren

könnte, wenn's dunkel wird und die Gangster dort oben irgendwas unternehmen wollen.«
»Es ist doch erst kurz vor halb sechs«, sagte ich. »Noch fast drei Stunden bis zum Einbruch der Dunkelheit.«
»Das schon, aber der Bus und die beiden Autos stecken ziemlich tief drin. Wird einen Haufen Arbeit machen, sie dort wegzuschaffen. Und wenn wir nicht sofort damit anfangen... Sie haben ja gehört, was dieser Kerl gesagt hat. Er will einen Polizisten hinaufschicken. Und das war keine leere Drohung.«
»Und die Sache mit dem Telefon«, sagte McGrath. »Sobald es wieder funktioniert...«
»Es wird nicht funktionieren. Ich mache den Auftrag rückgängig.«
»Trotzdem...«, sagte Erlanger. »Hören Sie, Marcus, unsere Leute haben mitgezogen bis zu dem Moment, als Duffy uns abführen ließ. Aber dann hatten sie die Nase voll. Jetzt hat Duffy das Sagen. Vielleicht ist es wirklich am besten, wenn Sie jetzt nochmals hinaufgehen und ihm erzählen, was wirklich passiert ist.«
Ich wandte mich hilfesuchend an McGrath, aber bevor ich ein Wort herausbrachte, sagte Erlanger: »Nein, Ray. So ist es nun mal. Und es geht eben nicht anders.«
So ist es nun mal. Und es geht eben nicht anders. »Schon gut. Ich bin euch trotzdem dankbar für alles, was ihr für mich getan habt. Euch und euren Leuten. Ich würde euch jetzt gern hinauffahren, aber von dort aus kann ich nicht direkt zu den Marcys...«
»Das geht schon klar«, unterbrach mich Erlanger, der die Angelegenheit so rasch wie möglich hinter sich bringen wollte. »Zwei von unseren Frauen sind uns nachgefahren. Sie warten am Haupteingang auf uns.«
»Marcus«, sagte McGrath, »es sieht wirklich so aus, als müßte Duffy die Sache früher oder später in die Hand nehmen. Vielleicht hat Lou recht. Vielleicht ist jetzt der richtige Zeitpunkt.«
Sie gingen auf die Straße zu, Erlanger energisch, McGrath zögernd.
Früher oder später.
Nein. Jetzt noch nicht.
Ich benützte den öffentlichen Fernsprecher in der Polizeiwache. Da ständig Leute dicht an mir vorbeigingen, sprach ich so leise, daß mich die Telefonistin kaum verstehen konnte. Es war dieselbe wie vorhin, und als sie begriffen hatte, worum es ging, klang ihre Stimme irritiert. »Sind Sie nicht der Teilnehmer, der eben erst...«
»Ja, aber das war ein Irrtum. Der Auftrag muß unbedingt rückgängig gemacht werden.«
»Hätten Sie sich das nicht vorher überlegen können, Mister? Der Auftrag wurde bereits weitergegeben. Aber ich seh mal, ob sich noch was machen läßt.«

»Es ist sehr wichtig! Bitte versuchen Sie alles!«
Ich kann Ihnen nicht sagen, Fräulein, warum es so wichtig ist, aber um Gottes willen, versuchen Sie alles!

Sechs Uhr.
Noch bevor ich vom Höhenweg abbog, standen bereits alle vor der Haustür, und jetzt war auch Ethel da, und David war zurückgekommen. Sie wollten mich mit Fragen bestürmen, aber zuvor mußten sie meine eigenen beantworten. Zuerst David. Er schüttelte den Kopf. »Immer noch das gleiche. Einer steht auf der Dachterrasse und hat eine von den Frauen bei sich. Sie wechseln sie von Zeit zu Zeit aus. Ich habe gesehen, wie sie Emily hinaufbrachten und Deborah ins Haus holten. Ich war nicht lange weg.«
Dann Ethel. »Ich habe vor ein paar Minuten mit Ken telefoniert. Er parkt am Straßenrand, ziemlich nahe beim Steilpfad, aber er weiß nicht genau, was er tun soll.«
»Ich spreche sofort mit ihm. Wie ruft man ihn dort an?«
Eine endlose Reihe von Zahlen und Buchstaben. Dann Kenneths Stimme: »Marcus?«
»Ja. Ken, wo stehst du genau?«
»Dicht neben der Stelle, wo der Kanal unter der Straße verschwindet. Wenn jemand den Steilpfad herunterkommt, sehe ich ihn, sobald er den Straßenrand erreicht.«
»Das ist zu nahe, Ken. Sie werden versuchen, ein Auto anzuhalten, und wenn sie den geparkten Lieferwagen sehen, laufen sie bestimmt sofort darauf zu. Das ist zu gefährlich für dich. Gib ihnen etwas Spielraum.«
»Und was dann?«
»Falls sie keine von den Frauen mit herunterbringen, rufst du sofort die Funkstreife an. Sag ihnen, sie sollen aus beiden Richtungen Polizisten hinschicken.«
»Und wenn Flood eine von den Frauen dabeihat?«
»Dann rufst du mich an.«
»Aber –«
»Nein, du rufst mich an. Und sei inzwischen so vorsichtig wie möglich, Ken.«
»Bestimmt. Sag Ethel, sie soll sich keine Sorgen machen.«
Ich legte auf und richtete es Ethel aus. »Marcus«, sagte sie, »ich verstehe das nicht. Wenn die Polizei sowieso schon Bescheid weiß...«
»Sie weiß nichts.« Ringsum verblüffte Gesichter. »John Duffy wollte mich dazu bringen, Anzeige gegen die Leute von der Kommune zu erstatten. Er glaubt, daß sie an allem schuld sind, was hier oben vor sich geht.«
»Sieht ihm ähnlich«, sagte David.
»Jedenfalls hat er die beiden laufenlassen. Aber jetzt müssen sie die Straßensperren wegräumen.«

»Wie lange können wir dann noch...«, begann Uri, aber ich winkte ab. »Nicht mehr lange. Eine Stunde. Vielleicht auch zwei.«
»Und inzwischen?«
Da standen wir. Ich wußte keine Antwort. Die andern auch nicht. Dann deutete Anna auf die Tür zum Wohnzimmer. »Inzwischen«, sagte sie mit fester Stimme, »werden wir in stillem Gebet Kraft schöpfen.«

In stillem Gebet?
Für Ethel und Elizabeth war es ein tränenreiches Schweigen. Elizabeth hatte ihr Strickzeug weggelegt, saß mit gefalteten Händen da und starrte das offene Fenster an. Auf ihrem vertrockneten Gesicht glänzten Tränenspuren. Ethel hielt den Kopf gesenkt und schluchzte manchmal hörbar vor sich hin. Anna war, jedenfalls was die anwesenden Frauen betraf, die einzige, deren Augen trocken blieben. Sie wandte den Blick nicht von mir, aber in Wirklichkeit sah sie mich gar nicht. In unserer Quäkerversammlung war sie immer diejenige gewesen, die sich am leichtesten ins Gebet versenken und Trost und Kraft im gemeinsamen Schweigen finden konnte.
Die Uhr in der Diele schlug die Viertelstunde.
Sechs Uhr fünfzehn.
Beten? Immer, wenn ich es versuchte, ertappte ich mich dabei, daß ich mit dem Schöpfer handeln wollte. Jedesmal begann ich: »Wenn Du nur...«, und dann hörte ich sofort auf. Wie konnte ich es wagen, den Schöpfer zu bitten, einen Vertrag zu unterzeichnen, der so begann: »Gegen entsprechend gute Bezahlung...«
Als das Telefon schrillte, fuhr ich hoch, als hätte eine Bombe eingeschlagen, und den anderen ging es ebenso.
Da ich nahe bei der Tür gesessen hatte, war ich als erster am Telefon, aber mir fiel gerade noch rechtzeitig ein, daß Anna abheben mußte. Vor Ungeduld zitternd, wartete ich, bis sie die Diele durchquert hatte. Und inzwischen überschlugen sich meine Gedanken: Kenneth ruft von der Fernstraße aus an – nein, es ist Flood selbst! Er hat gemerkt, daß das Telefon wieder funktioniert, und nimmt jetzt die Verbindung nach draußen auf, die er so verzweifelt nötig hat. Aber warum ruft er hier an? Nein, es muß John Duffy sein! Er ist der Wahrheit auf die Spur gekommen...
»Ja?« sagte Anna ins Telefon und gab mir den Hörer. »Raymond McGrath.«
McGrath?
»Was ist los, Ray?«
»Eine gute Nachricht, Marcus. Bitte regen Sie sich jetzt nicht auf! Janet ist bei uns.«
»Janet? Um Gottes willen, wie geht's ihr? Ist ihr was passiert?«
»Mann, ich hab doch gesagt, Sie sollen sich nicht aufregen! Sie ist soweit

in Ordnung. Etwas mitgenommen. Das eine Bein scheint gebrochen zu sein. Tut sehr weh, aber was wirklich Schlimmes ist nicht passiert. Flood hat sie gefesselt auf die Straße geworfen, ungefähr fünfzig Meter vom Bus entfernt, und als wir da oben ankamen, haben wir sie entdeckt und hierhergebracht. Marcus, wir müssen sie ins Krankenhaus schaffen, aber sie weigert sich. Hier ist sie selbst. Vielleicht können Sie ihr Vernunft beibringen.«

Jetzt drängten sich alle ums Telefon. Ich konnte ihnen nur sagen: »Janet ist in der Kommune. Es geht ihr gut.« Dann war Janet am Apparat: »Hör mir bitte genau zu. Mir fällt das Sprechen schwer, also hör mir genau zu!«

»Ja. Aber was ist mit Mutter und Deborah? Wie geht's ihnen?«

»Gut. Jedenfalls, als ich wegfuhr.«

»Und Sarah?«

»Tot.«

»Tot?« Ich hätte dieses Wort nicht so herausschreien dürfen.

Alle waren starr vor Entsetzen. David griff nach dem Hörer, aber ich stieß seine Hand weg. Janets Stimme, scharf und energisch: »Hörst du mir zu? Würdest du mir bitte einfach mal zuhören?«

»Ja, ja! Weiter!«

»Also, Flood und die drei anderen wissen noch nicht, daß sie tot ist. Wir haben es ihnen nicht gesagt, denn sonst würde es ihnen bestimmt nichts mehr ausmachen, noch jemanden umzubringen. Verstehst du?«

»Ja. Aber was ist mit dir passiert? Warum warst du...«

»Das erzähle ich dir später. Ray hat mir gesagt, was ihr bisher versucht habt. Wir hatten das bereits vermutet, vor allem Mutter. Und es funktioniert. Es muß ganz einfach funktionieren! Weil ich nämlich glaube, daß Flood nicht zögern würde, Mutter und Deborah zu töten, falls die Polizei dort oben auftaucht und angreift. Die drei anderen würden es vielleicht nicht tun, aber Flood ist tatsächlich wahnsinnig.«

»Aber jetzt, nachdem du nicht erschienen bist und die Polizei auch nicht, stellt sich Digby gegen Flood, und die beiden anderen haben auch schon Bedenken bekommen. Das hatte sich bereits so zugespitzt, daß Flood etwas unternehmen mußte, um sie bei der Stange zu halten. Deshalb sollte ich mit ihm in den Ort fahren, um Kontakt mit dir aufzunehmen. Als wir die Barrikaden entdeckten, geriet Flood in Panik. Er war der Meinung, die Polizei habe uns eingekreist. Ich wußte nicht, was er tun würde, wenn wir ins Haus zurückkehrten. Da habe ich den Wagen zusammengefahren. Aber ich hatte nicht die Nerven, bis zum letzten zu gehen, und so ist Flood am Leben geblieben. Er war nicht mal verletzt. Ich hatte nicht die Nerven dazu, verstehst du?«

Obwohl sie nicht lauter sprach als vorher, klang es, als schrie sie mir diese Worte wütend zu. »Janet, bitte, du darfst dich nicht...«

»Nein, ich hatte nicht den Mumm, das einzig Richtige zu tun. Und später hatte ich nochmals die Möglichkeit dazu. Als wir im Wald waren, hielt ich seinen Revolver in der Hand. Ich zielte auf Flood, aber ich konnte einfach nicht abdrücken. Du ahnst ja nicht, wieviel Schuld mich an der ganzen Sache trifft. An allem, was Flood tut, bin ich schuld!«
»Janet, du weißt, daß das nicht stimmt. Kann ich jetzt mit McGrath sprechen?«
»Nein. Er hat mir alles erzählt. Auch die Sache mit Duffy. Aber wenn Flood merkt, daß der Weg frei ist, fährt er bestimmt sofort los und nimmt Mutter und Deborah mit. Deshalb ist Ray bereit, die Barrikaden stehenzulassen. Und du darfst auf keinen Fall die Polizei einschalten. Darauf wartet Flood doch nur, um endlich losschlagen zu können. Dazu darf es nicht kommen. Du darfst es nicht dazu kommen lassen, hörst du?«
»Wir tun, was wir können. Aber jetzt zu dir, Janet. McGrath sagt, du bist ernstlich verletzt und gehörst ins Krankenhaus ...«
»Ich geh aber nicht ins Krankenhaus! Begreifst du denn nicht, daß sie mir dort Fragen stellen würden, und dann käme alles heraus!«
»Janet, laß mich mit McGrath sprechen. Sofort! Hast du verstanden?«
Und Gott sei Dank, da war Ray! »Es ist zwecklos, Marcus. Sie kriegt Zustände, sobald wir das Krankenhaus erwähnen. Wir versuchen, sie hier so gut wie möglich zu verarzten. Wir haben einiges hier, das wir ihr zur Beruhigung der Nerven geben können. Eine Zeitlang wird sie damit wohl durchhalten.«
Beruhigungsmittel. Tabletten. »Ray, es ist möglich, daß sie davon sehr viel mehr vertragen kann, als Sie ihr normalerweise ...«
»Ich weiß Bescheid. Überlassen Sie das ruhig mir. Und Marcus – Sie haben bereits von Janet gehört, daß wir riskieren wollen, die Straßensperren nicht wegzuräumen. Aber Sie müssen sich für Duffy eine Ausrede einfallen lassen. Sonst schickt er uns bald seine Pfadfinder rauf.«
»Ich erledige das. Ray, wie steht's mit Ihren Leuten? Machen sie mit?«
»Lou auf jeden Fall. Und einige andere auch, weil Janet uns endgültig überzeugt hat. Die übrigen Leute verfrachten gerade die Kinder in die Autos. Sie wollen heute nacht am See kampieren – eine Art ›Party‹ für die Kinder. Übrigens, Marcus ... Janet ist wirklich ... Sie ist einfach großartig!«
»Ich weiß. Sagen Sie ihr, daß ich es weiß. Bitte machen Sie ihr das ganz klar, Ray.«
»Wird gemacht. Und halten Sie die Ohren steif, Marcus! Es kann eine lange Nacht werden.«
Ich legte auf. »Was haben sie gesagt? Was ist passiert?« bestürmte mich David.
Als ich so kurz wie möglich Bericht erstattet hatte, sagte Elizabeth: »Sarah Frisch hat Angehörige. Sie müssen benachrichtigt werden.«

»Jetzt noch nicht«, erklärte Anna. »Ihr kann nicht mehr geholfen werden. Wir müssen jetzt an Emily und Deborah denken.«
»Marcus, glaubst du wirklich, daß es die ganze Nacht so weitergehen kann?« fragte Ethel.
»Möglich.«
»Ken hat einen harten Arbeitstag hinter sich. Ich glaube nicht, daß er sich die ganze Nacht wachhalten kann.«
»Braucht er auch nicht«, sagte David. »Ich löse ihn ab.«
Plötzlich fiel mir etwas ein, das ich in diesen wenigen Minuten völlig verdrängt hatte. »Duffy! Ich muß ihn erreichen, bevor es zu spät ist!«
Es sei leider schon zu spät, sagte der Beamte in der Polizeiwache. Der Chef habe bereits Schluß gemacht. »Er ist vor etwa zehn Minuten gegangen, Mr. Hayworth. Ja, kann sein, daß er zu Hause zu erreichen ist.«
Aber dort war er nicht. Das Telefon schrillte und schrillte und schrillte in einer leeren Wohnung. Und wieder erlebte ich diese merkwürdige Spaltung meiner selbst: Mein Körper wurde von entsetzlicher Angst geschüttelt, die sich schmerzhaft in der Magengrube festfraß, während mein Gehirn klar und präzise arbeitete.
Ich rief nochmals die Polizeiwache an. Derselbe Beamte meldete sich.
»Wissen Sie, ob der Chef jemanden beauftragt hat, noch heute abend den Höhenweg zu kontrollieren?«
»Schon möglich. Ich kann ja mal nachsehen.«
»Gut. Und wenn der Auftrag vorliegt, machen Sie ihn auf meine Verantwortung rückgängig.«
»Na hören Sie mal, Mr. Hayworth...«
»Auf meine Verantwortung! Machen Sie einen Vermerk, daß wir heute abend nicht mehr die notwendigen Geräte hinschaffen können, um die Straßensperren zu entfernen, über die ich mit Ihrem Chef gesprochen habe. Wir erledigen das alles morgen.«
»Na ja, wenn Sie bereits mit ihm darüber gesprochen haben...«
»Jawohl. Morgen früh rufe ich ihn sofort an. Und Sie können Ihrem Kollegen die Fahrt ersparen.«
»Ich seh mal, was sich machen läßt, Mr. Hayworth.«
Gespräch beendet. Es kann eine lange Nacht werden, hatte McGrath gesagt. Und noch zwei Stunden, bis sie anbrach.

Der Revolver.
Ein Polizeicolt.
Ziemlich schwer.
Verflucht noch mal, wie weit konnte sie ihn geworfen haben?
Denk mal genau nach, Jimmyboy! Wir waren mitten auf dieser Lichtung, sie sah in die Richtung, in der das Haus liegt, ich stand ihr gegenüber. Also sah sie nach Norden und ich nach Süden. Sie warf den Revolver mit einer leichten Drehung der Hand nach rechts. Also nach Osten.
Warum kriechst du dann durchs Dickicht westlich der Lichtung und reißt dir an diesen stachligen Zweigen die Arme auf?
Weil du, mein guter Jimmy, bereits das ganze Gestrüpp und Gras westlich der Lichtung durchgekämmt hast! Ohne Erfolg.
Wieso glaubst du, daß es ausgerechnet hier gewesen sein muß? Wo doch jede grasbewachsene Lichtung zwischen diesen gottverdammten Bäumen wie jede andere grasbewachsene Lichtung zwischen diesen gottverdammten Bäumen aussieht!
Ich kroch aus dem Dickicht, mit schweißverklebten Augen und blutverschmierten Armen. Ich war ausgepumpt. Allem Bodybuilding zum Trotz, das Käpt'n Sharpless auf seinem schicken Fischerboot mit mir veranstaltet hatte, war ich ausgepumpt.
Fünf Minuten Verschnaufpause, Flood! Du hast's verdient.
Ich legte mich auf den Rücken, alle viere von mir gestreckt, ein unaufhörliches Hämmern im Kopf. Ich machte Pause. Und Bestandsaufnahme. Ich hatte Janet auf dem Weg liegen gelassen. Diesen Punkt konnte ich abhaken. Ich hatte gesehen, wie das Polizeiauto hielt und Kontakt mit dem Bus aufnahm. Abhaken! Ich war gekrochen und gerannt, stehengeblieben und weitergelaufen, gekrochen und gerannt und – Vorsicht ist die Mutter der Porzellankiste! – den Abhang aufwärts auf das Haus zugelaufen, aber sobald ich weit genug vom Weg entfernt war, wieder bergab gehetzt, zurück zu der Stelle, wo der Revolver liegen mußte. Abhaken! Wo er aber nicht lag. Abhaken!

Komm mit deinem Schild zurück, mein Sohn, sagte die Mammi in Sparta, oder auf deinem Schild!
Vier Polizeirevolver. Für jeden einen. Einen einzigen. Warum, zum Teufel, hatte Harvey bei Santiago & Co. nur vier Revolver bestellt? Für das,

was wir dafür bezahlen wollten, hätte er auch sechs oder zehn oder fünfzig bestellen können.
Komm mit deiner Kanone zurück, Flood, denn im Fort Hayworth warten vielleicht Probleme auf dich! Hast du gemerkt, wie faulig es gerochen hat, als du zur Tür hinausgingst? Zersetzung der Kampfmoral. Bei Coco bereits in fortgeschrittenem Stadium. Bei Harvey die ersten Anzeichen. Und bei Lester? Der wird sich todsicher bei Harvey anstecken.
Ohne Kanone, Flood? Ein Arzt, der keine Spritze bei sich hat, um sie seinen Patienten hineinzujagen? Dick unterstreichen: Sobald du im Haus bist, schnapp dir eine Maschinenpistole!
Sonst...
Janet, die Katze. Dieses dürre, heimtückische, triste, Glückspillen schlukkende Biest! Der Fehler war, daß wir vier uns nicht sofort über sie hergemacht hatten, um allen zu zeigen, wie die Sache lief – und nach einer Stunde das gleiche, und jede Stunde wieder, bis sie nach ihrem Pappi geschrien hätte. Nackt wäre sie durch dieses Gestrüpp zu ihm gekrochen und hätte ihn angefleht, die Gebühr zu bezahlen.
Die Gesellschaft, in der du verkehrst. Die Gesellschaft, die du gegründet hast. Zwei Shanklins, ein Digby. Zwei Schwachköpfe, ein Klugscheißer. Jetzt stecken sie die Köpfe zusammen, jetzt machen sie Pläne. Her mit Flood! Er wird verschnürt und verkauft. So ist's richtig, Jimmyboy, Hände auf den Rücken, Füße zusammen, und daß du ja nicht an den Knoten herumfummelst! Und wenn die Polizei anrückt, schwenken wir die weiße Fahne. Wir verhandeln. Was bietet ihr für zwei Geiseln – nein, mit der Alten sind's drei – und J. Flood? Und wie möchten Sie ihn denn haben, Mr. Duffy, Sir? Tot oder lebendig?
Der entscheidende Fehler war, daß der Löwe drei Hyänen zum Essen einlud.
Prost Mahlzeit, Hyänen!

Die fünf Minuten sind vorbei, Flood! Nein, schon mehr als zehn!
Ich stand vorsichtig auf und lauschte angestrengt, ob nicht vielleicht das Knacken eines Zweiges oder ein Rascheln im kniehohen Gras verriet, daß jemand auf mich zuschlich. Aber nichts regte sich. Kein Zweifel, wenn mich einer aus General Duffys Truppe gesichtet hätte, wäre ich bereits abgeknallt worden wie ein Kaninchen. Kein Zweifel, ich war außerhalb General Duffys Aktionsradius. Ich war schon eine ganze Weile nicht mehr aufrecht gestanden, und meine Beine fühlten sich wie Gummi an.
Ich begann, mich an das Haus heranzupirschen, immer parallel zum Weg, immer in Deckung. Nach etwa zehn Metern kam wieder eine kleine Lichtung. Da drüben stand ein riesiger Baum. Ein wahrer Urahn von Baum! War es nicht der, hinter dem sie auf mich angelegt hatte? Ja, das war die Stelle!

Nein, sie war's nicht. Mit einem trockenen Zweig durchkämmte ich das Gras. Dann legte ich mich auf den Bauch und stocherte im Unterholz herum. Aber der Revolver war nicht da.
Nochmals zehn Minuten Verschnaufpause, Flood!
So ist's gut. Leg dich diesmal mit dem Gesicht zur Erde, steck die Nase ins welke Laub und denk über die Tatsachen nach! Tatsache: Die Hyänen sind jetzt gefährlicher für dich als die Polizeihunde.
Ist das eine Tatsache? Denk daran, Flood, daß es in Raiford nur eine Woche gedauert hat, bis sie den Hut vor dir zogen. Obwohl du weder eine Kanone noch einen Sauspieß noch sonstwas hattest. Sie wagten sich trotzdem nicht an dich heran. Und warum nicht? Weil etwas in deinen Augen sie davor warnte. Versetzt mir keinen Tritt! Auch wenn Coco eine schwarze Natter ist – die Mokassinschlange bin ich!
Auch jetzt noch.

Da ich den Waldrand an einer Stelle erreichte, von der aus ich die Dachterrasse nicht sehen konnte, pirschte ich mich erst mal ein Stück den Abhang hinunter. Jetzt sah ich, daß Coco da oben auf Posten war und daß Mama Emily ihm Gesellschaft leistete. Selbst aus dieser Entfernung war zu erkennen, daß die schwarze Natter nervös war. Mit schußbereiter Maschinenpistole stand Coco dicht neben Emily (die auf den Planken saß, so daß über dem Geländer nur ihr Kopf zu sehen war), dann verschwand er auf die Rückseite der Terrasse, und kurz darauf tauchte er wieder neben Emily auf.
Hin und her, hin und her.
Ich wartete eine Weile, dann paßte ich genau den Moment ab, in dem er mich auf den ersten Blick erkennen würde. Ich trat aus der Deckung, schwenkte die Arme und rief: »Tür aufmachen!«
Sofort war der Lauf auf mich gerichtet. Ich warf mich zur Seite, blieb flach liegen und wartete auf die Feuergarbe. Eins, zwei, drei, vier. Kein Schuß. Ich hob den Kopf und blinzelte hinauf. Jetzt erkannte er mich endlich, dieser Dreckskerl! Er gab mir ein Zeichen.
Ich rannte über das offene Gelände, immer im Zickzack, für den Fall, daß jenseits des Wegs Scharfschützen postiert waren. Als ich die Veranda erreicht hatte, ging die Tür auf, und kaum war ich hineingeschlüpft, wurde sie wieder zugeschlagen.
Probleme.
Harvey und Lester standen in der Diele. Nicht wie üblich mit verschlafenem, starrem Blick und sturen Mienen, sondern hellwach und mißtrauisch.
»Was ist passiert?« fragte Harvey. »Wo ist der Wagen? Und was ist mit dem Mächen?«
»Mann«, sagte Lester, »kaum bist du in der einen Richtung losgefahren,

schon braust die alte Kiste in der anderen Richtung am Haus vorbei! Was war denn los?«

Sein Gehirn konnte immer nur einen Gedanken auf einmal verkraften. Und es mußte sich mit diesem Gedanken beschäftigt haben, seit die Sache passiert war. Immer schön systematisch! Er hatte das Waffenarsenal neben der Treppe ausgebreitet. Alles fein säuberlich nebeneinander. Eine Maschinenpistole, zwei Gewehre, acht Armeemunitionskästen, sechs Handgranaten. Und vier Gasmasken.

Ich bewegte mich langsam auf das Arsenal zu, wobei ich die Hand hob, um anzudeuten, daß ich erst mal Luft holen mußte. Es heißt, die Hand sei schneller als das Auge. Die beiden beobachteten also meine Hand und meine Versuche, endlich wieder zu Atem zu kommen, aber nicht meine Füße.

Coco kam die Treppe heruntergestürmt, Maschinenpistole in der Hand, Revolver im Gürtel, Messer im Ärmel. Die Ein-Mann-Gangsterbande. Und sein Blick war auf meine Füße gerichtet. Er sah zu, wie ich die nicht geladene Maschinenpistole aufhob, aber als ich mich der Munition näherte, war er sofort neben mir. »Wo hast du deine Kanone gelassen?« Er fauchte mich nicht an, er stellte nur eine Frage. Eine ganz normale Begrüßung. Und dabei bewegte er das gefährliche Ende seiner alles andere als leeren UZI-Pistole ganz sanft auf meinem Gürtel hin und her. Wirklich mutig, jetzt, wo kein Revolver mehr dartersteckte!

»In beiden Richtungen sind Straßensperren«, sagte ich. »Und Bullen. Das Mädchen hat das Auto kaputtgefahren, als wir uns absetzen wollten. Wahrscheinlich liegt der Revolver irgendwo in dem Schrotthaufen.«

»Und das Mädchen?«

»Nicht verletzt. Ich hab ihr eine Nachricht für die Bullen mitgegeben. Falls sie uns angreifen wollen, sind wir gerüstet. Und wenn sie wollen, daß den Frauen nichts passiert, muß Hayworth sofort mit dem Geld anrücken.«

»Aha.« Cocos Zähne blitzten mich an. Möglich, daß er lächelte. »Sie fährt also das Auto kaputt, du klopfst ihr auf die Schulter und gibst ihr eine Nachricht für die Polizei mit. Mr. Flood, sind Sie sicher, daß es so und nicht anders war?«

»Es ging darum, die andere Seite zu informieren. Und jetzt ist sie informiert.«

»Vielleicht.« Die Pistole wurde jetzt gegen meine Gürtelschnalle gestupst. Die schwarze Natter versuchte, den Schlangenbeschwörer zu hypnotisieren. Aber Harvey hatte für dieses Spielchen nichts übrig. »Herrgott noch mal, sag's ihm doch endlich!« Doch er ließ Coco gar nicht erst zu Wort kommen. »Die alte Sarah ist tot. Du weißt, was das bedeutet!«

Ruhig bleiben, Jimmyboy! Ruhig, kühl, beherrscht!

»Sarah? Aber wieso denn? Als ich wegfuhr, ging es ihr doch ganz gut.«

Lester schien seinen Ohren nicht zu trauen. »Ganz gut? Mann, du ziehst der alten Dame eins mit der Kanone über und denkst, ihr ist nichts passiert?«
»Verdammt noch mal«, sagte Harvey, »du weißt genau, was das für uns bedeutet! Coco hat es uns genau erklärt.«
Jetzt preßte Coco die Pistole mit aller Kraft gegen meine Gürtelschnalle. Kein Zähneblitzen mehr. Kein Lächeln. »Ich habe den beiden erzählt, was man mir in St. Hilary gesagt hat, Mr. Flood. Was ich Ihnen bereits anvertraut habe. Daß sie nichts mit uns zu tun haben wollen, falls eine der Geiseln getötet wird. Verstehen Sie jetzt endlich, Mr. Flood? Sie haben diese alte Frau erledigt und damit Stufe drei vermasselt. Alles vermasselt, was ich eine volle Woche lang mit diesen Inselbonzen mühsam ausgehandelt habe...«
Er war so erregt, daß er wieder wie ein Truthahn zu kollern begann. Seine Spucke spritzte mir ins Gesicht, seine Augen waren blutunterlaufen. Ich hielt noch immer die leere Maschinenpistole in der Hand, und die Hand begann zu zucken. Begann ganz von selbst heftig zu zucken. Wenn ich sie schnell genug hochriß und Coco mit dem Lauf die Waffe aus der Hand schlug... Aber da er den Finger am Abzug hatte, wäre ich dabei vielleicht draufgegangen.
»O ja, Mr. Flood«, sagte er, wobei er jede Silbe betonte und den Kopf schüttelte. »O ja, Mr. Flood, Sie und Ihre berühmte Zauberformel, Sie und Ihr Juju! Aber bei Ihnen funktioniert es falsch herum, weil sich nämlich alles, was Sie anfassen, in Scheiße verwandelt.«
»Hörst du auch gut zu?« fragte Harvey. »Und was ist mit der Abmachung, die du heimlich mit ihm treffen wolltest? Du bekommst das Geld, und dann erledigst du mich und Lester Wie steht's denn damit, Jimmyboy?«
»Soll das heißen, daß er einen derartigen Blödsinn behauptet hat? Und das hast du ihm geglaubt?«
»Wem von euch soll ich denn glauben? Wenn's danach ginge, was du uns gesagt hast, dann müßten wir in diesem Augenblick auf der Insel aus dem Flugzeug steigen. Mit vier Millionen in der Tasche. Also los, zeig mir doch da draußen ein paar Palmen, dann glaub ich dir!«
Ruhig bleiben, Jimmyboy! Kühl und beherrscht!
»Ihr kommt mir allmählich wie drei Ausgeflippte auf einem schlechten Trip vor! Setzen wir uns doch erst mal an den Tisch, damit ich euch...«
»Nein«, sagte Harvey. »Wenn du uns was zu sagen hast, dann sag's sofort! Und bekomm dabei bloß nicht wieder einen von diesen komischen Anfällen, verstanden? Sonst hast du vielleicht keine Chance mehr, dich davon zu erholen.«
»Na schön. Um es so einfach auszudrücken, daß es sogar Lester verstehen kann: Für uns hat sich nichts geändert, ausgenommen der Termin. Entweder zahlt Hayworth sofort, oder die Polizei rückt an. Es ist noch nicht

ganz soweit, aber genauso wird es kommen. Ob sie sich für das eine oder für das andere entscheiden, wir sind auf beides vorbereitet.«
Coco lächelte ironisch. »Die Polizei? Welche denn, Mr. Flood? Die aus Ihrer Phantasie?«
»Diese Emily«, sagte Harvey, »erklärt uns immer wieder, daß da draußen überhaupt keine Polizei ist. Sie behauptet ständig, daß Hayworth die Sache so hinkriegen will, daß keinem was passiert. Und ich glaube nicht, daß diese Frau lügt. Es ist ihr ernst damit.«
»Warum überzeugt ihr euch dann nicht selbst? In der Garage stehen ein paar Autos. Los, sucht euch eins davon aus und fahrt hin! Aber gebt *mir* nicht die Schuld, wenn ihr auf Straßensperren mit zwei Dutzend Bullen dahinter stoßt.«
»Hast du sie wirklich gesehen?« wollte Lester wissen.
»Jawohl. Die Bullen und diese verdammten Barrikaden.«
»Die kann Hayworth auch allein errichtet haben«, sagte Harvey. »Jeder kann das. Ist doch überhaupt kein Problem!«
Ich sah die drei der Reihe nach an.
Jetzt hatten doch tatsächlich die Verrückten die Leitung des Irrenhauses übernommen.
»Ihr seht ja, in was für einem Zustand ich bin. Schaut mich mal genau an! Wenn ihr glaubt, daß ...« Und schon drückte mir Coco wieder die Pistole in den Leib.
»Mann, wir haben Radio gehört, kapierst du? Die Nachrichten, Mann! Die Nachrichten! Und noch immer kein Wort über uns. Wenn man da draußen etwas von uns wüßte, könnte kein Mensch die Reporter daran hindern, die Sache groß herauszubringen. Schlagzeilen wären das, Mann! Ein gefundenes Fressen fürs Fernsehen!«
»Es gibt Mittel und Wege, auch solche Meldungen zurückzuhalten.«
»Daß ich nicht lache! Und was ist wirklich mit dieser Janet passiert? Du wolltest ihr doch unbedingt an den Kragen. Du fährst mit ihr weg und kommst ohne sie zurück. Wie weit bist du in diesem Fall gegangen? Wie tot ist denn das Opfer, Mr. Flood?«
»Glaubst du wirklich, daß er sie fertiggemacht hat?« fragte Lester. »Genau wie die alte Dame?«
»Sie ist ihm unter die Haut gegangen«, sagte Coco. »Wie eine von diesen verdammten Zecken. Und das hat ihn ständig gejuckt.«
»Denkt doch jetzt nicht über das Mädchen nach!« maulte Harvey. »Ich will wissen, wie's mit uns steht. Und was wir jetzt tun sollen. Nur darum geht's mir jetzt.«
Keine Antwort.
Was ist los mit dir, Coco? Hat's dir deinen Insel-Singsang verschlagen?
Bald würde es dunkel werden.
Nachts geraten die Hyänen in Panik.

In Raiford hatte ich ihnen erklärt, daß es ganz von Hayworth abhängen würde. Daß es drei Stunden oder drei Tage dauern könnte. Vielleicht ein kalter Krieg, vielleicht aber auch ein heißer. Okay, Jimmy, hatten sie gesagt. Wir machen mit, Jimmy. Kann auch vier Tage dauern, pfeif drauf, solange pro Tag eine Million herausspringt.
Und jetzt rückte die Nacht immer näher.
Und mit ihr die Panik.
Hatten sie wirklich geglaubt, für sie gäbe es hier nur Tage ohne Nächte?
Coco, mein Kleiner, ich halte eine leere Pistole in der Hand und du eine geladene, also ist Stufe zwei jetzt deine Sache. Was willst du tun?
Coco wußte es nicht. Den Lauf gegen meinen Leib gepreßt, stand er da und konnte angesichts seiner Probleme nur immer wieder den Kopf schütteln.
Coco, die schwarze Natter.
Flood, die Mokassinschlange.
»Also, was ist?« fragte ich. »Sollen wir hier herumstehen, bis die Polente an die Tür klopft?«
»Polente!« sagte Coco, der Ungläubige, aber Harvey und Lester war die Sache nicht geheuer. Sie sahen zur Treppe hinüber. Wenn sie ihre Finger zu Hilfe nahmen, konnten sich sogar die Shanklins ausrechnen, daß im Augenblick niemand auf dem Dach Wache hielt.
Jetzt!
Und ich mußte den richtigen Ton treffen. Leicht ungeduldig und eine Spur besorgt.
»Wenn keiner allein Ausschau halten will, können wir unsere Konferenz ja dort oben fortsetzen. Alle zusammen. Wo ist Deborah?«
»Im Keller eingesperrt«, sagte Harvey. »Seit wir entdeckt haben, daß die alte Sarah tot ist. Nicht mehr nötig, daß jemand bei ihr am Bett sitzt.«
So weit, so gut.
»In Ordnung«, sagte ich. »Deborah kann unten bleiben. Es genügt, wenn uns ihre Mammi Gesellschaft leistet.«
Jetzt mußte ich versuchen, von Coco und seiner Pistole abzurücken. Nicht zu rasch, damit sie nicht plötzlich losging, aber auch nicht zu langsam, damit Coco nicht merkte, daß ich mir deswegen Sorgen machte. Ich bewegte den Oberkörper ein wenig nach hinten, und schon ließ der Druck nach. Dann näherte ich mich der Treppe, nicht zu schnell, nicht zu langsam. Erst als ich die dritte Stufe erreicht hatte, war mir Coco auf den Fersen, hinter ihm Harvey und Lester.
Flood, der Rattenfänger von Hameln.
Erster Stock. Dachgeschoß. Die Leiter hinauf. Die Falltür war verriegelt. Ich schob den Riegel zurück, öffnete die Luke – und sah Emilys Gesicht direkt über mir. Entsetzt starrte sie mich an. »Jimmy, wo ist Janet? Du bist ohne sie zurückgekommen. Was ist mit ihr passiert?«

»Nichts.« Jetzt war ich auf der Dachterrasse, und schon standen die Hyänen um mich herum. »Ich hab sie auf dem Weg abgesetzt. Jetzt berichtet sie gerade der Polizei, daß es mit dem Spaß endgültig vorbei ist.«
Emily packte mich am Arm. »Ist ihr wirklich nichts passiert?«
»Verdammt noch mal – nein!« Sie war mir im Weg und verdarb mir das ganze Konzept. Ich mußte sie wegstoßen.
»Jimmy...«
»Schluß damit!«
Gut so. Jetzt redete ich, jetzt bestimmte ich, jetzt ging die Befehlsgewalt wieder von Coco auf mich über.
Der Feldstecher lag dicht beim Geländer auf dem Boden. Ich hob ihn auf und visierte, auf die Planken gekauert, die Gegend jenseits des Weges an. Bäume. Sogar die Rinde war deutlich zu erkennen. Und zwischen den Bäumen nichts zu sehen. Absolut nichts. General Duffy war auch jetzt noch nicht bereit, sich als Zielscheibe zu präsentieren.
Vorhin in der Diele war Coco überzeugt gewesen, daß dort draußen kein einziger Feind auf uns lauerte. Jetzt war er nicht mehr so sicher. Jetzt hatte er keine Eile, sich ans Geländer zu stellen und einen Volltreffer mitten in die Stirn zu bekommen. Die Maschinenpistole auf mich gerichtet, kauerte er dicht hinter mir.
»Du willst die Bullen sehen, was?« Ich hielt ihm den Feldstecher hin. »Dann schau doch mal hier durch, Kleiner!«
Jetzt wollten es auch Harvey und Lester genau wissen. Als sie neben uns in Deckung gingen, herrschte ich sie an: »Dort hinüber! Bewacht die Rückseite!«
Kommandos. Kurze, energische Kommandos. Klare Befehle in einer unklaren Situation. Die beiden rannten auf die Rückseite der Terrasse und bezogen hinter dem Geländer Posten.
Coco suchte die Gegend mit dem Fernglas ab. »Wo denn, Mann? Wo sind sie denn?«
»Dort! Genau da drüben!« Ich sprang auf, aber er stand sofort hinter mir. Mißtrauisch. Ich zielte mit der leeren UZI-Pistole auf einen Punkt irgendwo da draußen und drückte ab. Klick!
Jetzt!
Aber wenn Coco den Finger zu dicht am Abzug hatte...
Trotzdem. Jetzt war der richtige Moment.
Ich warf die Maschinenpistole weg. »Verdammt!« Ich drehte mich zur Seite. »Nicht geladen. Gib mir deine!«
Ich griff nach seiner Waffe. Er ließ sie los.
Ich drehte mich ganz herum, und er wußte sofort Bescheid. Er griff nach dem Lauf, aber bevor er ihn wegdrücken konnte, traf ihn der Feuerstoß wie ein Rammklotz mitten in die Brust. Er taumelte zurück, die Arme weit von sich gestreckt, als wollte er sich irgendwo festhalten. Ein zweiter

Feuerstoß, von der Brust bis hinunter zum Hosenzwickel, und jetzt fiel er hintenüber und blieb mit ausgestreckten Armen liegen. Wahrscheinlich war er schon nach der ersten Ladung tot, aber sicher ist sicher.
Mit gezückten Revolvern, aber offensichtlich völlig fassungslos, starrten Harvey und Lester zu mir herüber. Mama Emily gab keinen Laut von sich. Sie war auf die Seite gerannt, hielt die Hände an die Ohren gepreßt und starrte mich ebenfalls an. Nein, das war nicht mehr der kleine Jimmy Flood, den man für ein Almosen Dreckarbeit machen ließ! Das war James Flood, der Mann, der Gerichtstag hielt.
Ich wartete. Harvey und Lester warteten. Ochsen in einem Pferch. Aber ich brauchte sie noch.
Wenn Duffy erschien, um zu vollenden, was er vor zehn Jahren begonnen hatte, dann brauchte ich die beiden.
Weder zu schnell noch zu langsam senkte ich die Waffe und zielte auf das, was von Hubert Digby übriggeblieben war. Jetzt war ich an der Reihe, den Kopf zu schütteln. »Ihr habt ihm geglaubt«, sagte ich vorwurfsvoll zu meinen Partnern. »Das kann ich einfach nicht verstehen. Ihr habt diesem verlogenen Dreckskerl geglaubt!«
»Mann...«, sagte Harvey. Er nahm den Revolver herunter. Lester nahm den Revolver herunter. »Er hat gesagt, du...«
»Ihr habt ihm geglaubt. Ihr wart zu stur, um zu begreifen, daß er der einzige von uns war, der nach der Geldübergabe auch allein weitergekommen wäre. Die Leute in St. Hilary warten auf ihn, nicht auf uns.«
»Aber was er gesagt hat, war einleuchtend«, widersprach Lester. »Zum Beispiel die Sache mit der alten Sarah. Mann, wenn's so weit kommt, daß alte Damen dran glauben müssen...«
»Und die Sache mit den Radiomeldungen«, sagte Harvey. »Das war einleuchtend und ist's auch jetzt noch.«
»Nicht besonders. Viel einleuchtender wäre es, wenn wir uns jetzt darauf vorbereiten würden, daß unter Umständen nicht Hayworth, sondern die Polizei aufkreuzt. Also, Waffen, Munition, Verlängerungsschnüre und Lampen...«
»Alte Damen...«, sinnierte Lester. Ein neuer Gedanke hatte sich in seinem Schädel festgesetzt. Drei Gedanken in fünfzehn Minuten. Für Lester ein Rekord.
»Und bringt Deborah herauf!« befahl ich ihnen. »Wir bleiben alle hier oben, bis sich etwas tut. Hier ist das Kontrollzentrum.«
»Kontrollzentrum«, Lester probierte aus, wie das klang. »Kontrollzentrum.«
Es gefiel ihm.

Marcus Hayworth

Kein Ende abzusehen.
Mechanisch taten wir, was gerade zu tun war.
David fuhr im Kombi weg (zuerst mußte er auf dem Umweg in den Ort hinunterfahren, dann auf der Hauptstraße nach Norden bis zur großen Kreuzung, dann auf der Fernstraße wieder nach Süden), und schließlich kam Kenneth zurück.
Dann rief David vom Lieferwagen aus an. »Ist inzwischen irgendwas passiert?«
»Nein. Ich habe dir doch versprochen, daß ich dich anrufe, wenn's etwas zu berichten gibt.« Ich sagte es in zu scharfem Ton. Das entsetzliche Tikken der alten Standuhr neben dem Telefontisch, das unaufhörliche Hin und Her des Perpendikels zerrten an meinen Nerven. Die Grube und das Pendel. Aber ich hatte Freunde um mich, während David ganz allein dort unten im Wagen saß und zusehen mußte, wie die Schatten immer länger wurden.
»Entschuldige, David, ich hab's nicht so gemeint.«
»Ich weiß.«
»Wie lange willst du dort warten?«
»Bis es ganz dunkel ist. Halb neun, vielleicht auch neun. Später hat es keinen Sinn mehr. Im Dunkeln schaffen sie diesen Weg nicht.«
»David, geh bitte kein Risiko ein, wenn du sie kommen siehst!«
»Bestimmt nicht. Bisher hab ich nur eine Notlüge riskieren müssen. Vor ein paar Minuten hat ein Streifenwagen der Staatspolizei hier gehalten, und die Beamten wollten wissen, warum ich den Lieferwagen hier geparkt habe. Als ich sagte, ich hätte Motorschaden, sind sie weitergefahren. Jetzt habe ich die Haube hochgeklappt und mache mir manchmal am Motor zu schaffen.«
»Gut.«
»Also dann...«
Es schien, als wüßten wir beide nichts mehr zu sagen. In Wirklichkeit hatten wir uns zuviel zu sagen, das besser unausgesprochen blieb. Aber wir legten nicht auf. Es war, als ob wir uns wortlos aneinander festhalten wollten. Schließlich konnte ich es nicht länger bei mir behalten. »David, die drei andern müssen doch inzwischen gemerkt haben, daß sie sich nicht auf Flood verlassen können. Wenn doch bloß Digby das Kommando übernähme...«

»Vielleicht kommt's noch so weit, Marcus. Vielleicht hat er's bereits getan.«
Ich war David dankbar, daß er das gesagt hatte. Genau das wollte ich hören.
Mechanisch tun, was gerade zu tun war.
Anna fiel ein, daß wir noch nichts gegessen hatten, und mit Elizabeths Hilfe machte sie einen Imbiß zurecht: belegte Brote, Kaffee, Fruchtsaft. Bei dem bloßen Gedanken drehte sich mir der Magen um, aber Anna, gewohnt, ihren Willen durchzusetzen, ließ nicht locker. Ein Bissen genügte mir. Ich rannte hinaus und erbrach mich, bis das wenige, das ich im Magen hatte, bis zum letzten gallebitteren Tropfen hochgekommen war. Den bitteren Geschmack brachte ich lange nicht los.
John Duffy.
Sollte ich jetzt sofort hinfahren und ihm sagen: »John, gibt es irgendeine Möglichkeit, ohne Rachegefühle, ohne Waffen, ohne Blutvergießen...«
Nein.
Wenn ich an seiner Stelle gewesen und er mit dieser Bitte zu mir gekommen wäre, hätte ich ihn denn verstanden? Hätte überhaupt jemand diese Bitte verstanden? Duffy und Flood. Flood und Duffy. Beide verblendet, beide in einem Käfig gefangen, den sie nur über die Leiche des anderen verlassen konnten.
Wahnsinn. Die Welt, in der ich lebte, war voller Wahnsinn.
Und du selbst, Freund Marcus?
Es darf niemand getötet werden.
Mein Vater, damals bei der morgendlichen Ersttagsandacht, als ich ihm gesagt hatte, daß ich das Gefängnis dem Dienst mit der Waffe vorzöge. Mit fahlem Gesicht und schwankender Stimme hatte er es der Gemeinde mitgeteilt, dann aber mit fester Stimme seine Botschaft verkündet: *»Jedermann hat das Recht, um seiner Überzeugung willen zu sterben. Niemand hat das Recht, um seiner Überzeugung willen zu töten.«*
Erforsche dein Herz, Freund Marcus! Wenn du in diesem Moment Flood gegenüberständest wie Janet, mit dem Revolver in der Hand, würdest du ihn töten?
Ich wußte es nicht. Ich war nicht sicher. Hätte es denn überhaupt etwas genützt? Er hatte doch Komplicen.
Wir sprechen jetzt nur über James Flood, Freund Marcus! Über einen kaltblütigen Mörder, der das Leben deiner Frau und deiner Tochter bedroht.
Wie sollte ich wissen, was ich tun würde. Kenneth hatte es bereits gesagt: »Wie können wir es wissen, bevor der entscheidende Augenblick da ist?«
Die Wahrheit, Freund Marcus! Die Wahrheit!
Ja, ich glaube, ich würde ihn töten.
Der Wahnsinn war auch in mir.

Mechanisch tun, was gerade zu tun war.
Die Frauen waren beim Geschirrspülen. Ich ging ins Freie, Kenneth und Uri kamen mit, und dann liefen wir ziellos auf dem Weg hin und her, hin und her. Ich war ihnen dankbar dafür, daß sie nicht zum Sprechen aufgelegt waren.
Und plötzlich dieses Geräusch!
Es kam aus der Ferne und klang, als ob ein Specht auf Metall hämmerte. Wir blieben wie angewurzelt stehen. Und dann hörten wir es ein zweites Mal! Der Wind kam von Norden, von dort, wo mein Haus stand. Ich wußte, was es gewesen war, bevor Kenneth es aussprach: »Schüsse aus einem Maschinengewehr.«
»Die Polizei?« flüsterte Uri.
Die Polizei? Wie hätte sie an der Kommune vorbeifahren können, ohne daß McGrath mich sofort verständigt hätte?
Ich rannte zum Haus und stieß die Tür so heftig auf, daß sie fast aus den Angeln gesprungen wäre. Und plötzlich wußte ich die Telefonnummer nicht mehr. Seit zwanzig, nein, seit dreißig Jahren hatte sie sich nicht geändert, und jetzt fiel sie mir nicht ein! Und plötzlich wußte ich sie wieder.
Eine unbekannte Stimme am Apparat. Ich sagte: »Hier ist Marcus Hayworth. Ich muß sofort mit Ray McGrath sprechen. Es ist dringend!« Und dann kam, nicht sonderlich eilig, McGrath ans Telefon. »Ja? Was ist los, Marcus?«
»Ray, die Polizei... War sie in eurer Nähe? Ist sie bei euch vorbeigefahren?«
»Die Polizei? Nein. Hat sich nirgends blicken lassen. Wieso?«
»Wir haben etwas gehört, das wie ein Maschinengewehr klang. Aus eurer Richtung.«
»Wie ein Maschinengewehr? Verdammt noch mal! Verdammt!«
Er dachte das gleiche wie ich. Nicht die Polizei. Ein Erschießungskommando. Oder war Flood auf die Idee gekommen, sich auf diese Weise mit mir in Verbindung zu setzen?
»Ray, sagen Sie Janet nichts davon! Wie geht es ihr?«
»Wir haben sie halbwegs eingeschläfert, aber sie hat starke Schmerzen. Flood hat das Bein geschient, aber der Bruch muß unbedingt behandelt werden. Aber sobald jemand was vom Krankenhaus sagt, geht Janet die Wände hoch.«
»Wir könnten sie doch auswärts behandeln lassen.«
»Keine Chance. Falls wir versuchen würden, sie gegen ihren Willen hinzuschaffen, hätten wir's auch noch mit einem psychiatrischen Fall zu tun. Sie besteht darauf, unter allen Umständen hierzubleiben. Aber sehr lang hält sie das nicht mehr durch, Marcus. Ist Ihnen das klar?«
»Ja. Vollkommen.«

Ich legte auf. Flood hatte das Bein geschient. Aus Mitleid? War das ein Zeichen von Menschlichkeit? Und die Schüsse? Waren sie ein Signal für mich? War es nicht sinnlos, eine der Geiseln zu erschießen? Sinnlos? Nein, denn Flood genügte eine einzige Geisel, also konnte er die andere opfern. Das untätige Abwarten hatte ihn sicher in Weißglut gebracht. Und an wem sonst sollte er seine Wut auslassen?
Und ich wartete hier, hielt mich vom Schauplatz fern, konnte mir auf keine dieser Fragen Antwort verschaffen.
Die Standuhr schlug sieben. So langsam, daß jeder Schlag verhallte, bevor der nächste kam. Langsam genug für mich, um einen Entschluß zu fassen.
Die Freunde standen um mich gedrängt und warteten.
»Ich gehe jetzt zum Haus hinauf.«
»Daran habe ich auch schon gedacht«, sagte Anna. »Ich gehe mit.«
Das brachte mich völlig aus der Fassung. Es fiel mir schwer, einigermaßen ruhig zu sagen: »Nein, Anna. Das kommt nicht in Frage. Ich gehe allein.«
Ich sah ihren Gesichtern an, was jetzt geschehen würde. Um sie nicht zu Wort kommen zu lassen, rannte ich zur Haustür, aber Kenneth versperrte mir den Weg.
»Einen Moment, Marcus! Was bezweckst du damit?«
»Flood ist vielleicht zu einem Kompromiß bereit. Wenn nicht, dann lassen vielleicht die drei anderen mit sich reden. Und das kann ich nur herausfinden, wenn ich hingehe.«
»Warum sollte er einen Kompromiß schließen?« fragte Uri. »Noch hat er Emily und Deborah in seiner Gewalt.«
»Er muß sie freilassen. Das werde ich ihm klarmachen. Dann kann er haben, was er will.«
»Aber er wird sie nicht freilassen, Marcus. Er wird deinem Versprechen nicht trauen.«
»Nein, Uri«, sagte Anna. »Marcus hat recht. Er wird hinaufgehen, und ich gehe mit ihm. Wie kann man das Licht in einem Menschen wecken, wenn man nicht mit ihm spricht?«
Ihr Blick und der energische Zug um ihren Mund waren mir nur allzu vertraut. Diese verfluchte, unausstehliche, dickköpfige alte Frau! Ich konnte mich nicht mehr beherrschen.
»Ich *muß* allein gehen, begreifst du das nicht? Wenn mich jemand begleitet, hat Flood noch eine Geisel mehr!«
»Davor habe ich keine Angst, Marcus. Für Emily und Deborah wird es ein Trost sein, wenn ich bei ihnen bin.«
»Das stimmt«, sagte Elizabeth. »Ich gehe auch mit.«
Kenneth versperrte mir noch immer den Weg. »Niemand geht hinauf! Überhaupt niemand! Marcus, ich verstehe, daß du dies alles nicht länger

ertragen kannst. Und das bedeutet, daß jetzt die Polizei eingeschaltet werden muß. Jetzt muß *sie* handeln, Marcus.«
»Ken hat recht«, sagte Ethel. »Wenn auch nur die geringste Aussicht bestände, daß eine Unterredung mit Flood –« Anna fiel ihr ins Wort. »Ethel Quimby«, sagte sie scharf, »ich habe mich dir nicht in den Weg gestellt, als du mit Kenneth an den Demonstrationen in Washington teilgenommen hast und ihr zweimal die Nacht im Gefängnis verbringen mußtet. Und jetzt darfst du dich mir nicht in den Weg stellen.«
»So? Wenn du glaubst, daß zwischen diesen Demonstrationen und einem derart sinnlosen Gewaltakt auch nur die geringste Ähnlichkeit besteht, dann verstehst du überhaupt nichts davon!«
»Vielleicht doch«, sagte Uri. Er rang nach Worten. »Ich glaube ... ich habe das Gefühl ... ich weiß nicht, wie ich's ausdrücken soll, aber vielleicht ist es uns bestimmt, nach dem Licht in James Flood zu suchen. Wie oft haben wir bei der Andacht die Botschaft vernommen: ›Wir sind nicht dazu bestimmt, die Aufgabe zu vollenden, aber wir dürfen nicht aufhören, danach zu trachten.‹ «
Großer Gott, dachte ich, da kommt der nächste Freiwillige! Ausgerechnet Uri!
»Das Licht in James Flood?« sagte ich sarkastisch. »Uri, nimm doch Vernunft an! Ebensogut könntest du sagen, das Licht in Satan.«
»Du wirst also mitgehen, Uri?« fragte Anna.
»Wenn ihr geht, habe ich keine andere Wahl.«
»Anna«, sagte ich, »begreif doch endlich, daß diese Männer gefährliche Verbrecher sind! Mörder! Das ist nicht mehr der Jimmy Flood, den du als kleinen Jungen gekannt hast. Du bildest dir vielleicht ein, du könntest ihm freundlich ins Gewissen reden, aber glaub mir, so wird sich das nicht abspielen.«
»Bist du dessen so sicher, Marcus?«
»Also gut, die Sache ist erledigt. Wenn ihr mich nicht allein gehen lassen wollt, dann gehe ich überhaupt nicht. Niemand wird hinaufgehen.«
»Ob du gehst oder nicht«, sagte Anna, »drei von uns wollen jedenfalls gehen. Aber Ethel und Kenneth kommen nicht mit.«
»Hör mal, wenn du damit erreichen willst, daß wir uns deiner Meinung anschließen ...«
»Ethel, ich will damit nur sagen, daß ihr kleine Kinder habt. Du solltest hierbleiben und Anrufe entgegennehmen.«
»Ach so.« Ethel sah fast zerknirscht aus. »Du gibst also zu, daß ihr euch auf etwas Verrücktes und Gefährliches einlaßt?«
Bevor Anna ihr antworten konnte, sagte ich: »Für euch ist es das wirklich. Aber für mich nicht. Versucht doch zu verstehen, daß mir nur noch diese eine Möglichkeit bleibt, wenn ich die Polizei nicht einschalten will. Und ich muß es ganz allein versuchen.«

Anna schüttelte bedächtig den Kopf. »Marcus Hayworth, hättest du diese Prüfung allein durchstehen wollen, dann hättest du die Gemeinde nicht einweihen dürfen. Damit aber hast du die Last auch auf unsere Schultern gelegt.«

»Bitte!« sagte Uri. »Wir haben eine furchtbar schwere Entscheidung zu treffen, und dabei helfen uns weder spitze Bemerkungen noch hitzige Diskussionen. Die Quäkertradition lehrt uns, daß wir erst dann handeln sollen, wenn wir den Weg klar vor uns sehen. Ich schlage also vor, daß wir jetzt gemeinsam schweigen und warten, bis uns das innere Licht den Weg zeigt.«

James Flood

Alles vorbereiten!

Was von Coco übriggeblieben war, wurde in den ersten Stock hinuntergebracht und in einem Schlafzimmer verstaut. Das Blut aufwischen. Zum Teufel mit der Aufwischerei! Aber Lester sagte, nein, Emily macht dieser Anblick krank. Also wischte er es auf. Als er damit aufhörte und auf den Planken immer noch ein paar Flecken zu sehen waren, hätte es mich nicht gewundert, wenn er das Holz mit Sandpapier abgeraspelt hätte. Aber so weit trieb er's dann doch nicht.

Immer schön systematisch.

Aus den Schlafzimmern schleppten sie fünf Matratzen herauf und zwängten sie, der Länge nach übereinandergeschlagen, durch die Dachluke Niemand sonst hätte das fertiggebracht, aber für meine Mannschaft war es anscheinend ein Kinderspiel. Auf jeder Seite der Dachterrasse wurde eine Matratze gegen das Geländer gelehnt – vielversprechende Schutzwälle nach Norden, Süden, Osten, Westen –, und die fünfte wurde in die Mitte gelegt, zum Ausruhen für den, der während der Belagerung gerade dienstfrei haben würde. Zwei Mann ständig auf Posten, während der dritte versäumten Schlaf nachholen konnte.

Und als Extraservice: ein Stuhl für Mammi. Meine Leute hatten ihr Herz für Emily entdeckt, während sie auf Deborah an einer ganz anderen Stelle reagierten. Lester nannte Emily »Muttchen«. *»Nicht aufregen, Muttchen!«* Harvey titulierte sie respektvoll »Lady«. *»Kein Problem, Lady!«* Vermutlich wollten sie sich auf diese Weise dafür entschuldigen, daß die Sache mit der alten Sarah passiert war, die jahrelang Emilys schmutzige Unterwäsche gewaschen hatte. Und auf diese Weise konnten sie sich auch so schön von dem bösen J. Flood distanzieren. Harvey und Lester mit der weißen Weste. Flood mit der schmutzigen Weste. Aber ich stellte sie deswegen nicht zur Rede. Das Verhältnis zwischen dem General und seiner Truppe war ohnehin nicht besonders gut. Es würde besser werden, sobald der Einsatz begann.

Trotzdem – eine bessere Mannschaft konnte man sich eigentlich gar nicht wünschen. Unbewegliche Objekte. Flood war die unwiderstehliche Kraft. Bisher hatte man sich immer nur dafür interessiert, was geschieht, wenn eine unwiderstehliche Kraft auf ein unbewegliches Objekt trifft. Niemals dafür, was alles passieren kann, wenn man beide zum gleichen Zweck verwendet.

Immer schön systematisch.
Aus der Bibliothek wurden vier Stehlampen geholt, in die vier Ecken der Terrasse gestellt und festgebunden. Mit ihren Messingschirmen und den starken Ersatzbirnen – zweihundert Watt – waren sie gut als Scheinwerfer zu gebrauchen. In sämtlichen Schlafzimmern wurden die Verlängerungsschnüre herausgezogen (anscheinend genug Kabel, um für einen ganzen Kilometer zu reichen) und auf dem Dachboden angeschlossen. Lampen eingeschaltet – alles funktionierte.
Harvey räumte den Kühlschrank aus und brachte einen Karton Lebensmittel und Mineralwasser herauf. Die Vorräte waren bereits ziemlich zusammengeschrumpft, weil die Shanklins, diese Riesenheuschrecken, sich den ganzen Tag über vollgestopft hatten. Aber in der Speisekammer war, wie Harvey berichtete, noch allerlei zu holen. Gut. Die Heuschrecken brauchten nicht zu verhungern.
Dann wurde Deborah aus dem Keller geholt. Verängstigt, aber im großen und ganzen ziemlich gefaßt. Sie und Emily feierten ein rührendes Wiedersehen. Ich beobachtete, wie meine Truppe Deborah beäugte, während sie ihre Mammi tröstete, sie wieder auf den Stuhl drückte und sich über sie beugte, wobei ihr Hinterteil in den engen Jeans den Shanklins zugewandt war. Etwas zu essen, etwas zu trinken und dieser hübsche Hintern – mehr konnte sich eine vom Feind belagerte Truppe gar nicht wünschen.
Zum Schluß wurden die übrigen Waffen und die Munition heraufgebracht. An der Leiter nahm ich ein Stück nach dem anderen von Lester in Empfang und reichte es Harvey durch die Dachluke. Zuletzt schleppte Lester auch einige besonders große Kochtöpfe an.
»Was, zum Teufel, hast du dir denn dabei gedacht?« Ich wollte Harvey den ersten Topf hinaufreichen, aber Lester riß ihn mir aus der Hand und stellte ihn neben die Leiter.
»Mann, wenn's da oben losgeht und einer von uns plötzlich pinkeln muß, können wir ihn doch nicht vor der alten Dame herausziehen!«
Vor Deborah recht gern, was? Aber vor Muttchen – o nein!
Ein echter Gentleman, dieser Muskelprotz!
Mit einem echten Mutterkomplex.
Reizend.
Aber keineswegs reizend, als die Sieben-Uhr-Nachrichten durchgegeben wurden. Während sich Lester, unser Scharfschütze, mit dem Feldstecher und einem M-14-Gewehr bewaffnet, am vorderen Geländer postiert hatte und ich auf der Rückseite Ausschau hielt, stellte Harvey, der auf der Matratze lag, den Transistor lauter, und nun warteten wir auf die Nachrichten von DRAUSSEN. Lester verließ seinen Posten und setzte sich neben Harvey. Meldungen über Meldungen, aber die richtige war nicht dabei. Nach der letzten sahen die beiden zu mir herüber. Harvey hatte nicht

mehr mit mir gesprochen, und auch jetzt machte er den Mund nicht auf. Er schüttelte nur den Kopf. Vorwurfsvoll.
Lester dagegen hüllte sich nicht in Schweigen. »Sie wissen es immer noch nicht!« Es klang bissig, und unser Muttersöhnchen sah plötzlich auch bissig aus. »Da draußen weiß noch niemand, was hier los ist!«
»O doch, sie wissen's schon«, sagte ich. »Im Radio wirst du's vielleicht nicht zu hören bekommen, aber zerbrich dir darüber nicht dein hübsches Lockenköpfchen! Du wirst es jeden Moment aus einem großen Schalltrichter zu hören bekommen, Freundchen. Laut und deutlich.«

Du kannst drei Millionen für Hayworth verbuchen, Jimmyboy.
Nur montags kommen vier Millionen zusammen, und bis zum nächsten Montag ist's noch lang hin. Zu lang.
Sind Sie mit der sofort verfügbaren Million einverstanden, Mr. Flood?
Ja.
Nein.
Eine Million plus hunderttausend. Eine Million für J. Flood, hunderttausend für das Empfangskomitee in St. Hilary, Worthington und Moore. Wenn ihnen das nicht paßte, konnte ich's auch nicht ändern. Sie würden mich mit der Waffe bedrohen, aber ich würde die Kanone auf die Damen richten. Die Handgranaten in meinen Taschen nicht zu vergessen. Nehmen Sie, was ich Ihnen biete, meine Herren, dann können sie auch die Damen haben! Und danach nur noch Flood in der Passagierkabine. Und im ganzen Flugzeug? Der Pilot, der Kopilot, der Bordmechaniker und J. Flood. Mit einer wurfbereiten Handgranate. Wohin, Sir? In den Nahen Osten. Burnusville. Scheichtum.
Der letzte aus *dieser* Juli-Gruppe. Such dir zwei von diesen übereifrigen arabischen Schwachköpfen, und schon ist die nächste gegründet.
Ich stand auf der Westseite der Terrasse und beobachtete den Abhang oberhalb der Fernstraße. Die Sonne, die jetzt bereits dicht über den Wipfeln stand, blendete mich. Harvey lag auf der Matratze und beruhigte sich mit Country- und Westernsongs aus Memphis, mit denen das Regionalprogramm fortgesetzt wurde. Ich gab ihm einen Rippenstoß und drückte ihm meine Maschinenpistole in die Hand. »Lös mich mal kurz ab! Ich hole meine Sonnenbrille.«
Das Schlafzimmer, in dem Coco und ich letzte Nacht auf die Shanklins warteten. Coco, die schwarze Natter, wollte die Truppe zur Meuterei verleiten, aber das hatte er nicht ganz geschafft. Zuerst ein kleiner Sieg, Hubert, dann die große Niederlage. Und sieh doch mal, wer jetzt die Kanone im Gürtel stecken hat!
Die Sonnenbrille lag auf der Frisierkommode. Im Spiegel das Bild Floods, des Siegers.
Am anderen Ende des Korridors die offene Tür zu Janets Zimmer. Zur

Drogenabteilung. Fensterläden dicht. Ich ging hinein und knipste das Licht an. Der lackierte Zauberkasten. War ein anstrengender Tag, und die Nacht konnte noch anstrengender werden. Ich schloß den Kasten auf und schluckte zwei Polamidontabletten. Zuwenig. Noch zwei.
Janets Bett. Jetzt ohne Matratze. Dasselbe Bett wie vor zehn Jahren. Einmal auf ihr, einmal unter ihr, immer ängstlich und vergeblich bemüht, mein Bestes zu geben. Sie nimmt den kleinen Bösewicht in die Hand und fummelt erbost daran herum. »Du lieber Himmel, was ist denn mit dir los, Kleiner?«
Und jetzt hatte ich diesen Fehler gemacht! Sobald wir Pappis Betrug witterten, hätten wir uns alle vier über Janet hermachen sollen. Genau die richtige Behandlung für dich, Baby! Harvey und Lester ziehen ihr die mageren Beine auseinander. J. Flood steigt als erster in den Sattel. Anders als vor zehn Jahren, nicht wahr, Baby?
Oder vielleicht doch nicht anders?
O doch, es wäre bestimmt anders gewesen. Denn sogar jetzt, wo ich nur den Geruch ihres Zimmers einschnüffelte, war ich soweit.
Aber sie ist nicht hier, Jimmyboy. Nur ihr Geruch.
Na schön, ich hätte das Zählen übernehmen und die drei anderen an sie ranlassen können. So oft, bis sie... *Pappi, Pappi, Hilfe!*
Und wo ist der liebe Pappi jetzt?
Er schickt gerade die Geldsäcke nach New York, Baby. Drei Millionen sparen, heißt drei Millionen verdienen.
Dieser gerissene Pappi, der Duffy so lang an die Kandare genommen und das Telefon abgestellt hat!
Wahrscheinlich hatte er es abschalten lassen. Hätte er einfach das Hauptkabel durchgeschnitten, dann wäre die ganze Fernsprechverbindung zum Höhenweg im Eimer gewesen, und die Telefongesellschaft hätte früher oder später den Schaden beheben müssen.
Hatte sie's womöglich bereits getan?
Der Apparat stand auf dem Nachttisch. Ich hob den Hörer ab. Und knallte ihn wieder auf die Gabel.
»Jimmy, komm rauf!« brüllte jemand durchs Treppenhaus.
Ein Signal wiegt tausend Wörter auf.

Wie ein Düsenjäger die Treppe hinauf.
Duffy!
Lester, mein Kleiner, überlaß ihn mir! Ich kann vielleicht nicht so gut mit einem Gewehr umgehen wie du, aber laß mir trotzdem den ersten Schuß, mitten durch den Schalltrichter. Nein, tiefer. Genau in den Bauch, damit er's lang genug spüren kann.
Die Leiter hinauf. Schnapp dir ein M-14, und dann...
Und dann?

Sie standen alle am vorderen Geländer, die Mannschaft genau in der Mitte, die Geiseln auf der Seite. Und die Shanklins, diese blöden Hinterwäldler, hatten anscheinend alle Instruktionen, alle Befehle, alle Warnungen vergessen. Fabelhafte Zielscheiben! Passagiere an der Reling des Dampfers *Lollipop*, ganz der Betrachtung der fliegenden Fische hingegeben.

»In Deckung!« brüllte ich. »Verdammt noch mal, geht in Deckung!«

»Laß den Quatsch!« rief Harvey. »Komm doch mal her!«

Nicht General Duffy auf dem Vormarsch?

Dann mußte es Hayworth sein!

Ich ging hinüber, und Harvey gab mir den Feldstecher. »Da drüben! Auf dem Weg! Was, zum Teufel, soll das?«

Ich visierte den Weg an. Hayworth. Sogar ohne das Fernglas deutlich zu erkennen. Aber er war nicht allein. Da stapften noch vier andere Gestalten den Weg entlang. Anna Marcy, die Königinmutter, nichts als Galle und Essig. Elizabeth Marcy, die bigotte alte Närrin. Ein dürrer, kleiner Mann, kahlköpfig und mit einer Adlernase – Uri Shapiro, der Renommierjude dieser Quäker. Und jemand, dessen Gesicht unter der Baseballmütze nicht zu erkennen war. Eine Baseballmütze! Dieselbe wie vor zehn Jahren. Quincy? Nein, Quimby. Ken Quimby. Der die Frau mit dem großen Maul und dem großen Hintern hatte.

Das Selbstgerechtigkeits-Komitee.

Die Quäkerversammlung von Scammons Landing.

Ich traute meinen Augen nicht. Ich sah sie vor mir und konnte es nicht glauben.

Hayworth blieb stehen. Die anderen auch. Anscheinend hatten Hayworth und Anna Marcy eine Auseinandersetzung. Und plötzlich marschierte Anna los, ganz allein den Weg hinauf. Herrgott noch mal, diese verrückte alte Hexe mußte noch aus der Zeit des englisch-französischen Kolonialkriegs stammen! Man brauchte ihr bloß eine Kugel hineinzujagen, und schon würde sie zu Staub verpuffen. Und jetzt setzten sich auch die anderen vier in Bewegung.

»Ich habe Ihnen doch erklärt, wer diese Leute sind«, sagte Emily zu Harvey. Dann kam sie zu mir herüber und griff nach meinem Arm. »Jimmy, du kennst sie doch auch. Sag deinen Freunden, wer sie sind. Ihr dürft ihnen nichts tun.«

Ich stieß sie weg und sagte zu Harvey: »Du siehst ja, daß Hayworth kommt. Was schadet es schon, wenn er ein paar von seinen verrückten Freunden mit heraufschleppt. Hauptsache, wir sind wieder im Geschäft.«

»Wieso denn? Ich sehe nicht, daß sie Geldsäcke mitbringen. Wenn du mir ein paar große Geldsäcke zeigen kannst, glaub ich dir, daß wir wieder im Geschäft sind.«

»Mann«, blökte Lester, »wir sind wieder genau da, wo wir angefangen haben.«
Ein Affe macht's dem andern nach. Affenbrüder. Ruhig bleiben, Jimmyboy! Kannst du was anderes erwarten, wenn du dich mit Tieren einläßt? Aber wie ich auf das Ganze reagierte, behagte mir gar nicht. Zu kühl. Eiskalt. Ein frostiges Gefühl im Magen, ein Dröhnen in den Ohren und zitternde Hände. Der Schaltknopf. Komm ihm nicht zu nahe, Flood, denn du hast zwei Shanklins gegen dich. Und sie sind ganz offensichtlich zur Abrechnung bereit.
Ruhig, Jimmyboy!
»Strengt doch mal euer Gehirn an! Wir haben Hayworth wieder hier und dazu weitere Geiseln, die wir gegen ihn ausspielen können. Wir brauchen nichts weiter zu tun, als...«
»Du hast gesagt, daß da draußen Polizisten sind«, unterbrach mich Lester. »Mann, wenn das so wäre, glaubst du vielleicht, sie würden diese Leute einfach hier herauflaufen lassen?«
»Und warum bringt er die anderen mit?« fragte Harvey wütend. »Was, zum Teufel, hat er vor?«
Ruhig bleiben, Jimmyboy! Ganz ruhig!
»Woher soll ich das wissen? Vielleicht wollen sie eine Andacht abhalten. Das ist schließlich ihr Gewerbe. Andachten abhalten. Und Hayworth hat sie dafür geködert, weil er uns hinhalten will. Aber damit ist jetzt Schluß! Er wird sehr genau merken, was passiert, wenn er die Sache zu weit treibt. Er wird sehr rasch dazulernen.«
Jetzt fiel Emily über Harvey her. »Bitte, hören Sie nicht auf ihn! Bitte! Mein Mann und seine Freunde tun Ihnen bestimmt nichts. Niemand will Ihnen etwas tun. Das müssen Sie doch inzwischen gemerkt haben. Alle wollen doch nur, daß Sie wieder weggehen.«
Und jetzt bekam sie auch noch einen Weinkrampf. Aber anstatt ihr eine runterzuhauen, damit sie wieder vernünftig wurde, versuchte Harvey nur, sie von sich wegzuschieben, ohne ihr wehzutun. Dieser hinterwäldlerische Trottel sah dabei tatsächlich verlegen aus! »Ja, ja! Ist schon gut, Lady.«
Die Prozession hatte schon fast die Zufahrt erreicht. Nächstens würden sie vermutlich an der Haustür klingeln. *»Wollen Sie nicht vielleicht die Zeitschrift der Gesellschaft der Freunde abonnieren, Sir? Oder vielleicht etwas für unser Hilfskomitee spenden? Oder wie wär's mit einem gemeinsamen Gebet für einen verdienstvollen fetten Kater?«*
Wer ist hier eigentlich der Boß, Flood?
Seit wann werden Schlangen von Vögeln hypnotisiert?
Los, tu etwas!
»Ich gehe jetzt hinaus und verhandle mit Hayworth. Ihr behaltet die Umgebung im Auge und gebt mir notfalls vom Dach aus Feuerschutz.«

»Feuerschutz?« sagte Lester. »Wer soll dich denn angreifen? Willst du uns noch immer weismachen, daß da draußen Bullen sind?«
»An deiner Stelle würde ich meinen Kopf nicht dagegen wetten, Kleiner. Laß den Wald nicht aus den Augen, solange ich mit Hayworth rede. Und in Gedanken kannst du inzwischen deinen Anteil zählen. Vier Millionen Dollar und nur drei Empfänger!«
Sein Bruder schien den Braten gerochen zu haben. Eine gute Nase hatte dieser Harvey! »Warum willst du zu ihnen hinausgehen? Warum bringst du sie nicht alle zu uns herauf?«
Ich konnte ihm wohl kaum sagen, daß ich das, was ich da draußen zu erledigen hatte, hier oben höchstwahrscheinlich nicht erledigen konnte, weil die beiden Shanklins es verhindern würden. Vor allem der eine. Lester, unser Muskelmann mit dem Mutterkomplex.
»Ich möchte sie nicht im Haus haben. Wenn ich mit ihnen gesprochen habe, werden sie sofort in den Ort hinuntergehen und die Nachricht verbreiten. Das ist jetzt das allerwichtigste.«
Harvey schüttelte den Kopf. »Aber –« Ich schnitt ihm das Wort ab. »Du regst dich doch ständig darüber auf, daß im Radio nichts von der Sache zu hören ist. Weißt du vielleicht ein besseres Mittel, um das zu ändern?«
Keine Antwort.
»Also gut. Und falls da draußen irgendwas passiert, darfst du auf keinen Fall Hayworth umlegen. Das wäre ein Fehler, kapiert? Denk immer daran, daß er unser Zahlmeister ist.«
Keine Widerrede.
Jetzt kamen sie die Zufahrt herauf.
Auftritt des Clowns.

Marcus Hayworth

Aus dem schattigen Wald hinaus in den blendenden Sonnenschein.
Das Haus.
Alle Fensterläden geschlossen, alle Fenster wie blinde Augen.
Das Geländer der Dachterrasse.
Gegen die untergehende Sonne nur schwer zu erkennen. Ich schirmte meine Augen mit der Hand ab. Eine massige Gestalt am Geländer. Und noch eine. Und etwas davon entfernt zwei kleinere Gestalten. Die Frauen. Sie lebten!
Es hatte also kein Erschießungskommando gegeben. Mir wurde schwindlig vor Erleichterung. »Dort oben!« flüsterte ich. »Emily und Deborah.« Und Kenneth sagte: »Ja, ich kann sie erkennen.« Also keine Phantasiegebilde.
Schwindlig vor Erleichterung, aber inwendig ein einziger großer Klumpen Angst. Wenn ich jetzt allein gewesen wäre, hätte es mich ungeheure Überwindung gekostet, mein Vorhaben zu verwirklichen. Ich war kein mutiger Mensch. Das hatte ich mir zwar nie anmerken lassen, aber es war die Wahrheit. Immer, wenn ich eine Gefahr vor mir sah, konnte ich ihr nicht kurz entschlossen entgegengehen, sondern mußte mich immer erst dazu zwingen. Und jetzt forderte mir die Angst um die Menschen, die hier neben mir standen, allzu viel Mut ab.
Am Geländer tauchte eine fünfte Gestalt auf. Weniger kräftig gebaut und viel kleiner als die beiden neben ihr. Flood! Schon bei seinem Anblick zuckte ich zusammen. Wäre es doch bloß Digby gewesen! Aber er ließ sich nicht blicken.
Ich starrte zu dieser Gestalt hinüber, und das gleißende Licht trieb mir die Tränen in die Augen. Aber nicht Flood sah ich vor mir, sondern das Gesicht Ethels, als Kenneth sagte: »Ich gehe auch mit. Du bleibst hier. Anna hat recht. Jemand muß sich ums Telefon kümmern.«
Sie wußte, was er wirklich meinte: Wenn mir etwas passiert, muß sich jemand um die Kinder kümmern.
Ihr Gesicht.
Nein, ich konnte den Rest des Weges allein gehen. Ich durfte die anderen nicht mitnehmen. Sie hatten mich schon weit genug begleitet. Kaum zu glauben, wie weit! Aber hier war für sie Endstation!
Ich erklärte es ihnen, und sie unterbrachen mich nicht. Dann sagte Anna: »Marcus, du weißt, zu welchem Entschluß die Versammlung gelangt ist.

Sollen wir vielleicht alle paar Schritte eine neue Versammlung abhalten?«
»Anna, es genügt doch, wenn ihr hier wartet. Sie können euch vom Dach aus erkennen.«
»Wenn sie uns erkennen können, wissen sie auch, daß wir in friedlicher Absicht kommen. Und deshalb werden sie uns nichts tun.«
In friedlicher Absicht.
Großer Gott, seit über dreihundert Jahren waren wir Quäker stets in friedlicher Absicht gekommen, und was hatten wir erreicht?
Wir sind nicht dazu bestimmt, die Aufgabe zu vollenden, aber wir dürfen nicht aufhören, danach zu trachten.
Sie glaubte daran, diese verschrumpelte alte Frau. Sie und Elizabeth hatten stets nach diesem Wort gelebt, aber immer abseits der wirklichen Welt, immer gegen sie abgeschirmt. Was wußten sie von der Welt und ihrer Grausamkeit? Hatten sie Sarah Frisch im Bett liegen gesehen, brutal zusammengeschlagen, bewußtlos, an Händen und Füßen gefesselt? Hatten sie bereits vergessen, daß an ihr ein Mord begangen worden war? Erregt erinnerte ich sie daran, aber Anna schüttelte den Kopf. »Marcus, du weißt, daß ich nicht mitgekommen bin, um Emily und Deborah vom Weg aus zu sehen, sondern um in dieser Prüfung bei ihnen zu sein.«
»Du bist eine Närrin, Anna! Meine Frau und meine Tochter wollen nicht, daß sich noch jemand dort einsperren läßt, um ihre Angst zu teilen. Sie wollen, daß James Flood das Geld bekommt und verschwindet. Und du stehst diesem Wunsch im Wege!«
Sie kniff die Augen zusammen und fixierte mich wie jemanden, dem sie schon einmal irgendwo begegnet war, jetzt aber nicht mehr erkannte. Dann zeichnete sie mit der Spitze ihres Schuhs eine Linie in den Staub, direkt vor meinen Füßen.
»Wie steht's, Marcus? Reicht dein Glaube nur bis hierher und nicht weiter?«
»Anna...« Aber sie drehte sich um und ging weiter, ganz allein auf das Haus zu. Dann lief ihr Elizabeth nach, und nun setzten sich auch Kenneth und Uri in Bewegung, der hilflos ihren Namen rief, aber ebenso ignoriert wurde wie ich.
Der Glaube, der sich ins Feuer stürzt.
Und ich konnte die vier nicht zurückrufen, konnte sie nicht zurückzerren. Mir blieb nichts anderes übrig, als sie zu überholen.
Und ins Feuer zu führen.

Von der Einfahrt aus konnte ich alle, die auf dem Dach standen, genau erkennen. Sie sahen zu uns herunter. Emily und Deborah beugten sich übers Geländer, der Mann namens Harvey beobachtete uns durch ein Fernglas, der andere – Les – hatte ein Gewehr auf uns gerichtet.

Flood war nicht mehr zu sehen. Vielleicht war er bereits auf dem Weg zur Haustür. Er hatte also noch immer das Kommando. Er, und nicht, wie ich so verzweifelt gehofft hatte, der vernünftigere Digby.
Plötzlich ging die Tür auf. Innen erschien eine schattenhafte Gestalt. »Stehenbleiben!«
Flood.
Ich blieb stehen. Die anderen auch. Mir war es nicht gelungen, Anna aufzuhalten, aber Flood gelang es.
Vorsichtig, noch immer mit dem Rücken zur offenen Tür, trat er auf die Veranda heraus. Die Pistole auf uns gerichtet, ließ er den Blick über das Gelände hinter uns schweifen. Glaubte er etwa auch jetzt noch, daß ihm von dort draußen Gefahr drohte?
Ja, er war offenbar verrückt genug, um das zu glauben.
Man brauchte ihn bloß anzusehen. Er war von Kopf bis Fuß mit Schmutz bedeckt, sein Hemd bestand nur noch aus Fetzen, Haare und Bart waren verfilzt. Und sein Gesichtsausdruck! Es war, als betrachte eine Spinne die fetten Fliegen, die sich in ihrem Netz gefangen hatten. Immer wieder verzogen sich seine Lippen zu einem Lächeln. Nein, es war eher eine Grimasse. Ein nervöses Zucken. Einen Moment lang waren seine zusammengebissenen Zähne zu sehen, im nächsten Augenblick zogen sich seine Lippen zusammen, und sein Gesicht erstarrte.
»Flood«, sagte ich, »Sie sehen ja, daß wir...«
»Maul halten!«
Es klang wie das Lallen eines Betrunkenen. Als er die Stufen herunterkam, hatte ich den Eindruck, daß er nicht sicher auf den Beinen war. Etwa einen Meter vor uns blieb er stehen und schwenkte die Pistole. »Stellt euch in einer Reihe auf, ihr Arschlöcher!«
Wieder dieses merkwürdige Lallen! Den Finger am Abzug, zielte er auf unsere Köpfe. Wir standen dicht hintereinander. Ich ging einen Schritt zurück und stellte mich neben Anna und Elizabeth, Uri und Kenneth gingen ans andere Ende der Reihe. Wie bei einem Spiel. Für Flood gehörten die unflätigen Ausdrücke und die gezückte Waffe zu diesem Spiel, aber früher oder später würde er zur Sache kommen. Und inzwischen mußten wir geduldig mitspielen.
Er ließ den Blick von einem zum andern wandern, bis er ihn schließlich etwas unsicher auf Anna heftete. »Hast wohl Angst, Anna?«
»Ja. Aber ich habe keine Angst vor dir, James Flood. Ich habe Angst um dich.«
»Na so was! Schätzchen, hat dir einer von denen eigentlich schon mal gesagt, was für eine gräßliche alte Hexe du bist? Sicher nicht. Jetzt weißt du's jedenfalls.«
Auch das gehörte zu seinem Spiel. Zum Glück war Anna besonnen genug, um sich nicht provozieren zu lassen.

Jetzt sah er mich an. »Und das Geld, Marcus? Wo hast du's denn? In der Tasche?«
»Flood, um darüber mit Ihnen zu sprechen, bin ich hergekommen.«
Wieder bewegte er die Pistole hin und her. »Und warum sind die hier mitgekommen?«
»Nur um Ihnen zu beweisen, daß Sie nichts zu befürchten haben. Sie kennen diese Leute und wissen, daß ich die Wahrheit sage.«
»Nichts zu befürchten? Und wie nennst du Scheißkerl deine ganz speziellen Tricks? Den kleinen Jimmy Flood hinhalten, was? Verduften, bis die Polizei fertig zum Angriff ist?«
»Nein. Hören Sie, Flood, dort draußen ist kein einziger Polizist. Die wissen überhaupt nichts von der Sache.«
»Und die Straßensperren? Und der Streifenwagen, der sie kontrolliert hat?«
»Von einem Streifenwagen weiß ich nichts. Und den Weg habe ich selbst blockiert.«
»Du bist ein Lügner, Marcus. Ein gottverdammter, habgieriger Lügner!«
Kein Zweifel, er war betrunken. Er stammelte und verzog dabei krampfhaft den Mund. »Also, was ist mit dem Geld? Was gibt's da noch zu verhandeln? Du zahlst, ich kassiere. So war's vereinbart, stimmt's?«
»Ja. Aber ich stelle gewisse Bedingungen...«
»Bedingungen? Du glaubst, du kannst mir Bedingungen stellen?«
»Flood, nehmen Sie doch Vernunft an! Lassen Sie die Frauen frei und behalten Sie mich hier. Die Frauen werden dann alles in die Wege leiten.«
»Ach, wirklich?« Aber er dachte wenigstens darüber nach. Die blutunterlaufenen Augen zusammengekniffen, dachte er darüber nach. »Alles in die Wege leiten? Und wie lange wird das dauern?«
»Der Tresor kann morgen früh um acht geöffnet werden. Wenn ich dann noch zwei Stunden Spielraum habe...«
»Nein. Heute nacht.«
»Aber der Tresor hat ein Zeitschloß. Es ist völlig unmöglich, ihn...«
»Das ist dein Problem. Spreng das verdammte Ding auf, wenn's nicht anders geht! Jetzt wird die Sache nämlich ernst, Marcus. Bisher hast du mir anscheinend kein Wort geglaubt, aber das wird sich sofort ändern. Hier hast du meine Bedingungen: Du gehst, und alle anderen bleiben hier. Du hast drei Stunden Zeit, um die Bank für mich auszuräumen. Und um für die Flugzeuge zu sorgen.«
»Flood, so geht es aber nicht!«
»Soll das heißen, daß Duffy dir nicht erlaubt hat, es so zu machen, weil es bald dunkel sein wird? Weil dann er die Sache in die Hand nimmt?«
»Nein. Ich gebe Ihnen mein Wort, daß er nicht das geringste davon weiß.«
Meine Nerven waren zum Zerreißen gespannt, und ich hatte das Gefühl,

jetzt selbst betrunken zu sein und genauso heiser und undeutlich zu sprechen wie Flood. Aber das spielte keine Rolle, weil er meinen Worten ohnehin keine Beachtung schenkte.

»Ich sorge schon dafür, daß du mich ernst nimmst, Marcus. Und zwar sofort. Umdrehen! Du nicht, die anderen!«

Ich blieb wie versteinert stehen, während die anderen langsam und unsicher Floods Befehl gehorchten.

»Dir werd ich's zeigen!« sagte er heiser, ging auf Anna zu und blieb etwa zwei Schritte hinter ihr stehen. »Ihr wird niemand nachtrauern. Sie ist längst überfällig. Deshalb kommt sie als erste dran. Und falls du nicht rechtzeitig zurückkommst, wird alle drei Stunden einer von den anderen Clowns erledigt. Jetzt wird nämlich nicht mehr verhandelt, Marcus, sondern gehandelt.«

Er zielte auf Annas Hinterkopf. »Aufgepaßt, Marcus!«

»Flood!«

Nein, er würde es nicht tun. Das konnte er einfach nicht tun! Und dann ein Klicken! Er hatte den Abzug gespannt. Und sein Gesichtsausdruck! Die pure Lust am Töten. Ja, er würde es tun.

Nur noch diese grinsende Fratze vor Augen, wollte ich mich auf ihn stürzen, aber plötzlich war es keine grinsende Fratze mehr. Über mir ein Knall, vor mir ein schmerzverzerrtes Gesicht mit schreckensstarren Augen und offenem Mund. Flood schwankte, ging in die Knie, stützte sich mit beiden Händen auf und ließ die Pistole los, als er versuchte, sich wieder hochzustemmen. Seine Arme und Beine wurden schlaff, und dann lag er mit dem Gesicht nach unten auf der Erde. In Schulterhöhe erschien auf seinem Hemd ein roter Fleck, der ständig größer wurde und sich langsam verästelte.

Schreie. Frauenstimmen. Ich sah zum Dach hinauf. Emily und Deborah Les, das Gewehr noch im Anschlag. Und Harvey.

Er deutete zu mir herunter. »Stehenbleiben! Niemand bewegt sich!«

Noch immer kein Ausweg.

Emily sorgte für Verbandmaterial, Harvey leistete Erste Hilfe. Er riß Flood das blutige Hemd vom Leib, goß reinen Alkohol über das kleine Loch in der Schulter und über die größere Wunde oberhalb der Brustwarze, wo die Kugel ausgetreten war, deckte beide Stellen mit Verbandmull ab und befestigte ihn mit Heftpflaster. Flood, aschfahl und anscheinend bewußtlos, stöhnte und zuckte bei dieser primitiven, schmerzhaften Prozedur. Manchmal flatterten seine Augenlider, und seine Lippen verzerrten sich krampfhaft und entblößten die zusammengebissenen Zähne.

Les sah entsetzt auf Flood hinunter. Dann beugte er sich über ihn. »Das hab ich nicht gewollt, Jimmy. Ich schwöre dir, daß ich nur auf deine Kanone gezielt habe. Das glaubst du mir doch, Jimmy?«

Harvey, noch immer mit dem Verwundeten beschäftigt, sagte ärgerlich: »Du siehst doch, daß er bewußtlos ist. Also laß dieses blöde Gequassel! Sperr erst mal diese Leute in den Keller! Nur den hier nicht!« Er deutete mit dem Kopf auf mich.
Les war offensichtlich froh, daß er sich betätigen konnte. Er hatte sein Gewehr gegen eine Maschinenpistole ausgetauscht, mit der er uns jetzt zusammentrieb. »Also, ihr habt's gehört. Marsch, bewegt euch!«
Alle außer mir.
Ich mußte hier draußen bei Harvey und James Flood bleiben. Auch jetzt noch löste dieser Flood einen solchen Abscheu in mir aus, daß ich, als Harvey ihm eines meiner eigenen Hemden anzog (das Emily herausgebracht hatte) und dabei Floods Arm auf meinen Schuh zubewegte, automatisch zurückwich. Als würde mir dieser Arm einen Stich versetzen.
Harvey stand auf und sah nachdenklich auf Flood hinunter. »Dieser verrückte Kerl war plötzlich darauf erpicht, alte Damen zu erledigen. Wie heute früh diese Sarah. Er hat sie ein für allemal zum Schweigen gebracht, wissen Sie das schon? Den Nigger übrigens auch. Anfälle von Mordlust, verstehen Sie?«
»Ja.« Digby war tot. Wir hatten uns also nicht bloß eingebildet, vom Haus her Schüsse zu hören.
»Und Sie sind daran schuld.«
»Wieso ich?«
»Na klar. Weil es ihn nervös gemacht hat, daß Sie den Karren in den Dreck gefahren haben. Aber jetzt fahren Sie ihn wieder heraus!«
»Wenn ich irgendwie verhindern kann, daß noch jemandem etwas zustößt...«
»Zum Teufel mit diesem Gewäsch! Ich frage, Sie antworten. Kapiert?«
»Ja.«
»Also, warum haben Sie diese Leute mitgebracht?«
»Weil sie mitkommen wollten. Um Ihnen zu beweisen, daß Ihnen keine Gefahr droht. Keinem von Ihnen.«
»Hm. Das hat Ihre Frau auch gesagt. Wissen Sie, was ich glaube? Daß ihr alle Spinner seid. Wie haben Sie die Bullen zurückgehalten?«
»Ich habe die Polizei überhaupt nicht informiert. Das ist die reine Wahrheit. Sie müssen es mir glauben.«
»Verdammt noch mal, mich brauchen Sie nicht erst zu überzeugen! Wenn die Polente informiert gewesen wäre, hätten Sie und Ihre Spinner wohl kaum so einfach hier antanzen können, stimmt's? Aber die Straßensperren und das abgeschaltete Telefon... Früher oder später werden sie bestimmt dahinterkommen, was?«
»Ja.«
»Also heißt die Preisfrage: Wann? Vielleicht heute nacht?«
»Ich weiß es nicht. Möglich.«

»Und was ist mit Ihren Freunden drunten im Keller? Irgend jemand wird sie doch sicher ziemlich bald vermissen?«
»Ja.«
»Jetzt hören Sie mal gut zu!« Sein Gesicht wirkte jetzt nicht mehr ausdruckslos. Plötzlich hatte er wache Augen. »Als Sie Flood sagten, daß der Banktresor auf acht Uhr morgens eingestellt ist – hat das gestimmt?«
»Ja. Er hat ein Zeitschloß.«
»Dann werden wir uns sofort von hier verkrümeln. Sie, ich, Les und Jimmy. Wir fahren zur Fernstraße hinunter und kutschieren bis morgen früh um acht in der Gegend herum. Dann besorgen Sie das Geld, und damit hat sich's. Kein Tamtam, keinem passiert was. Sie bleiben bei uns, bis wir genügend Vorsprung haben.«
»Aber mit dem Auto kommen Sie nicht um die Straßensperren herum.« Plötzlich bekam er einen mürrischen Gesichtsausdruck. Ich mußte rasch weitersprechen, rasch und überzeugend. »Aber hinter dem Haus führt ein Weg zur Fernstraße hinunter, und dort wartet ein Auto. Ein Lieferwagen.«
»Ein Lieferwagen? Wieso?«
»Mein Schwiegersohn – Sie haben ihn heute früh mit mir weggeschickt –, also, mein Schwiegersohn und ich, wir dachten, Flood würde sich vielleicht auf diesem Weg absetzen. Deshalb wollten wir die Stelle im Auge behalten.«
Harvey kaute nachdenklich auf seinem Fingernagel herum. »Wie lange braucht man von hier bis zu Ihrem Lieferwagen?«
»Wenn wir uns beeilen, fünfzehn bis zwanzig Minuten. Aber wir müßten uns auf den Weg machen, bevor es ganz dunkel wird.«
Ich mußte alles versuchen, um sie von hier wegzulotsen. Aber so sehr ich es mir auch wünschte, ganz allein konnte ich die Sache nicht bewältigen. Ich mußte David mit hineinziehen.
Jetzt waren wir an der Reihe, als Geiseln zu fungieren.
Harvey malträtierte noch immer seinen Fingernagel. Die Brauen nachdenklich gefaltet, starrte er vor sich hin. »Also gut. So wird's gemacht. Ich brauche Ihnen wohl nicht zu sagen, was passieren wird, wenn das eine Falle ist.«
»Nein, das brauchen Sie mir nicht zu sagen.«

Im Haus mußten wir auf Les warten, der seine Aufgabe, die Gefangenen im Keller einzusperren, offenbar ungeheuer wichtig nahm.
Es war zum Verrücktwerden.
Flood, den Harvey auf eine Couch gelegt hatte, machte hie und da eine jähe Bewegung. Sein Gesicht war nicht mehr so farblos wie vorhin. Ich mußte sie hier wegbringen! Ich brannte vor Ungeduld, sie wegzubringen, bevor Flood wieder zu sich kam. Schon die Gegenwart des besinnungslosen

Flood war entnervend, aber die Vorstellung, er könnte wieder zu vollem Bewußtsein gelangen, jagte mir Entsetzen ein.
Als Les endlich erschien, sagte Harvey. »Das hat aber lange gedauert!«
»Ja. Weil der Keller auch eine Treppe zum Garten und Falltüren hat. Ich hab sie vorsichtshalber mit Draht gesichert.«
»Gut. Dann also nichts wie weg!«
Gott sei Dank!
Wir verließen das Haus durch die Küche. Ich mußte vorausgehen, Harvey hielt mir die Maschinenpistole ans Kreuz, und Les, der sich Flood über die Schulter geladen hatte, kam als letzter.
Im Vorübergehen sah ich, daß die Tür zu Sarah Frischs Zimmer geschlossen war. Die treue Seele! Sie war für die Hausarbeit schon zu alt gewesen, aber ich hatte es nie übers Herz gebracht, sie in Pension zu schicken. Hätte ich's nur getan!
Draußen warf ich einen Blick auf die Falltüren, die unterhalb des Küchenfensters zur Kellertreppe führten und deren Haspen jetzt mit Draht umwickelt waren. Der Keller hatte keine Fenster, aber irgendwann würde es Kenneth sicher gelingen, die Falltüren oder die Tür zur Diele zu öffnen. Dann würden sie alle sechs herauskommen, dorthin, wo die Toten lagen. Sarah Frisch und Digby.
Und die Vermißten?
Ich. Und David. Vorausgesetzt, daß er überhaupt noch im Lieferwagen wartete. Und wenn nicht? Was immer geschehen würde, jedenfalls wäre dann nur ich, das ursprüngliche, das eigentliche Opfer, davon betroffen. Aber auch wenn ich überlebte, würde mein Haus für mich niemals mehr das gleiche sein.
Die Sonne war nicht mehr zu sehen, nur noch der Purpurschimmer über den fernen Hügeln, deren Wälder dicht über dem Horizont in Flammen zu stehen schienen. Wir überquerten den Rasen und begannen, den Steilpfad hinunterzugehen, einer hinter dem anderen. Alle paar Schritte drückte mir Harvey die Pistole in den Rücken, nicht etwa, um mich anzutreiben (ich ging ohnehin so schnell wie möglich), sondern um mich immer wieder an die Waffe zu erinnern.
Anfangs kamen wir gut voran, aber der Abstieg wurde schwieriger, sobald wir die Stelle unterhalb des kleinen Wasserfalls erreicht hatten, von der aus sich statt eines Pfades nur noch ein schmales, ausgetrocknetes Bachbett bis zu dem Kanal hinunterschlängelte, der die Fernstraße unterquerte. Das Wasser, das hier während der Schneeschmelze zu Tal floß, hatte zwei Rinnen ausgewaschen, die ein schmales V bildeten. Bei jeder Krümmung hatte es scharfkantige Steinbrocken angespült, und dort, wo die Rinnen zusammenliefen, drei knorrige Baumwurzeln freigelegt. Man mußte gute Sicht haben und die Balance behalten, wenn man diesen Pfad rasch hinuntergehen wollte. Jetzt aber machte die zunehmende Dunkel-

heit den Abstieg fast unmöglich. Ich rutschte immer wieder aus und stolperte über kaum noch erkennbare Hindernisse, verlangsamte aber mein Tempo trotzdem nicht. Harvey und Les blieben, wenn auch schimpfend und fluchend, dicht hinter mir.
Der Punkt, von dem es kein Zurück mehr gab.
Bevor es ganz dunkel wurde, mußten wir so weit vom Haus entfernt sein, daß die beiden nicht mehr umkehren konnten.
Eine scharfe Biegung, und dann waren dort unten Lichter zu sehen. Die Scheinwerfer der Autos auf beiden Fahrbahnen der Fernstraße. »Halt!« rief Lester, und sofort schloß sich Harveys Pratze wie ein Schraubstock um meinen Arm. Wir drehten uns um und sahen, daß Flood wieder auf den Beinen war. Er schwankte noch etwas und hatte die Hand an seine Schulter gepreßt. Les wollte ihn stützen, aber Flood stieß seinen Arm weg. Es war so still, daß ich jeden seiner röchelnden Atemzüge hören konnte. Er musterte uns der Reihe nach. Schließlich sagte er, den Blick auf Harvey geheftet, mit ätzendem Spott: »Keine Bullen. In deinen Dickschädel geht einfach kein anderer Gedanke hinein. Keine Bullen, was? Und dann schläfst du ein und läßt sie auf uns los.«
»Jimmy«, sagte Les, »das waren nicht die Bullen. Ich war's. Aber ich schwöre dir, daß ich nur deine Kanone treffen wollte. Ich weiß nicht, wie das passiert ist. Das schwör ich dir!«
»Du?«
»Ja«, sagte Harvey. »Mann, du mußt nicht bei Trost gewesen sein, als du die alte Dame umlegen wolltest. Und was, zum Teufel, hätte uns das genützt?«
Flood versuchte, diesen Vorwurf zu verdauen. »Und du hast ihm erlaubt, mich niederzuknallen?«
»Mann, glaubst du vielleicht, du wärst jetzt hier, wenn wir vorgehabt hätten, dich niederzuknallen? Die Sache läuft jetzt prima. Wir haben Hayworth, dort unten wartet ein Auto auf uns, und morgen früh kassieren wir alles, was er beschaffen kann. Und wir behalten ihn so lange wie nötig bei uns.«
»Wie bist du denn auf diese grandiose Idee gekommen? Hat er dir das eingeredet?«
»Es ist ein gutes Geschäft, Jimmy. Und wenn's dir nicht paßt, kannst du deinen Hintern jetzt sofort auf diesem Stein parken und uns ade sagen.«
»Jimmy«, sagte Les fast flehentlich, »ich hab mir beinahe das Kreuz gebrochen, um dich so weit herunterzuschleppen, und jetzt machst du uns Vorwürfe!«
»Vergiß nicht, daß wir immer noch bei Stufe zwei sind.«
»Sagen wir lieber zweieinhalb«, konterte Harvey.
Wieder waren Floods röchelnde Atemzüge zu hören. Er griff nach seiner Hüfte und ließ die Hand dort liegen. »Ich habe keine Kanone.«

»Könntest du mit diesem Loch in der Schulter sowieso nicht gebrauchen«, sagte Harvey. »Das kommt noch dazu. Wenn wir uns im Haus verschanzt hätten, könnten wir dich nicht behandeln lassen. Unterwegs ist das möglich.«
»Auf einen Arzt kann ich verzichten, aber auf meine Kanone nicht.« Er fummelte an seinem Hemd herum, als wollte er demonstrieren, daß er unbewaffnet war. »Verdammter Mist! Soll ich mich einfach abknallen lassen?«
»Aber...« begann Harvey.
»Her mit der Kanone! Oder hast du vor, mich draufgehen zu lassen, wenn sie uns in die Enge treiben?«
»Verflucht noch mal, du weißt genau, daß ich das nie tun würde!«
»Dann beweis es mir doch!«
Nach kurzem Zögern zog Harvey den Revolver aus dem Gürtel und hielt ihn, mit dem Griff nach vorn, Flood entgegen. Ich sah, daß er dabei den Lauf seiner Maschinenpistole von mir weg und auf Flood zu bewegte, dem es ebenfalls nicht entging. Er nahm den Revolver unbeholfen in die linke Hand und schob damit Harveys Pistole zur Seite. »Mach keinen Quatsch!« sagte er eiskalt. »Wir haben die Sache gemeinsam begonnen, jetzt bringen wir sie auch gemeinsam zu Ende.«
»Genau!« sagte Lester eilfertig.
James Flood hatte wieder das Kommando übernommen.
»Wo steht das Auto?« fragte er mich.
»Auf der Fernstraße, nahe beim Steilpfad. Es ist ein Lieferwagen. Mein Schwiegersohn wartet darin.«
»Na schön, sehen wir uns die Sache mal an. Und immer schön langsam! Wir bleiben erst mal in Deckung, kapiert?«
Immer schön langsam. Die nächste scharfe Biegung, dann noch eine, dann die letzte. Da das ausgetrocknete Bachbett immer tiefer und enger wurde, je näher wir dem Kanal kamen, mußten wir herausklettern und auf dem schmalen Randstreifen weitergehen. Die Böschung war nicht steil, aber Flood kostete es enorme Anstrengung, sich hinaufzuhieven. Er rutschte ein paarmal ab, dann versuchte er, den einen Fuß auf die Böschung zu setzen und den anderen nachzuziehen, doch als Les ihm helfen wollte, stieß er auch diesmal seine Hand zurück. Als er endlich oben war, schleppte er sich weit vornübergebeugt weiter. Ich glaube, es war nur noch sein Überlebenstrieb, der ihm die Kraft zum Weiterlaufen gab. Sein rechter Arm hing schlaff herunter, mit der linken Hand hielt er den Revolver umklammert.
Die Fernstraße. Die Fahrbahn in nördlicher Richtung. Mäßiger Verkehr. Scheinwerfer, die unsere Gesichter streiften: Autos, unterwegs nach Ticonderoga, Lake Champlain und Kanada.
Flood deutete mit dem Revolver nach vorn. »Ist das der Lieferwagen?«

Dort stand er, auffällig genug mit seiner cremefarbenen Karosserie, der hochgeklappten Motorhaube und den auf uns gerichteten, abgeblendeten Scheinwerfern. Etwa fünfundzwanzig Meter vom Steilpfad entfernt, parkte er am Straßenrand. Eine dicht davor kauernde Gestalt, die sich plötzlich aufrichtete.

»David«, sagte ich. »Ja, das ist der Wagen.«

Jetzt sah David zu uns herüber. Konnte er im Halbdunkel überhaupt erkennen, daß der vierte Mann nicht Digby, sondern ich war? Er schloß hastig die Haube und ging auf den Fahrersitz zu.

»Los!« herrschte mich Flood an. »Jetzt schrei mal tüchtig! Brüll dir deine verdammte Seele aus dem Leib! Sonst erledige ich ihn sofort!«

»David!« schrie ich und schwenkte heftig die Arme. »David!« Er blieb wie angewurzelt stehen und starrte herüber.

»Geh zu ihm!« befahl Flood.

Sie folgten mir zum Wagen. »Was ist passiert?« fragte David entgeistert. »Wieso bist du hier? Wo ist Digby?«

»Er ist tot.«

»Maul halten! Beide!« sagte Flood wütend. »Und hört jetzt gut zu...«

Weiter kam er nicht. Er starrte, wie wir alle, auf das Auto, das langsam auf den Lieferwagen zufuhr. Ein Blinklicht auf dem Dach.

Die Verkehrsstreife.

Großer Gott, ausgerechnet jetzt!

Das Auto hielt. Der Polizist auf dem Beifahrersitz steckte den Kopf aus dem Fenster. Ein scharfgeschnittenes Gesicht.

»Was denken Sie sich eigentlich?« fauchte er David an. »Vor zwei Stunden haben Sie mir gesagt, es handle sich nur um eine kleine Reparatur. Wollen Sie vielleicht die ganze Nacht hier herumstehen?«

»Nein, nein. Ist schon repariert. Alles in Ordnung.«

»So?« Scharfe Gesichtszüge, scharfe Augen. Sie musterten uns der Reihe nach. Flood hatte sich so dicht hinter mich gestellt, daß sein Revolver vom Polizeiauto aus nicht zu sehen war. Harvey hatte die Maschinenpistole hinter seinem Rücken verborgen. Der Polizist fragte David: »Wo kommen diese Leute her? Die waren doch vorhin noch nicht da?«

Schweigen. Zu lange. Dann spürte ich Floods Revolver an meinem Rükken. Ich deutete zum Hügelkamm hinauf. »Ich wohne dort oben, Herr Wachtmeister. Wir sind heruntergekommen, weil wir gesehen haben, daß der Lieferwagen eine Panne hat.«

»So? Na, dann bleiben Sie mal alle hier stehen!«

Das Polizeiauto setzte sich langsam in Bewegung, fuhr um den Lieferwagen herum und hielt direkt davor.

»Ins Auto!« rief Harvey. »Schnell!«

Les saß bereits am Steuer, und Harvey zwängte sich gerade auf den Beifahrersitz, als die beiden Polizisten aus dem Streifenwagen stiegen. »Halt!«

rief der mit den scharfen Gesichtszügen, und als Flood herumfuhr und auf ihn anlegte, rief er seinem Kollegen zu: »Vorsicht, Bobby!« Dann rannten beide, jetzt ebenfalls mit gezogener Waffe, schräg auf die Böschung zu, vermutlich um die Fahrerkabine in die Schußlinie zu bekommen.

Der Motor des Lieferwagens lief bereits auf vollen Touren. Inmitten des ohrenbetäubenden Krachs die Stimme Harveys: »Jimmy, ich geb dir Dekkung! Lauf los! Herrgott noch mal, so lauf doch!«

»Nein! Wir kriegen sie, verdammt noch mal!«

»Jimmy!«

»Schieß doch endlich! Schieß!«

»Hinlegen!« schrie David. »Hinlegen, Marcus!«

Ich warf mich zu Boden. Flood schoß, einmal, zweimal – so dicht neben mir, daß die Schüsse wie Hammerschläge in meinen Ohren dröhnten. Dann hörte ich ein kurzes, heftiges Knattern, Harveys Maschinenpistole. Dann Schüsse von der Böschung her. Und wieder. Und wieder.

Dann Stille.

Flood stand zusammengekrümmt da, sein Kopf hing fast bis zu den Knien hinunter. Er ließ den Revolver fallen. Dann taumelte er blindlings weiter, aber nicht auf den Lieferwagen, sondern auf die Polizisten zu, die am Straßenrand kauerten und ihn nicht aus den Augen ließen. Dann fiel er vornüber. Seine Hände scharrten auf dem Boden herum, als wollte er sich noch im Todeskampf so nahe wie möglich an den Feind heranrobben. Und plötzlich rührte er sich nicht mehr.

Er war nicht der einzige.

Harvey hatte sich weit aus der Tür des Lieferwagens gebeugt. Sein Kopf sank immer tiefer, sein riesiger Körper schien unter dem eigenen Gewicht zusammenzusacken. Dann fiel er aus dem Wagen und blieb am Straßenrand liegen.

»Harvey?« rief Lester. »Harvey?«

Die beiden Polizisten pirschten sich von rechts und links an ihn heran, aber als er aus der Fahrerkabine stieg, hielt er keine Waffe in der Hand. Es schien, als hätte er die beiden völlig vergessen; als wüßte er nicht mehr, daß auch noch andere Menschen da waren. Er beugte sich über den leblosen Körper und sagte ungläubig: »Harvey?«

Sie drehten ihm die Arme nach hinten, legten ihm Handschellen an und zogen ihm den Revolver aus dem Gürtel, ohne daß er den geringsten Widerstand geleistet hätte. Und wieder rief er dem Toten zu: »Harvey?«

Dann begriff er allmählich, was geschehen war. Und jetzt klang es nicht mehr wie eine Frage, sondern wie ein hemmungslos verzweifeltes Bellen, so, als wollte er den Toten aufwecken: »Harvey! Harvey!«

Irgendwie kam ich wieder auf die Beine. David sah mich besorgt an: »Alles in Ordnung, Marcus?«

»Ja.«
Ich war nicht verletzt, aber ich konnte mich nicht bewegen. Dieses entsetzliche Geheul dröhnte mir in den Ohren und lähmte mich. Ich sah, wie der Polizist mit den scharfen Gesichtszügen zum Streifenwagen rannte, daneben stehenblieb, den Telefonhörer ans Ohr hielt und gleichzeitig den Verkehr regelte. Wenn neugierige Autofahrer das Tempo drosselten und zu uns herübersahen, schwenkte er wütend den Arm. »Weiterfahren! Verdammt noch mal, nicht stehenbleiben!«
Nicht stehenbleiben.
Ich war nicht verletzt, aber ich konnte mich nicht bewegen.
Ich mußte hier stehenbleiben und zuhören, wie diese verzweifelte Stimme immer wieder »Harvey!« bellte, und wie die Hügel ringsum das Echo zurückwarfen – *Ahrrr-Ahrrr-Ahrrr* –, den Schmerzensschrei eines Tieres.
Wie angewurzelt stand ich da, und klarer, als ich es mir jemals gewünscht hatte, sah ich den endlosen Weg vor mir.
Wir sind nicht dazu bestimmt, die Aufgabe zu vollenden, aber wir dürfen nicht aufhören, danach zu trachten.
Solange die Menschheit diese Erde bewohnt, wird die Aufgabe niemals vollendet werden.
Niemals.

Agatha Christie

Agatha Mary Clarissa Miller, geboren am 15. September 1890 in Torquay, Devonshire, sollte nach dem Wunsch der Mutter Sängerin werden. 1914 heiratete sie Colonel Archibald Christie und arbeitete während des Krieges als Schwester in einem Lazarett. Hier entstand ihr erster Kriminalroman *Das fehlende Glied in der Kette.* Eine beträchtliche Menge Arsen war aus dem Giftschrank verschwunden – und die junge Agatha spann den Fall aus. Sie fand das unverwechselbare Christie-Krimi-Ambiente.
Gleich in ihrem ersten Werk taucht auch der belgische Detektiv mit den berühmten »kleinen grauen Zellen« auf: Hercule Poirot, der ebenso unsterblich werden sollte wie sein weibliches Pendant, die reizend altjüngferliche, jedoch scharf kombinierende Miss Marple (*Mord im Pfarrhaus*).
Im Lauf ihres Lebens schrieb die »Queen of Crime« 67 Kriminalromane, unzählige Kurzgeschichten, 7 Theaterstücke (darunter *Die Mausefalle*) und ihre Autobiographie.
1956 wurde Agatha Christie mit dem »Order of the British Empire« ausgezeichnet und damit zur »Dame Agatha«. Sie starb am 12. Januar 1976 in Wallingford bei Oxford.

Von Agatha Christie sind erschienen:

Das Agatha Christie Lesebuch
Agatha Christie's Miss Marple
Ihr Leben und ihre Abenteuer
Agatha Christie's Hercule Poirot
Sein Leben und seine Abenteuer
Alibi
Alter schützt vor Scharfsinn nicht
Auch Pünktlichkeit kann töten
Auf doppelter Spur
Der ballspielende Hund
Bertrams Hotel
Die besten Crime-Stories
Der blaue Expreß
Blausäure
Das Böse unter der Sonne
oder Rätsel um Arlena

Die Büchse der Pandora
Der Dienstagabend-Club
Ein diplomatischer Zwischenfall
Dreizehn bei Tisch
Elefanten vergessen nicht
Die ersten Arbeiten des Herkules
Das Eulenhaus
Das fahle Pferd
Fata Morgana
Das fehlende Glied in der Kette
Ein gefährlicher Gegner
Das Geheimnis der Goldmine
Das Geheimnis der Schnallenschuhe
Das Geheimnis von Sittaford
Die großen Vier
Das Haus an der Düne
Hercule Poirots größte Trümpfe
Hercule Poirot schläft nie
Hercule Poirots Weihnachten
Karibische Affaire
Die Katze im Taubenschlag
Die Kleptomanin
Das krumme Haus
Kurz vor Mitternacht
Lauter reizende alte Damen
Der letzte Joker
Die letzten Arbeiten des Herkules
Der Mann im braunen Anzug
Die Mausefalle und andere Fallen
Die Memoiren des Grafen
Mit offenen Karten
Mörderblumen
Mördergarn
Die mörderische Teerunde
Die Mörder-Maschen
Mord auf dem Golfplatz
Mord im Orientexpreß
Mord im Pfarrhaus
Mord im Spiegel oder Dummheit ist gefährlich
Mord in Mesopotamien
Mord nach Maß
Ein Mord wird angekündigt
Die Morde des Herrn ABC
Morphium
Nikotin
Poirot rechnet ab
Rächende Geister
Rotkäppchen und der böse Wolf
Ruhe unsanft
Die Schattenhand
Das Schicksal in Person
Schneewittchen-Party
Ein Schritt ins Leere
16 Uhr 50 ab Paddington
Der seltsame Mr. Quin
Sie kamen nach Bagdad
Das Sterben in Wychwood
Der Tod auf dem Nil
Tod in den Wolken
Der Tod wartet
Der Todeswirbel
Tödlicher Irrtum oder Feuerprobe der Unschuld
Die Tote in der Bibliothek
Der Unfall und andere Fälle
Der unheimliche Weg
Das unvollendete Bildnis
Die vergeßliche Mörderin
Vier Frauen und ein Mord
Vorhang
Der Wachsblumenstrauß
Wiedersehen mit Mrs. Oliver
Zehn kleine Negerlein
Zeugin der Anklage